Neu Büddenstedt Marktplatz mit Rathaus.

Familie 1955

auf dem Hof

Geburtstag 1956

King of the hay

am Tagebau

Einschulung und Mumps

Ostern auf Opas Land

Ulrich Klocke

Wackelkontakt

Inhalt

Wackelkontakt
Originalausgabe
September 2017
© Ulrich Klocke 2017
Erschienen bei
Books on Demand

Das Werk ist urheberrechtlich geschützt

Umschlaggestaltung: Ulrich Klocke
Graphik: Ulrich Klocke
ISBN: 9783744808927

1. Kartoffelrosen

Reinhard Mey steht am offenen Fenster und pustet Seifenblasen vor sich hin. Und ich stehe in der Küche und wasche ab. Mein Mittagessen hat mir nicht sonderlich geschmeckt. Abgehakt unter experimentelle Küche! Kohlrouladen mit Kochweizen und Kräuterfeta gefüllt. War nur so `ne Idee von mir. Aber ich habe den Weizen zu lange kochen lassen. Jetzt ist er weich und pappig.

Reinhard Mey hat ausgeknackst. Ich bin aus jenem Holze geschnitzt. Gutes altes Vinyl! Habe ich bei meinem letzten Sentimental Journey im Internet gekauft. Erinnerungen werden wach. Ich setze mich auf meinen Küchenstuhl. Das Fenster ist weit geöffnet und die warme Flensburger Sommerluft holt sich meine Kohldünste ab. Soll sie sie haben, ich vermisse sie nicht.

Reinhard war damals der erste Liedermacher, den ich mir gekauft hatte. Schon als kleiner Junge fand ich Chansons und Couplets ziemlich interessant. Verstanden habe ich sie damals noch nicht unbedingt. Aber die Art und Weise, wie sie vorgetragen wurden, hatte mir gefallen. Irgendwann habe ich dann mal in unserem Kirchenbüro bewusst Hilde Knef gehört. „Ich brauch Tapetenwechsel, sprach die Birke." Seitdem bin ich irgendwie den Chansons und auch der deutschen Liedermacherszene verfallen. Meine erste Schallplatte überhaupt, also, die sich ganz offiziell in meinem Besitz befand, habe ich neunzehnhundertdreiundsechzig zu Weihnachten bekommen. Junge, komm bald wieder. Obwohl ich die Rückseite fast noch besser fand. Die Gitarre und das Meer. Wenn Freddy Quinn dann inbrünstig seine Juanita besang, konnte mein Vater es sich nie verkneifen zu fragen, wer denn diese ominöse Kuh Anita sei.

Eine leichte Brise trägt mir für den Bruchteil einer Sekunde einen Geruch zu, der irgendwo in meinem Gedankenfach längst vergessene Synapsen dazu veranlasst, sich den Staub von den betagten Schultern zu klopfen. Ein längst vergessenes Gefühl steigt in mir auf. Ich kenne es irgendwie. Von früher her, aus längst vergessenen Zeiten. Nach längerem Überlegen fällt es mir ein! Es ist das Gefühl der Unbeschwertheit, der Ungezwungenheit der Kindheit. Der Wind kommt über Land und trägt mir diesen Geruch zu. Direkt hier in meine Küche. Ich stürze ans Fenster. Gierig nach diesem Duft lasse ich mit geblähten Nüstern die heiße Sommerbrise durch meinen Bulbus Olfaktorius strömen. Mein Alter Ego schreit laut auf! Mehr! ich will mehr! Es will die Unbeschwertheit seiner Kindheit zurück.

Langsam identifizieren meine anderen Gehirnzellen diesen geheimnisvollen Duft. Heckenrosen! Und

zwar eine ganz besondere Art davon. Die Kartoffelrose! Sie blühte vor meinem Geburtshaus. Und dieses Blühen kündigte immer den Frühsommer an.

Wenn Anfang April vor Schmidts Laden wieder die
Tonne mit den Kinderschaufeln, die Schippen mit
dem gelben Stiel und der blauen Schaufel unten
dran, rausgestellt wurde und im Schaufenster die
ersten Glasmurmeln lagen, dann zog der Frühling
ins Land. Ein sicheres Zeichen für seine Ankunft
waren auch die Kinder, die jetzt wieder vermehrt auf
der Straße zu sehen waren. Meistens jetzt mit kleinen Leinenbeuteln bewaffnet. Sie enthielten die
kostbaren Glasmarmeln, denn Frühlingszeit hieß für
uns Murmelzeit. Und Glasmarmeln mussten es
schon sein. Denn Tonmarmeln galten als Armeleu-
teklicker und wer damit ankam, wurde gnadenlos
ausgelacht und ebenso gnadenlos wieder fortge-
schickt. Eine typische Betätigung der Dorfkinder zu
dieser Zeit war es dann auch, auf einem Bein, die
Hacke des anderen Fußes fest in den Boden gepresst, sich hüpfend im Kreis zu bewegen. So wurden die unbedingt benötigten Löcher für das Mur-
melspiel in den Boden gebohrt.
Wenn im Mai die Kartoffelrose in vollster Blüte
stand, waren wieder wir Kinder der Indikator für ein
anderes, immer wiederkehrendes Frühjahrsereignis.

Fast jedes Kind lief dann mit einem Schuhkarton unter dem Arm herum. Ein Schuhkarton mit Löchern drin! Kaum zu glauben, dass diese schnöden Kästen Müller, Schornsteinfeger oder gar Kaiser beherbergten. Und doch verhielt es sich in der Tat so. Das sind nämlich die Fachausdrücke für die unterschiedlichen Maikäferarten. Der Müller, mit einem leichten weißen Pelz bedeckt, der Schornsteinfeger mit seiner dunklen Färbung und der Kaiser, der begehrteste, weil seltenste, mit seinen rötlichen Flecken an Kopf und Brust. Die Hecke aus meinen so geliebten Kartoffelrosen vor unserer Haustür war quasi ein Viersternerestaurant für diese begehrten Krabbeltiere. Wir brauchten sie nur abzusammeln. Das war aber nicht so ganz einfach. Die Stiele meiner Rosen haben ringsherum kleine, aber feine, und vor allen Dingen, viele Stacheln. Die Maikratscher, wie sie in unserer Gegend genannt wurden, waren begehrte Tauschobjekte. Eine richtige Maikratscher Börse.

Ich merke schon, ich komme ins Plaudern. Ich habe mich deshalb gerade dazu entschlossen, sie ein wenig an meinem Lebensweg teilhaben zu lassen. Jedenfalls für einige Jahre. Also, back to the roots.

Das Licht der Welt erblickte ich Neunzehnhundertdreiundfünfzig als zweites Kind meiner Eltern, einer
Hausfrau und einem Werkzeugmacher, in einem
kleinen Dorf bei Helmstedt.

Ich war eine Hausgeburt. Es ist mir auch gar nichts
anders übrig geblieben, so schnell, wie ich auf die
Welt gekommen bin. Dummerweise fast zwei Monate zu früh. Die Ursache für meinen Katapultstart ins
Leben war der schwelende Neid meiner Tante auf
meine Mutter. Meine Mutter, das Nesthäkchen und
letztes von sieben Kindern, von denen nur zwei,
nämlich sie und meine Tante, das heiratsfähige Alter erreicht hatten, wurde von meiner Großmutter
immer etwas bevorzugt. Soviel ich weiß nicht sonderlich viel, aber es hat gereicht, um sich den kindlichen Hass ihrer großen Schwester zuzuziehen. Das
änderte sich auch nicht, als die beiden älter wurden.
Meine Tante, mittlerweile auch verheiratet und Mutter eines Sohnes und einer neugeborenen Tochter,
lebte mit ihrem Mann in der Mietwohnung neben
meinen Großeltern. Mein Onkel war Lokomotivführer auf der Grubenbahn der BKB, den Braun-
schweigischen Kohlenbergwerken, einem Tagebau.
Ich mochte meinen Onkel. Ein ruhiger Vertreter seines Geschlechts, nicht ohne eine gehörige Portion
Schalk im Nacken. Während ich das schreibe, habe
ich direkt noch seinen Lieblingsspruch im Ohr

(Wolln ma sagen) und sehe sein verschmitztes Lächeln vor mir. Er ist vor wenigen Jahren im hohen Alter von fünfundneunzig Jahren im Beisein seiner Familie sanft entschlafen.

Da mein Onkel in den Augen meiner Tante nur ein Lokomotivführer war und mein Vater immerhin Werkzeugmacher, nahm meine Tante es meiner Mutter besonders übel, dass sie die vermeintlich bessere Partie gemacht hatte. Das ließ sie dann auch gründlich an ihrer kleinen Schwester aus. Ständig schikanierte sie meine Mutter oder ließ abfällige Bemerkungen über sie fallen. Da meine Mutter umständehalber, Wohnungen waren knapp nach dem Krieg, mit meiner drei Jahre älteren Schwester und mit mir unter dem Herzen, gleich nebenan bei ihren Eltern wohnte, gab es bei den ständigen Reibereien zwischen den beiden kein ausweichen.

Mein Vater wohnte unter der Woche im Junggesellenheim von VW und kam immer nur am Wochenende nach Hause. Wenn er dann da war, verhielt sich meine Tante natürlich vorbildlich und erst montags gingen die Sticheleien wieder los. Meine Tante entband drei Monate früher, als meine Mutter. Vielleicht waren es die hormonellen Veränderungen, die meine Tante dazu veranlassten, meine Mutter jetzt noch mehr zu triezen als bisher, oder ob meine Mutter durch ihre Schwangerschaft wesentlich empfind-

10

licher geworden ist, niemand kann es heute mehr sagen. Fakt ist nur, dass meine Tante meine Mutter Ende April neunzehnhundertdreiundfünfzig zynisch gefragt hatte, ob sie denn überhaupt genau wüsste, wer der Vater sei. Notabene! Es waren die moralinsauren fünfziger Jahre! Ob dieser ungeheuerlichen Unterstellung regte sich meine Mutter so auf, dass bei ihr gleich die Wehen einsetzten. Zum Glück sind die Wege in einem so kleinen Dorf nicht wirklich richtig weit, sodass die Hebamme Tante Meta und unser Dorfarzt Doktor Runge schnell herbei geholt werden konnten. Die Geburt an sich verlief unkompliziert und schnell. Kein Wunder, so winzig, wie ich war, zwei Monate zu früh.

Meine Tante versuchte zeitlebens bei mir ihre Schuld durch teure Geschenke und Großzügigkeit wett zu machen. Was sie nicht davon abhielt, meinen Vater in ihrer Familie als arrogant und besserwisserisch hinzustellen. Sie machte ihn systematisch schlecht. Wohl auch, um ihn als unglaubwürdig hinstellen zu können, falls meine Mutter meinen Vater mal eines Tages über die Umstände meiner frühen Geburt aufklären sollte und er sie vor ihrer Familie zur Rechenschaft ziehen würde. Meiner Tante habe ich es im Grunde genommen zu verdanken, dass ich heute im Rollstuhl sitze.

Im zarten Alter von einer Woche kam ich ins Krankenhaus. Meine Leber war verhärtet und auch noch fünfzig Prozent zu groß. Nachdem ich wieder zu Hause war, gab Doktor Runge meiner Mutter den entscheidenden Rat: „Wenn sie das Würmchen durchkriegen wollen, gibt es nur eins! Mohrrüben, Mohrrüben, Mohrrüben!" Von da an bestand mein Hauptnahrungsmittel fast ausschließlich aus diesem Wurzelgemüse. Anfänglich natürlich nur als Beigabe zur Muttermilch in Form von Saft, später dann in festerer Ausführung. Außerdem strenge Diät. Süßigkeiten habe ich bis zu meinem vierten Lebensjahr nicht gekannt. Meine Schwester hatte manchmal darunter zu leiden. Sie wurde von Fremden, die die Umstände nicht kannten, doch schon manchmal angeblafft, warum sie mir von ihren Süßigkeiten nichts abgibt.

Eine kleine Anekdote noch am Rande. Als meine Familie mich im Krankenhaus besuchte, war meine Schwester sehr besorgt um mich. Sie fürchtete, dass ich dort gemästet würde, weil sie die Urinflaschen für Herren für überdimensionierte Nuckelflaschen hielt.

Trotz meines schwierigen Starts ins Leben erlernte ich doch irgendwann mal auch den aufrechten Gang. Was uns Kinder dann dazu berechtigte, sich ab einem gewissen Alter frei um Haus und Hof bewegen zu können. In unserem beschaulichen Dorf war in den Fünfzigern noch sehr wenig Autoverkehr. So hielt sich die Gefahr, unter die Räder zu kommen, in überschaubaren Grenzen. Außerdem passten die Größeren auf die Kleineren auf. Ansonsten galt das Kartoffelprinzip! Die wachsen schon von allein!

Vor unserem Haus wuchs nicht nur diese schöne Dufthecke. Es gab auch einen kleinen Rasen davor und der wurde von zwei großen Kirschbäumen beschattet. Ein idealer Spielplatz für uns Kinder. Deshalb wurde auch Pummel, der Hund von Schmidts Laden nebenan, immer verscheucht, wenn er vor unserem Haus rumschnüffelte. Wenn mein Großvater das mit bekam, lief immer raus und drohte mit dem Stock. „Geist du no Hus!" Wer will schon seine Enkelkinder zwischen Hundekacke spielen sehen. Selbst bei uns Kindern reagierte Pummel auf „Geist du no Hus"! Es verlieh einem das gute Gefühl der Macht, wenn man so einen riesigen Hund verscheucht hatte. Er ging zwar einem Erwachsenen nur knapp bis zur Wade, aber einem Dreijährigen stand er doch fast Aug in Aug gegenüber.

Im Sommer Sechsundfünfzig wurden die Straßen unseres Dorfes asphaltiert. Ein riesiges Ungetüm, in dem der Teer gekocht wurde, stand hinten am Marktplatz. Stolz kam ich abends nach Hause und verkündete, „Ich habe einen Kulmix mit Loch gesehen!" Keiner von den Erwachsenen hatte je ein solches Wort gehört oder wusste sich einen Reim darauf zu machen. Erst am nächsten Tag, als ich mit meiner Mutter zum Einkaufen ging, klärte ich sie auf, in dem ich auf den Teerkocher zeigte: „Das ist der Kulmix mit Loch!" Wie ich auf dieses Wort gekommen bin, oder wo ich es gehört hatte, ist allerdings nie geklärt worden.

Während unsere Straßen geteert wurden verbrauchte meine Mutter, nach eigener Aussage, mehrere Pfund Butter an mir. Damals die einzige Möglichkeit, schonend Teer von zarter Kinderhaut zu entfernen.

Einmal im Jahr war auch Rummel in unserem Dorf. Auf dem großen Marktplatz bauten die Schausteller ihre Buden auf und die Hauptattraktion war der Autoscooter. Wir Kinder verdienten uns Freikarten, in dem wir beim Aufbauen kleine Holzplatten für den Niveauausgleich der Fahrfläche an die Arbeiter verteilten. Nicht ganz ungefährlich, wie sich herausstellte, als mich ein Eisenrohr am Kopf traf. Schreiend bin ich nach Hause gelaufen, das waren ja nur knapp fünfzig Meter, und flüchtete in die tröstenden

Arme meiner Mutter. Jedenfalls hat mein Geschrei dafür gesorgt, dass der Schausteller meinem Vater gleich ein ganzes Bündel Freikarten für den Scooter in die Hand drückte. Meine Eltern sind dann abends auf den Rummel gegangen. Am nächsten Morgen hatte dann meine Schwester einen schwarzen Stoffpudel am Bett stehen und ich einen riesigen Tiger. Während mein Schwesterherz ihrem Tier ziemlich schnell die Holzwolle herausoperiert hatte, pflegte ich meinen Tiger noch über etliche Jahre.

Das Leben in unserem Dorf war gemütlich und wir Kinder hatten nichts auszustehen. Außer unseren kleinen Pflichten, wie Schnittlauch oder Radieschen aus dem Hausgarten holen oder Löwenzahn rupfen für die Karnickel, hatten wir ein sorgenfreies Leben. Meine Schwester freilich war schon eingeschult und galt ab jetzt als „die Große". Ich erinnere mich daran, wie sie mit ihrer Klasse auf einem Schulfest ein Singspiel aufführte. „Ein Mann, der sich Columbus nannt`!" Tagelang sang sie es vor sich hin. Nerv tötend! Zur Aufführung wurden die Kinder dann in ein Schiff gesteckt. Das waren Pappdampfer und die wurden mit Hosenträgern wie ein Rock getragen. Die Kinder guckten quasi als Kapitäne oben heraus. Ich mit meinen vier Jahren fand es unglaubwürdig: Ein Schiff mit Beinen! Gibt's doch gar nicht!

Einmal kam ich spät nachmittags an Schmidts Laden vorbei und bemerkte, wie mein Cousin und sein bester Freund Dieter, auch Trecker genannt, auf dem Hof hinter dem Haus mit einem Luftgewehr schossen. Sie hatten in einer Wellblechgarage ein Pin- up- Girl aus Pappe an die Rückwand geheftet und beschossen die freizügig gekleidete Dame mit bunten Federbolzen. Ich sah eine Weile zu und fragte dann, wie man die bunten Dinger nennt, die sie da hinten in das Gewehr stopften. Lakonisch bekam ich die Antwort: „Flittchen"! Die erstaunten Blicke meiner Eltern und Großeltern kann man sich vorstellen, als ich am Abendbrottisch erzählte, dass Uwe und Dieter mit Flittchen geschossen haben und ich zusehen durfte.

Auch der Winter hatte seine Reize in unserem Dorf. Bedingt durch die vielen Ofenheizungen und dem großen Kohlekraftwerk Offleben, waren reichlich Schwebstoffe in der Luft, an denen sich dankbar das Kondenswasser klammerte und kristallisierte. Dadurch hatten wir immer viel Schnee und lange kalte Winter in dieser Gegend. Das bedeutete für uns natürlich, ab auf die dorfeigene Rodelbahn. Was im Sommer als gepflasterter Verbindungsweg zwischen zwei Straßen unterschiedlichen Niveaus dient, wird im Winter von der Gemeinde nun höchst offiziell zur Rodelbahn erklärt. Das untere Ende der Rodelbahn endet auf der Schulstraße. Da das gefährlich ist, wird, wenn Schnee gefallen ist, kurzer Hand das Tor zum Schulhof geöffnet, die Pfeiler mit halbierten Autoreifen gepuffert und dadurch der Auslauf erheblich verlängert. Die Autofahrer werden mit einem Verkehrsschild, das tatsächlich der StvO unterliegt (BY 18-03), auf die Rodelbahn hingewiesen. Das steht heute noch dort und ist zu besichtigen.

Wir Kinder wurden auch gepuffert. Allerdings mehr gegen die grimmige Kälte, als gegen mechanische Einwirkungen. Als erstes kam der warme Schlüpfer. Und dann das Leibchen! Leibchen. Nie gehört? Das ist ein unbequemes Folterinstrument, ähnlich eines Unterhemdes, nur mit Strapsen unten dran. An den Strapsen wurden lange, kratzige braune Strümpfe befestigt. Die vom Hersteller mitgelieferten Gummiknöpfe allerdings waren entweder schnell abgerissen oder sind sonst irgendwie abhandengekommen. Oder das Kochen in dem großen Kessel mit der scharfen Seifenlauge in der Waschküche ließen sie schnell porös und brüchig werden. Weiblicher Pragmatismus der fünfziger Jahre, die verlorengegangenen Knöpfe wurden kurzerhand durch Pfennige oder Zweipfennigstücke ersetzt.

Als weitere Bekleidung erwiesen sich die Trainingshosen als besonders praktisch. Innen angeraut, robust und am Ofen schnell zu trocknen. Sie hatten mit den heutigen Trainingshosen nicht viel gemein. Sie ähnelten eher zwei dunkelblauen Säcken, die oben zusammenliefen. Die Beinlinge waren unten hermetisch mit strammen Gummis verschlossen. Was sich sehr gut beim Äppelklauen bewährt hatte, wie mein Cousin einmal eingestand. Oder eingestehen musste, weil er und seine Clique dabei erwischt wurden. Ein warmer, wenn auch kratziger, Pullover war der Abschluss unserer zünftigen Wintersportkluft. Dann ging es ab zum Rodeln. „Bahn frei, Kartoffelbrei!" Bis die Dämmerung einsetzte.

Doch am schönsten war immer noch der Sommer. Der direkte Weg zu unserem Spielplatz führte quer über den gepflasterten Rathausplatz. Es war ein schöner Spielplatz. Eine Rutsche, Karussell, Schaukel, Sandkiste, alles was ein Kinderherz im Sommer so begehrt. Heiß umkämpft waren die Schaukeln. Himmelhoch schienen wir zu fliegen. Himmelhoch, immer ins Blau hinein. Einige ganz mutige sprangen auch ab, wenn die Schaukel im Zenit war. Wenn dieses Spielgerät zu stark frequen-

tiert wurde, stellten sich die Größeren auf das Sitz-
brett und die Kleineren nahmen zwischen den Füssen Platz. Ein Überschlag nach Schiffsschaukelma-
nier ist aber niemanden von uns gelungen.

Manchmal saßen wir auch nur gelangweilt am Stra-
ßenrand vor unserem Haus. Autos waren nicht zu
befürchten. Sie waren eher selten in unserem Dorf.
Wie spielten Zuckerfabrik. Der trockene lose Zu-
ckersand im Rinnstein wurde zusammengeschoben
und dann in die Hand genommen. Dann ließen wir
den Sand durch die geschlossene Faust auf die
Fuge zwischen zwei Bordsteinen rieseln. Der lief,
weil er so fein wie Zucker war, durch diese Fuge
und unten im Rinnstein bildete sich ein kleiner Berg.
Der wurde dann wieder in die Faust genommen und
alles begann von vorn. Ein simples Spiel. Einfach
das Produkt kleiner gelangweilter Jungs.

Die Straße war sowieso mehr für die Jugend ge-
schaffen, als für den öffentlichen Straßenverkehr.
Himmel und Hölle und Schnecke waren schnell mit
einem kleinen Brocken Backstein auf den Asphalt
gemalt und wo ließ es sich besser Rollschuh fahren,
als auf der Straße? Die Rollschuhe wurden mittels
eines Schlüssels, der um den Hals getragen wurde,
unter die Schuhe geschraubt. Beste Freundinnen

teilten sich schon mal ein Paar dieser Bladerunner-vorläufer.

Im Hochsommer mieden wir aber oft die Straße. Obwohl sich das Barfußlaufen auf dem weichen nachgiebigen Asphalt sehr interessant anfühlte. Aber der durch die Sommerhitze aufgeweichte Straßenbelag war selbst für unsere hornhautbewehrten Kinderfüße etwas zu heiß. Stattdessen spielten wir in den schattigen Arkaden des Rathauses. Dort roch es immer irgendwie nach Bier und Urin. Lag höchstwahrscheinlich an der Ratsstube, die sich genau in der Mitte dieses Gebäudes befindet und an so manchem Zecher, der sich des genossenen Bieres in der Anonymität der nächtlichen Schatten in einer stillen Ecke entledigte.

Nachmittags kam der Eismann auf seinem dreirädrigen Fahrrad. Mit einem Groschen in der Tasche, ganz King, musste ich wählen. Entweder eine große Portion Waldmeistereis und keine Lakritzpfeife oder eine nicht ganz so große Portion und zwei Lakritzpfeifen. Meistens siegte das Eis. Das Eis wurde noch mit einem Spachtel in die Eistüte gefüllt. Ach nein, Eistüten gab es erst ab zwanzig Pfennig. Für `nen Groschen gab es nur Eishüte. Die sahen aus wie ein umgedrehter Hut mit Krempe. Mir persönlich haben sie besser geschmeckt.

In den Fünfzigern waren chemische Aromastoffe noch unüblich. Deshalb war der Waldmeistergeschmack noch natürlichen Ursprungs und schmeckte auch richtig nach Waldmeister. Mag es an der Verklärung meiner Erinnerungen liegen, oder es ist wirklich so, nie wieder habe ich ein Waldmeistereis gegessen, dass mir so gut geschmeckt hat.

Im Spätsommer Neunzehnhundertsiebenundfünfzig bekamen unsere Eltern endlich eine Wohnung in Vorsfelde. Ein kleines verschlafenes Städtchen bei Wolfsburg. Heute ist es eingemeindet und voll integriert in die Autostadt. Wir zogen in den zweiten Stock eines Hauses in einem Neubaugebiet. Unser Block bildete das untere Teil eines U`s. Rechts und links baugleiche Blocks, gedeckelt von einem Bahndamm. Ich liebte den schwefligen Rauch der Schnellzuglokomotiven in der Nase, das Beben der Erde in den Beinen, wenn die Ungetüme vorbeidonnerten. Am schönsten war es im Winter. Man konnte dann abends die rotglühenden Feuerpfannen der vorbeifahrenden Dampfloks in der Dunkelheit leuchten sehen und wie beim Nachfeuern die Funken stieben.
Winter. Das bedeutete auch Eisblumen an den Fensterscheiben. Im Zeitalter der Thermopenverglasung und Zentralheizungen wird kaum ein

Kind mehr in den Genuss kommen, Löcher in Eisblumen lecken zu können. Und kaum kein Kind
mehr wird heutzutage hier in ein eiskaltes Bett stei-
gen müssen, das nur an den kältesten Abenden mit
einer Wärmflasche vorgeheizt wurde. Sich langsam
warm zitternd, ängstlich darauf bedacht, dass kein
Zipfelchen Haut unter dem dicken Federbett heraus
lugte, wartete man darauf, dass sich die eigene
Körperwärme langsam auf das Federbett übertrug.
Nach einigen Minuten entspannte sich der Körper
dann langsam aus der Embryohaltung und eroberte
sich Zentimeter um Zentimeter das Federbett zurück.

Morgens ist der Eisblumenteppich am Fenster um
einige Zentimeter, je nach Menge der nächtlichen
Ausdünstungen, nach oben gewachsen. Diese
Pracht schrumpfte im Laufe des Tages wieder,
wenn es in der Wohnung wärmer wurde.

Als erstes feuerte unsere Mutter morgens den Herd
in der Küche an. Mit etwas Glück war noch etwas
Glut vom Vortag in der Asche. Dann machte sie das
Frühstück und die Klappschnitten für unseren Vater.
Die Thermoskanne in der Aktentasche, Brote in der
Aludose, mit Hut und Schal vor der grimmigen Kälte
geschützt, trat unser Ernährer den Weg zur Arbeit
an. Jetzt musste meine Schwester aufstehen. Das
Waschen fand in der Wohnküche statt, das Anklei-

22

den ebenfalls. Dick eingemummelt in kratzende Wollsachen, die selbstgestrickten Fausthandschuhe, gegen Verlust mit einer Kordel verbunden und durch die Ärmel des Mantels gezogen, schützten vor der kneifenden Kälte. Zum Schluss noch die Mütze auf und den Ranzen und ab ging es in die dunkle Kälte.

Ich ließ mir immer Zeit mit dem Aufstehen. Meine Mutter hatte dann meistens schon den morgendlichen Abwasch erledigt. Das heiße Wasser kam keinesfalls aus dem Hahn, wie heute. Nein, es musste erst mit dem Flötenkessel auf dem Herd heiß gemacht werden. Die Hausarbeit forderte seinerzeit schon ganzen Einsatz. Die große Wäsche alle vier Wochen wurde meistens von zwei Frauen erledigt. Besonders, wenn die Kochwäsche dran war. Es war eine kräftezehrende Angelegenheit, die nassen Laken aus dem Waschbottich durch die Mangel zu drehen. An solchen Tagen bekam selbst der Vater abends nur Aufgewärmtes.

Ein sicheres Zeichen dafür war, dass unser Vater bald nach Hause kommen würde, wenn unsere Mutter einen Teil der Glut aus dem Küchenherd mit der Kohlenschaufel in den Wohnzimmerofen transportierte. Das ersparte das mühselige Anheizen und man verbrauchte kein Anfeuerholz. Und wieder der Geruch von verbrannten Kohlen. Wenn dieser schweflige Duft durch die Räume zog wussten wir, bald wird es kuschelig warm und gemütlich werden im Wohnzimmer.

Das Familienleben fand tagsüber fast ausschließlich in unserer Küche statt. Erst wenn am Nachmittag der Kachelofen im Wohnzimmer angeheizt wurde strömte etwas warme Luft durch eine rückwärtige Klappe des Wohnzimmerofens in unser Kinderzimmer. Dann tauten auch die Eisblumen etwas ab und wir konnten etwas später dort spielen. Die Leibchen hatten wir inzwischen abgelegt und die kratzigen Strümpfe auch. Unsere Beine schützten wir vor dem kalten Fußboden mit den unförmigen Trainingshosen. Warm und bequem waren sie schon, aber potthässlich. Und meistens war auch der Gummibund oben ausgeleiert. Wir kämpften nicht nur gegen Ritter und Drachen, sondern auch gegen ständig rutschende Trainingshosen.

Hausschuhe waren auch wichtig zu dieser Zeit. Teppichboden war gerade erst erfunden und fast unerschwinglich für gewöhnliche Arbeiterfamilien. Und selbst einfache Teppiche für Kinderzimmer zu teuer. Deshalb wurden die zarten Kinderfüße gegen die Fußbodenkälte mit eben diesen Hausschuhen geschützt. Meistens waren sie Hellbraun- Dunkelbraun kariert. Mit einem Reißverschluss an der Seite.

In unserer Küche stand auch eine Chaiselongue. Ich musste dort immer meinen Mittagsschlaf halten. Auf meine regelmäßige Weigerung, ich wäre schließlich schon groß, lautete die ebenso regelmäßige Antwort meiner Mutter: „Du sollst nicht schlafen, du sollst nur ruhen!" Was natürlich ebenso regelmäßig zur Folge hatte, dass ich alsbald in Morpheus Arme landete, sobald ich nur ein paar Minuten ruhte. Seinen Anteil daran hatte sicher auch mein Lieblingskissen. Eine junge Frau, am Gestade eines weißen Leinenmeeres stehend, winkte ihrem Matrosen hinterher, den es auf einem Schiff in die Ferne zog. Und darüber zogen ein paar kreischende Möwen ihre ewigen Runden, persönlich von meiner Mutter gestickt. Ihr einziges Hobby. Weniger erbaut waren wir Kinder von ihren Tischdecken mit wulstigen Stickereien für den Wohnzimmertisch. Reinste Zierde und überhaupt nicht alltagstauglich. Zum Hausaufgaben machen musste man die Decke zurückschlagen und die Hefte und Bücher auf dem rutschigen Tisch platzieren. Zum Spielen ebenso ungeeignet. Mit den „Eisenautos" hakte man in den Stickereien fest, Legohäuser wackelten auf dem unebenen Untergrund. Und tuschen oder zeichnen war auf den edlen Zierdecken sowieso verboten. Ebenso reiner Zierkram waren

auch die bestickten Kissen. Drei Stück an der Zahl.
Rechts und links und in der Mitte auf dem Sofa plat-
ziert, mit einem gekonnten Handkantenschlag exakt
in der Mitte geknickt. Was mich immer an Katzen
erinnerte, die man mit eben diesem Schlag bis zu
den Ohren in das Sofa geprügelt hatte.

Wenn dann unser Haushaltsvorstand nach Hause
kam, wurde zuerst seine Aktentasche auf „Hasenbrot" untersucht. Obwohl das nichtgegessene Brot
unseres Vaters abgestanden und nach Butterbrot-
papier schmeckte war es doch etwas Besonderes.
Eben Hasenbrot. Nach dem Abendbrot las unser
Vater noch einmal ausführlich seine Tageszeitung,
während unsere Mutter noch schnell den letzten
Abwasch erledigte. Meistens spielten meine
Schwester und ich noch mit unseren Holzbauklöt-
zen, während unsere Eltern mit Zeitung und Stopf-
zeug ihren Feierabend langsam anklingen ließen.
Um sieben kam das Sandmännchen im Radio. Das
Zeichen für uns, sich danach schon mal langsam
bettfertig zu machen. Um acht Uhr ging es ab in die
Falle.
Das Radio spielte und eine Familienidylle macht
sich anheimelnd im Wohnzimmer breit. Die uner-
reichte „German Gemutlichkeit". Bevor wir nach
Vorsfelde zogen ergänzte sich der abendliche Kreis

26

noch mit unseren Großeltern mütterlicherseits. Um den Säulentisch herum war die ganze Familie versammelt. Großvaters mümmelte an seinem, von der Rinde befreiten und in Häppchen geschnitten, Brot. Seine Zähne standen schon zwecks Reinigung auf dem Nachtschrank. Er priemte. Wir Kinder bekamen Leberwurstbrothäppchen, mit der Rinde noch dran. Und es waren auch keine Häppchen, sondern Reiterlein. Die Deckenlampe, mit einem Aufrollmechanismus versehen, war bis dicht über den Tisch herabgezogen. Und wieder German Gemutlichkeit.

In unserem Neubaugebiet waren Kraftfahrzeuge noch rar gesät. Wir Kinder konnten deshalb auch unbeaufsichtigt vor der Tür oder auf dem Hof spielen. Na ja, unbeaufsichtigt. Eine gute Mutter hat ihre Augen und Ohren immer überall. Wir spielten Soldat und exerzierten auf dem Wäscheplatz hinter dem Haus. Ein Nachbarssohn hatte uns beigebracht: „Parademarsch, Parademarsch, der Hauptmann hat ein Loch im Arsch." Kaum verhallte dieser Reim, taten sich schon einige Fenster auf und unser Bataillon erhielt von erbosten Müttern den sofortigen Marschbefehl nach Hause. Abkommandiert zum Stubenarrest. „So etwas sagt man nicht! Oder willst du vielleicht ein Straßenkind werden?" Niemand von uns wollte ein Straßenkind werden, obwohl uns allen die wirkliche Vorstellung davon fehlte, was das überhaupt sei.

Einmal in der Woche kam morgens der Bäcker mit seinem Tempo Goliath, ein motorisierter Kastenwagen auf drei Rädern, in unsere Siedlung. Für mich jedes Mal ein Festtag. Dann bekam ich meinen geliebten Liebesknochen. Ein braunes Mürbeteiggebäck, aus zwei Hälften bestehend, in der Mitte mit Konfitüre gefüllt und eine Seite in Schokolade getaucht. Unser neuer Hausarzt hatte nämlich endlich die Süßigkeiten für mich freigegeben. Was bisher verboten, war ab jetzt sogar erwünscht. „Sehen Sie zu, das dieser Spiddel mal was auf die Rippen kriegt."

Von nun an gab es deshalb öfters mal Apfelmilchreis mit Zucker und Zimt für mich. Eigentlich eine leckere Mahlzeit, wenn meine Mutter es nicht immer zu gut mit mir gemeint hätte. Als Krönung goss sie mir nämlich braune Butter über den Reis. Ich hasste braune Butter. Allein der Geruch erzeugte bei mir Übelkeit. „Ach was! Das ist gute Butter! Andere Kinder wären froh, wenn sie so etwas kriegen würden!" Dann nahm sie meinen Löffel und rührte solange die zerlassene Butter unter den Milchreis, bis sie nicht mehr zu sehen war. Aber der Geruch war nicht verschwunden und allein das Bewusstsein, das sich das ekelhaft riechende Fett in jetzt meinem Essen befand, machten mir lange Zähne. Ich war immer froh, wenn endlich das Hänschen klein auf dem Grund meines Emailletellers zu sehen war. Ansonsten kochte meine Mutter hervorragend und variantenreich. Nur zwei Mal haben wir gemeutert. Mein Vater eingeschlossen. Beim ersten Mal war es die Grützwurst und das zweite war Brotsuppe.

Wir wurden an und für sich ziemlich gewaltlos erzogen, jedenfalls physisch. Hier und da mal eine Ohrfeige, aber ansonsten. Nur an einen Fall kann ich mich nur zu gut erinnern. Da gab es Keile satt. Hinter der Küchentür hing ein Brett, an dem die Geschirrtücher aufgehängt wurden. Davor hing ein hübscher Vorhang, den meine Mutter selbst bestickt hatte. Eines Tages entdeckte sie einen langen Schnitt darin. Sie war sehr erbost, weil sie der Vorhang viel Arbeit gekostet hatte. Ich habe nichts damit zu tun gehabt und auch meine Schwester beteuerte, nichts von diesem Schnitt zu wissen. Allerdings waren am Tag zuvor zwei Nachbarskinder zu Besuch gewesen, die als ziemliche Rangen bekannt waren. Jetzt wurde unsere Mutter erst richtig sauer. „Die Schuld auch noch auf andere schieben, das ist doch die Höhe! Wartet man, bis euer Vater nach Hause kommt!" Und der kam. Kaum war er in der Wohnung, erzählte sie ihm auch schon brühwarm von unserer vermeintlichen Schandtat. Wir hatten mächtigen Bammel vor unserem Alten, wussten wir doch, wie sehr er sich in eine Sache hineinsteigern konnte. Wir beteuerten abermals, nichts von diesem Schnitt zu wissen. Vergebens! Er holte einen Kleiderbügel, griff sich meine Schwester und prügelte mit ihm immer auf ihre Beine ein. Das wäre dafür, dass sie so unverschämt lügen würde und dann noch die Schuld auf andere schiebt. Meine Schwester schrie wie am Spieß und auch ich fing an zu heulen. Schläge auf die Beine tun hundsgemein weh und brennen wie Feuer. Mein Vater rief im Takt der Schläge: „Wirst Du Die Wahrheit Sagen! Wirst Du Die Wahrheit Sagen!" Irgendwann hielt er erschöpft inne und ließ sie los. Jetzt war ich dran. Immer auf die Beine! Ich zappelte und schrie vor Schmerzen. Auch hier glaubte er, die vermeintliche Wahrheit aus mir heraus prügeln zu können. Vergebene Liebesmüh. Irgendwann lagen meine Schwester und ich wimmernd in der Ecke, immer wieder versichernd, dass wir es nicht gewesen sind. Nächsten Tag sprach er nicht mit uns und tat so, als wenn er noch sauer auf uns wäre. Ich glaube aber, er hat sich geschämt, dass er so ausgerastet ist und er war beeindruckt von uns, dass wir trotz der fürchterlichen Prügel eine Tat nicht eingestanden haben, die wir nie begangen hatten.

Ein Jahr später lag meine Mutter im Krankenhaus. Blinddarmdurchbruch. Sie hatte sich die Schmerzen nicht anmerken lassen und erst, als sie in unserem Konsum zusammenklappte, kam sie mit Blaulicht ins Spital. Auf dem Weg in den OP erfolge der Durchbruch. Ein paar Minuten früher und sie wäre nicht mehr zu retten gewesen. Mein Vater musste nun für zwei Wochen den Haushalt schmeißen. Wir vermissten unsere Mutter sehr. Vater war viel strenger. Deshalb hatte ich ja auch Angst, als ich einmal in die Hose gemacht hatte. Ich wollte eigentlich immer nach oben auf die Toilette, aber mein bester Freund Kalli, der im Nebenhaus wohnte, verwickelte mich immer wieder in seine Spiele. Irgendwann war es dann zu spät. Denn irgendwann gibt nämlich auch der beste Schließmuskel nach. Auf dem Weg nach oben machte sich der Kötel dann auch noch selbständig und im ersten Stock rutschte mir das Teil dann aus dem Hosenbein meiner wollenen Spielhose. Ich nahm das Würstchen in die Hand, weil mir das alles unendlich peinlich war und ich keine Spuren hinterlassen wollte. Ich schämte mich entsetzlich, mein aber Vater fand das nur noch komisch. Außer, dass ich unter einem Ackergaul lag, weil ich meinte, dass ein Junge in meinem Alter doch wissen sollte, wie ein Pferd von unten aussieht, stellte ich nichts nennenswertes mehr an bis unsere Mutter aus dem Krankenhaus kam.

Es war damals üblich, nach der eigentlichen Kartoffelernte im Herbst eine Nachlese zu starten. Männlein wie Weiblein, Alt und Jung krochen auf allen Vieren über den Acker und klaubten die letzten Knollen aus dem sandigen Boden, die die Maschine nicht aufgenommen hatte. Das dürre Kartoffelkraut war bereits auf mehrere Haufen verteilt und wurde später angezündet. In der Glut dieser Feuer wurden dann die Kartoffeln geröstet. Da ich Kartoffelfeuer bisher nicht kannte, zweifelte ich in dem Jahr an dem Geisteszustand meiner Eltern. Ich sollte verbrannte Kartoffeln essen? Immer haben wir von unseren Eltern zu hören bekommen: „Das ist dreckig, das darfst du nicht essen!" oder „Steck das nicht in den Mund, das ist runtergefallen!" und plötzlich sollte es schick sein, mit Asche bedeckte, schwarz verbrannte Kartoffeln aus dem Feuer zu holen und auch noch zu essen? Ich verstand die Welt nicht mehr. Aber etwas Besseres habe ich selten zuvor gegessen! Kartoffelfeuerrauch gehört zu den schönsten Gerüchen in meinem Leben.

Und Dieses Leben war damals sehr beschaulich. Unsere Straße in Vorsfelde war noch nicht asphaltiert und nach jedem Sommerregen entstanden große Pfützen. Pfützen waren etwas Herrliches. Mein Freund Kalli und ich genossen es, barfuß darin herum zu waten und Stockschiffchen über Stromschnellen zu schicken, die wir durch geschicktes stauen des abfließenden Wassers selbst erzeugt hatten. Ein, zwei Tage später hatte die starke Sommersonne von unseren Meeren nur noch aufgeplatzte, sich noch oben wölbende, Schlammschindeln übrig gelassen.

Ich war jetzt groß genug zum Milch holen. Besonders im Winter, wenn das Schaufenster unseres kleinen Konsums festlich geschmückt war und der Sarotti- Mohr im Fenster fleißig elektrobetrieben vor sich hin nickte, machte ich gern diese kleine Besorgung für meine Mutter. Sarotti und Stockmann, die führenden Schokoladenhersteller in den Fünfzigern. Der Stockmannslogan im Fernsehen: „Stockmannschokolade! Bring eine mit!"
Wir hatten nämlich unseren ersten Fernseher bekommen! Meines Vaters Standartspruch war: „Nimm den Nüschel rum", wenn wir uns beim Abendbrot zu oft zum Fernseher umdrehten. Wer nämlich tagsüber nicht artig war, musste beim

Abendessen mit dem Rücken zum Fernseher sitzen. Und wer sich zu oft umdrehte, konnte ohne lange Vorwarnung auch schon mal etwas mit der verkehrten Hand, also mit dem Handrücken, an den Kopf bekommen. Mein Vater nahm auch keine Rücksicht darauf, dass er einen Siegelring trug.

Er mochte die Kiste eigentlich nicht. Nur auf Drängen meiner Mutter und aus Prestigegründen wurde dieses Gerät angeschafft. Damals ein schwerwirkendes Statussymbol. Der Freundeskreis meiner Eltern verdreifachte sich schlagartig. Jeden Samstagabend war Fullhouse, wie mein Vater sich ausdrückte. Für uns Kinder war das ideal. Meistens brachten die Besucher uns etwas mit. Wir lauerten schon im Kinderzimmer hinter der Tür. Meine Schwester liebte den „schönen Willi", unseres Vaters bester Freund. Ihr kam es nicht so drauf an, dass er etwas mitbrachte. Hauptsache, er war da.

Ein Fernsehabend im Wirtschaftswunderland mit Freunden, Chiantiwein, Salzstangen und Käse-Igel. Millowitsch und Ohnsorg, Schölermanns und Hesselbachs. Hätten Sie`s gewusst? Mit dem Quizmaster Karl- Heinz Mägerlein. Auch als Sportreporter tätig, lieferte er damals unbewusst einige legendäre Bonmots ab. Wie 1959 beim Kommentar eines Skirennens: „Tausende standen an Hängen und Pisten!" Für Nichtalpinisten kam das phonetisch mehr als Wasserlassen rüber. Oder ein Jahr später bei der Olympiade: „Und jetzt wickeln die Damen ihre hundert Meter Brust ab"!

Für uns Kinder war Fury bereit für einen Ausritt. Mike Nelson hatte Abenteuer unter Wasser und Wyatt Earp sorgte für Ordnung in Dogdecity. Zwei Jahre später war Earp out und am Fuß der blauen Berge mit Robert Fuller war In. Das Werbefernsehen im ersten Programm mit dem Seepferdchen von Fischerkoesen fand 1963 Konkurrenz durch das ZDF und den Mainzelmännchen. Aber in beiden Programmen ging das HB- Männchen in die Luft und Peter Stuyvesant ließ durch die deutschen Wohnzimmer den Duft der großen, weiten Welt wehen. Beliebter Spruch damals: „Ich sitze auf dem Lokusrand und rauche Peter Stuyvesant. Und was da hinten runterfällt, ist der Duft der großen, weiten Welt".

Mit dem Zweiten Deutschen Fernsehen gab es dann auch gleich die erste Fernbedienung. Vaters Befehl an uns Kinder: „Schalt mal um"! Und eine Standardfrage war: „Was gibt es auf dem anderen?" Logisch. Wenn es nur zwei Kanäle gibt ist eins davon zwangsläufig immer das andere. Neunzehn-

hundertachtundfünfzig hieß es wir siedeln um nach
Hannover- Buchholz.

Ein Jahr später meine Einschulung. Ein unverges-
sener Tag! Ich hatte Geburtstag, wurde eingeschult
und hatte Mumps. Anstatt das ABC zu schützen lag
ich daheim auf der Couch und pulte gelangweilt die
Heiltonerde unter meinem Verband hervor. Die
Schultüte lag wohlgefüllt aber unerreichbar für mich
auf dem Kleiderschrank. Als Trost brachte meine
Mutter mir einen Silberpfeil mit vom Einkaufen. Die
Bettdecke wurde zur Rennpiste umfunktioniert und
mein Mercedes gewann natürlich jedes Rennen.
Blumenampeln aus Kokosnüssen waren jetzt modern und Bambus. Mein Vater hatte für die neue
Wohnung gekonnt eine Blumenbank aus diesem
tropischen Gras gebaut, damit sich der grüne Daumen meiner Mutter voll entfalten konnte. Als Krönung schleppte er eines Abends einen Zimmer-
springbrunnen aus gelben durchsichtigen Kunststoff
an. Dieser an sich schmucklose Luftbefeuchter
wurde mit Plastikseerosen und gelben Quietsche-
Entchen verschönert. Das Flair der sechziger Jahre.

2. Zirkusluft

Mein Vater hat seinen Werkzeugmachermeister
gemacht. Ich war unheimlich stolz auf ihn. Mein Vater war ein Meister!!! Worin genau wusste ich damals allerdings nicht. Aber Meister! Gab es noch
etwas Höheres?

Ich hatte manchmal Koliken in der Nacht, von bösen
Alpträumen begleitet. Was in so einem Traum geschah kann ich nur annähernd beschreiben. Erst
war da ein ungutes Gefühl in der Bauchgegend. Im
Schlaf kam ES dann auf mich zu. ES ist etwas, was
man nicht richtig erklären kann. ES ist gewaltig! Am
ehesten kann man diesen Traum so nachvollziehen
wenn man sich vorstellt, dass in einer großen Rinne
eine riesige Kugel auf einem zu rollt und man ihr
nicht ausweichen kann. Diese Kugel wird immer
größer und größer, immer mächtiger und mächtiger
und man will vor ihr davonrennen, kann es aber
nicht. Sie will einen schier erdrücken, wächst dabei
aber immer noch weiter und weiter, bis man zum
Schluss das Gefühl hat, das ganze Universum
stürzt auf einen ein. Dann kommt ein gewaltiger
Rülpser oder ein kräftiger Furz und plötzlich ist alles
vorbei.

Es waren festgesetzte Gase, die sich in meinen
Gedärmen verfangen hatten. Wenn ich irgendetwas
Falsches gegessen hatte, kam es dann zu diesen
Blähungen. Die sammelten sich dann irgendwo in

meinem Darm zu einer großen Gasblase und blieb dort hängen. Der Körper wollte diese unangenehmen Winde aber loswerden und verschaffte ihnen dann durch Kolik artige Krämpfe den Weg nach draußen. Dieses Leiden begleitet mich noch heute.

Als Kind litt ich sehr darunter. Am schlimmsten war es, wenn etwas unvorhergesehenes passierte. Plötzlich und unerwartet. Dann verkrampfte sich mein ganzer Körper und es kam zu diesen fiesen Koliken, weil durch dieses Verkrampfen die Gase dann auch noch komprimiert wurden. Entweder fing ich da an zu schreien oder ich kippte um. Oder beides. Zum Glück waren sie anfangs noch nicht so häufig. Wenn meine Mutter mich nachts leiden hörte, kam sie an mein Bett und massierte mir mein Bäuchlein, bis ich entkrampfte und die Winde gehen ließ. Egal, in welche Richtung.
Manchmal kam es aber zu Konflikten mit anderen Kindern. Dem war ich im Prinzip gewachsen. Nur in Ausnahmesituationen hatte ich, dank der Koliken, schlecht Karten. Zum Beispiel einmal, als ein Zirkus bei uns in der Nähe seine Zelte aufschlug. Natürlich waren wir Kinder neugierig und begafften ehrfurchtsvoll das bunte Treiben. Besonders die Zirkuswagen zogen mich magisch an. Irgendwie musste ich dabei eine unsichtbare Grenze über-

schritten haben. Auf jeden Fall standen auf einmal drei Zirkuskinder vor mir und meiner Schwester. „Was habt ihr hier zu suchen? Verschwindet!" Ich hatte mächtig Schiss vor den beiden Jungs. Das Mädchen sah nicht so gefährlich aus, obwohl sie sich bemühte, sehr böse zu gucken. Langsam tastete ich mich rückwärtsgehend durch das Gewirr von Spannseilen und Zeltankern. Anscheinend nicht schnell genug. Der kleinere der beiden Jungs versetzte mir einen leichten Stoß vor die Brust. „Verschwindet, hab ich gesagt." Ich stolperte rückwärts über eins der Spannseile und fiel hin. Das reichte aus, um eine dieser gefürchteten Koliken in mir auszulösen. Ich wälzte mich auf dem Boden hin und her, trat um mich, und schrie vor Schmerzen. Wie lange der Anfall dauerte, kann ich nicht sagen. Irgendwann bemerkte ich, dass mich jemand aufhob und davon trug. Einige neugierige Mütter standen umher und gafften. Eine davon meinte spitz: „Undankbares Gör! Ich wollte ihm helfen und da hat er mich getreten. Na, wenn das mein Kind wär!" Sie schüttelte vielsagend ihre rechte Hand. Ich glaube, die Dame hatte die Situation gar nicht richtig begriffen. In ihrer Welt hat ein gut erzogener Junge artig einen Diener zu machen, ein Mädchen einen Knicks, und Erwachsenen gegenüber höflich zu sein. Jederzeit, immer und überall! Frech zu sein ging gar nicht. Und einen Erwachsenen zu treten war überhaupt der Frevel schlechthin.

Ein Mann trug mich in einen der Wohnwagen. Meine Schwester lief ängstlich hinter dem Zirkusmenschen hinterher, standen sie doch mit den Zigeunern auf einer Stufe und die sollten ja angeblich Kinder klauen. Bei uns im Dorf hieß es immer: „Holt die Wäsche rein und sperrt die Kinder weg! Die Zigeuner kommen". Meine Schwester war neun und stand der Sache relativ hilflos gegenüber. Trotzdem wollte sie ihren kleinen Bruder nicht im Stich lassen. Nicht auszudenken, wenn sie nach Hause käme und müsste unseren Eltern eingestehen, die Zigeuner haben ihren kleinen Bruder geklaut.

Mittlerweile hatte eine sehr gutaussehende Dame den Wohnwagen betreten. Sie drängte den Mann sanft zur Seite und wischte mir meine verschwitze Stirn mit einem bunten Tuch ab. Sie war sehr freundlich und hatte gute Augen. Auch der Mann strahlte sehr viel Ruhe und Selbstbewusstsein aus. „Was war denn los?" Die drei Kinder hatten offenbar die Aufgabe der Zirkuspolizei übernommen und sollten darauf achten, dass sich keine Fremden hinter den Wagen herumtrieben. Sie hatten nur ihre Pflicht getan. Dass da einer so ohne weiteres umkippt, darauf waren sie nicht gefasst und es tat ihnen auch Leid. Die schöne Zirkusprinzessin stellte mich auf den Tisch. Sie sah mir sanft in die Augen und fragte „Wir wollen uns bei dir entschuldigen. Sie haben es nicht mit Absicht getan. Nimmst Du unsere Entschuldigung an?" So etwas hatte mich noch nie ein Erwachsener gefragt. Ich nickte nur verschüchtert und sah der göttlichen Erscheinung tief in die rehbraunen Augen. Alle lachten erleichtert und der Mann hob mich vom Tisch. „Damit eure Neugier befriedigt wird, zeigen euch unsere Kinder jetzt den Zirkus". Ich habe lange nachgedacht, aber die Namen der Kinder sind mir beim besten Willen nicht mehr eingefallen. Und wenn ich mich recht erinnere, war der Zirkus auch nur vier Tage in Buchholz. Aber die waren bis auf lange Zeit die aufregendsten in meinem kurzen Leben.

Meine Schwester und ich durften uns frei im ganzen Zirkus bewegen. Natürlich nur in Begleitung unserer neuen Freunde. Alleine wäre das natürlich viel zu gefährlich gewesen. Bei der Nachmittagsvorstellung wurden wir wie selbstverständlich mit zum Stallgassendienst eingeteilt. Da hieß es nicht nur Requisiten zurechtlegen, da mussten auch die Ponys nach der Dressurnummer abgefangen werden. Superstolz war ich, als ich dann in der Sonntagsnachmittagsvorstellung ein Kamel am Strick halten durfte. Für einen Siebenjährigen ist so ein Tier groß wie der Mount Everest. Und draußen in der Vorstellung sa-

41

ßen meine Klassenkameraden und jedes Mal, wenn der Vorhang zur Stallgasse aufging, sahen sie mich und platzten vor Neid. Sicher, einige von Ihnen hatten auch versucht an dieses Privileg zu kommen. Aber da die meisten nur Unfug machten, wurden sie schnell wieder nach Zirkusmanier hinauskomplimentiert. Wir banden einfach nur den fußballspielenden Esel los. Meine Schwester und mich kannte er ja mittlerweile, aber wer fremd war, wurde von ihm gejagt und in den Hosenboden gezwickt. Und für kleine Jungs, aber auch für viele Erwachsene, sieht es mächtig gefährlich aus, wenn ein Esel mit gebleckte Zähnen und angelegten Ohren auf einem zugerast kommt. Da nimmt man sicherheitshalber schnell Reißaus. Auf jeden Fall haben wir uns jedes Mal köstlich amüsiert. Zumal wir sicher sein konnten, dass uns dieses Tier nicht tut. Wir kannten ja das geheime Laster des Grautiers! Rosinen! Wer ihm Rosinen gab, war sein bester Freund. Fürs Leben.

Es gab aber auch noch andere Dinge, die ein Siebenjähriger so im Zirkus zu sehen bekommt. Zum Beispiel Schamhaare. Meine Zirkusprinzessin machte Parterre- Akrobatik. Ich linste durch den Vorhang und bewunderte ihre elastischen, schlangengleichen Bewegungen. Sie machte eine Brücke und stütze sich mit dem Kopf auf dem Boden ab, hob graziös die Arme und sie begann in dieser Stellung um sich selbst herum zu laufen, ihren Kopf fest auf den Teppich gepresst und der Körper führte quasi sein Eigenleben. Damit sie sich nicht selber aufspulte musste sich ihre Becken auf eine bestimmte Art und Weise um sich selbst drehen, um so wieder an den Ausgangspunkt zurück zu gelangen. Die Musik wurde schneller und ihre Bewegungen rasanter. Bis plötzlich die Musik abbrach. Exakt das wohlgeformte Becken in meine Richtung gedreht und im vollen Scheinwerferlicht zog sich die Artistin langsam aus der Brücke in einen gekonnten Handstand hinein. Die Pailletten glitzerten im Scheinwerferlicht und das Trikot spannte sich prall über ihren strammen Venushügel. Und links und rechts lugten, für das Publikum über die Entfernung nicht sichtbar, für mich aber umso deutlicher, ganz verschämt einige pechschwarze Löckchen hervor. Ich fand es unästhetisch. Es war in den Fünfzigern völlig unüblich, dass ein siebenjähriger Knabe wusste, was Schamhaare sind. Glaubten die Erwachsenen. Aber ich wusste es schon seit meiner frühesten Kindheit. Bis zu einem gewissen Alter wurden nämlich auch Knaben zum Pinkeln mit auf die Damentoilette mitgenommen. Da gab es eben schon mal das eine oder andere Schamdreieck zu sehen. Aber das nahm man als Kind eben ganz unschuldig als gegeben hin. Das ist man bei erwachsenen Frauen so und so gehört das auch. So, und nicht anders. Erst wenn der Filius die zum Wasserlassen erforderlichen Handgriffe allein erledigen konnten, war er bereit für die Herrentoilette. Bis dahin war ein Junge eben gezwungen mit bei den Damen pullern zu gehen. Normalerweise hätte mich darum der Anblick der lockigen Pracht auch nicht großartig interessiert. Ich vermute aber, dass die wenigen Schamhaare, die aus dem Trikot herauslugten, ganz einfach das Bild der Heiligen, die ich in der Zirkusprinzessin sah, zerstörten. Heilige haben eben keine Schamhaare zu haben! Basta!

Ich fühlte ich mich bei den Zirkusleuten wohl. Sie gingen alle sehr respektvoll und liebevoll miteinander um. Es wurde viel gelacht bei ihnen und gegenseitiges necken war immer an der Tagesordnung. Der Direktor war zwar der Direktor, aber nur vom Zirkus. In der Familie hatte er genau so seine Aufgaben zu erledigen, wie alle anderen auch. Wer Kartoffel schälen musste, musste eben Kartoffelschälen. Direktor hin oder her. Chef sein allein macht nicht satt.
Ich wusste zwar, dass die Truppe am Montag weiterziehen würde, aber wie schnell so ein Zirkus ab-

gebaut ist, war mir nicht klar. Als ich an diesem
Montag nach der Schule den Platz erreichte, war
das Chapiteau verschwunden. Keine Wagen mehr
da, keine Stallzelte. Wo die Manege war lag nur
noch eine Mischung aus Sägespänen, Pferdeäpfeln
und Kameldung. Es blieb mir nur der Duft, die Erinnerung an den Hauch der Magie dieser geheimnisvollen fremden schönen Glitzerwelt. Immerhin ist
mir ein tränenreicher Abschied erspart geblieben.
Kein letztes Händeschütteln, kein Abschiedskuss
auf die Wange, aber auch kein letztes erschnuppern
des süßen Dufts meiner Zirkusprinzessin. Todtrau-
rig über den Verlust meiner liebgewonnenen neuen
Freunde lungerte ich noch einige Tage auf dem
ehemaligen Zirkusplatz herum. Ständig darauf er-
picht, noch einen Hauch vom Manegenduft zu erwit-
tern. Aber nach einer Woche machte ein lauer
Sommerregen auch diesen letzten Erinnerungen
den Garaus. Den Hang zu Tieren und zum Zirkus
habe ich aber nie ganz verloren, wie man später
sehen wird.

Um Missverständnisse vorzubeugen, diese Koliken
waren tagsüber sehr selten. Ich wuchs ganz normal
auf und hatte nur nachts ab und zu mal Probleme
mit meiner Kaldaune. Es sei denn eben, es gab
Stress. Wie zum Beispiel das Anfertigen eines

Gipsbettes. Man hielt dieses Folterinstrument für Kinder lange Zeit für das Nonplusultra der Kinderorthopädie. An und für sich eine ganz harmlose, ja im gewissen Sinne sogar angenehme Sache, weil Gips beim Abbinden eine wohltuende Wärme entwickelt. Man braucht nur nackt auf dem Bauch auf einer Art OP-Tisch zu liegen und die entsprechende Rückenpartie wird kreuzweise mit nassen Gipsbinden eingekleistert. Eigentlich nichts Schlimmes. Der springende Punkt für mich war damals das Nacktsein. Das war mir vor den fremden Assistentinnen des Orthopäden äußerst peinlich. Wenn ich allerdings allein zuhause gewesen bin, eine höchst interessante Angelegenheit für mich. Da konnte man endlich mal seinen eigenen Körper kennen lernen. Vater bei der Arbeit, Schwester in der Schule und die Mutter zum Einkaufen. Ulli allein zu Haus! Also raus aus den Klamotten!. Die beste Gelegenheit, dem kindlichen Forscherdrang nachzugeben. Ich kletterte dann auf die Frisierkommode und konnte mich in dem dreiflügrigen Spiegel wunderbar betrachten. Und mit einigen Verrenkungen auch Körperteile erforschen, die einem eigentlich nicht sofort ins Auge fielen. Eines Tages war ich so in meine Erkundigungen vertieft, als ich den Schlüssel im Schlüsselloch hörte. Es war zu spät, mich noch anzukleiden. Voller Scham versteckte ich mich in der Wäschetruhe. Dummerweise stellte meine Mutter dort sofort den vollen Wäschekorb ab, den sie aus der Waschküche geholt hatte. So gefangen in der Truhe fing ich vor Angst an zu weinen. Meine Mutter befreite mich aus dieser misslichen Lage. Wenn sie sich gewundert hatte, warum ich so gänzlich unbekleidet in der Wäschetruhe saß, hat sie es auf jeden Fall nicht gezeigt.

Allerdings war ihre mütterliche Fürsorge manchmal auch lästig. Als ich zum Beispiel beim traditionellen Himmelfahrtpicknick öfters mal mit der Schaufel zwecks Darmentleerung im Wald verschwand, vermutete meine Mutter gleich eine gefährliche Infektion. Dabei habe ich es nur genossen, mal nackt im Unterholz herum zu strolchen. Außer Sichtweite der anderen ließ ich sofort meine Lederhose fallen und genoss den Wind auf meinem nackten Körper. Das „Groß müssen" war nur ein Vorwand. Die anschließende Verstopfung durch Kohlekompretten, die mir meine besorgte Mutter vorsorglich verabreichte, war kein allzu hoher Preis für das kurze Gefühl der absoluten Freiheit.
Meine Scheu, mich nackt zu zeigen, habe ich mittlerweile abgelegt. Heute bin ich Mitglied beim DFK, dem Dachverband der deutschen FKK- Vereine und habe sogar eine Schwimmhalle gefunden, in der

man außerhalb der Sommersaison nackt schwimmen kann.

Warum ich mich aber damals vor anderen so genierte? Das lag an den peinlichen Begebenheiten in meiner frühen Jugend. Es war damals ein ziemlicher Akt, ein Wannenbad zu nehmen oder auch nur zu duschen. Um warmes Wasser für diesen Zweck zu bekommen musste man erst einem voluminösen Badeofen anheizen. Und das dauerte. Das so erhitzte Wasser war auch mengenmäßig begrenzt. Nach hundert Litern war Schluss. Dann war der Heißwasserbehälter leer und die nächsten hundert Liter mussten erwärmt werden. Weil alles so umständlich war, wurde auch nur einmal in der Woche gebadet. Am Samstag. Erst wurden die Kinder in der Wanne eingeweicht, weil man dafür weniger Wasser brauchte. War die Brut nicht allzu dreckig, wurde mit warmen Wasser einfach nur aufgefüllt. Das reichte dann auch für die Eltern.

Deshalb wurde ich Wochentags kurzerhand in der Wohnstube in einer braunen Waschschüssel abgeschrubbt. Diese stand in der Fensterbank und mein kleiner nackter Hintern schien zum Fenster hinaus. Peinlich genug. Krampfhaft darum bemüht, wenigstens die vordere Blöße zu bedecken, hielt ich meine Hände vor den „Schnippel". Meine Mutter störte das immer, wenn sie mich abrubbeln wollte und schob

dann energisch meine Hände zur Seite. Auf diesen
Augenblick hat meine Schwester nur gewartet. Mit
der linken Hand wies sie auf mein entblößtes Geni-
tal, während sie mit dem gestreckten Zeigefinger
der rechten Hand rhythmisch über den Zeigefinger
der linken Hand strich. „Schimm, schimm, schäme
dich! Alle Leute sehen dich!" Ich wollte am liebsten
vor Scham im Erdboden versinken, waren ja meistens nicht nur meine Eltern anwesend, sondern
auch meine Großeltern, öfters auch mal meine Tante oder meine Cousine. Alle grinsten, während meine Schwester ihr Schmählied sang. Und ich kleines
nacktes Kerlchen, hilflos in der Fensterbank stehend, allen Blicken preisgegeben, fand kein Mause-
loch, in dem ich mich verkriechen konnte. Das
prägt!
Deshalb war es auch nicht verwunderlich, dass
mich eine heftige Kolik- Attacke übermannte, als ich
das Gipsbett bekommen sollte. Die Ärzte verspra-
chen sich dadurch eine Verbesserung meiner Kör-
perhaltung. Noch wäre die Skoliose in den Griff zu
kriegen, wenn man mich für eine gewisse Zeit
nachts in diesen Panzer schnallen würde. So erhoff-
te man sich, mein Rückgrat in die normale Stellung
zu zwingen. Klingt einfach. Man hatte aber einen
wichtigen Faktor nicht berücksichtigt! Mich! Die vielen Personen um mich herum machten mich ohne-

hin schon nervös. Als ich dann auf dem Behandlungstisch stand und vor aller Augen entkleidet wurde, krampfte sich alles in mir zusammen. In dem Moment, wo ich nur noch im Schlüpfer da stand, ging es los. Wellen des Schmerzes durchzogen meinen kleinen Körper. Ich ließ mich fallen und krallte mich am Tisch fest. Dabei schrie ich wie am Spieß und warf mich hin und her. Die erschrockenen Schwestern hatten Mühe, meine verkrampften Hände von der Tischkante zu lösen, so krallte ich mich in meinem Schmerz fest. Mit hochrotem Kopf versuchte meine Mutter mich zu beruhigen. Ihr war das alle sehr peinlich und sie war froh, dass uns eine Schwester in den Nebenraum führte, wo meine Mutter begann, mich wimmerndes Bündel wieder anzuziehen. Nachdem ich mich etwas beruhigt hatte entfuhr mir der verhockte Wind, der diese schlimmen Schmerzen verursacht hatte, mit einem lauten Getöse durch die rückwärtige Öffnung meines Körpers. Was die tiefe Rötung des Gesichts meiner Mutter noch um einige Nuancen intensivierte. Fluchtartig verließen wir die Behandlungsräume und der Versuch, mir ein Gipsbett zu verpassen, wurde erst mal auf unbekannte Zeit verschoben. „Schimm, schimm, schäme dich, alle Leute sehen dich!"

Ansonsten war das Leben in Hannover recht angenehm. Da wir in ein Neubaugebiet gezogen sind, gab immer etwas zu sehen und zu entdecken, war ich doch ständig mit meinem roten Tretroller auf Achse. Die Dampfwalze, die mit ihren mächtigen Rädern den Asphalt des Wendekreisels unserer Sackgasse verdichtete, oder der Bagger, der ein paar Blocks weiter neue Baugruben aushob, ich war immer dabei. Da es sich um ein in sich abgeschlossenes Gebiet handelte, ohne große Straßen und kaum Verkehr, konnten wir Kinder den ganzen lieben langen Tag machen und tun, wonach uns gerade der Sinn stand. Mit meinem Roller war ich ja sehr mobil und auch stets überall dort zu finden, wo was los war.

Nach meiner Einschulung hatte ich auch bald einen guten Freund gefunden. Axel Thiede! Wir hingen den ganzen Tag zusammen. Axel hatte noch zwei Geschwister. Klaus, sein Bruder und eine Schwester, deren Namen ich vergessen habe. Klaus und Axel teilten sich ein Zimmer. Klaus war etwas pummelig und hatte unter seinem Bett eine elektrische Eisenbahn, die man wie eine übergroße Schublade hervorziehen konnte. Die Schwester kümmerte sich nicht um uns. Sie hatte schon etwas Busen und ihr eigenes Zimmer. Axel hieß anders, als sein Vater. Es war auch nicht sein richtiger Vater, sondern sein

Stiefvater. Dort hörte ich auch das erste Mal den Begriff Scheidung. In Axels Zimmer stand eine hellbeige Chaiselongue. Das war beim Cowboyspielen unsere Postkutsche und musste so manche wilde Verfolgungsjagd mitmachen, wenn uns die bösen Räuber nachjagten.

Zwischen unserem Haus und dem Mittellandkanal lag ein Stück Brachland. Gleich ganz vorn lag ein großes Stück Beton. Dieses diente uns bei unseren Cowboy- und Indianerspielen als Ausguck oder als Gebirge schlechthin. Ich war stolz auf mein Cowboy- Equipment. Ein ausgedienter Hut meines Vaters, die Krempe war links und rechts mit Sicherheitsnadel hochgesteckt, war mein Stetson. Die Nadeln waren natürlich von innen durchgesteckt, so dass man sie nicht sehen konnte. Ich habe damals schon auf Stil geachtet. Wo hat man denn jemals gesehen, dass Cowboys ihre Hutkrempen mit Sicherheitsnadeln hochsteckten.
Mein Vater kümmerte sich nicht sehr viel um uns Kinder. Aber gelegentlich nahm er uns doch wahr. Zum Beispiel ließ er mich eines Tages mein Revolverhalfter abschnallen, als ich zum Spielen raus wollte. Verunsichert übergab ich ihm das geliebte Stück. Mein Vater hat es nie für notwendig gehalten, als Familienoberhaupt irgendwelche großarti-

gen Erklärungen über sein momentanes Handeln abzugeben. Darum bangte ich auch um mein Lieblingsausrüstungstück, als er sein Taschenmesser zückte. Aber er schnitt nur zwei kleine Schlitze in das untere Teil des Holsters und zog einen Schnürsenkel hindurch. „Richtige Cowboys binden sich das Halfter am Bein fest, damit es beim Reiten nicht hin und her schlenkert." Wow! Ulli! Jetzt noch Stilechter! Donnerwetter! Über eins sah ich, trotz meiner Detailversessenheit, aber doch großzügig hinweg. Nämlich, dass Cowboys nie in kurzen Hosen ritten. Doch angesichts der großen Hitze in diesem Jahr war mir die Bequemlichkeit dann doch wichtiger, als mich stilgerecht in langen Nietenhosen tot zu schwitzen. Da nahm ich auch in Kauf, dass der Schnürsenkel mein nacktes Kinderbein doch ab und zu empfindlich wund scheuerte. Beim nächsten Wyatt-Earp- Film habe ich dann auch extra genau darauf geachtet, ob die Kuhhirten sich wirklich das Holster ans Bein banden. Tatsächlich! Es stimmt!

Wenn ich nicht mit meinem Freund Axel unterwegs war, spielte ich noch mit unserem Nachbarssohn Viktor. Vitscha genannt. Seine Eltern kamen aus Weißrussland und kauten unentwegt Sonnenblumenkerne. Er war auch so fasziniert von großen Baumaschinen, wie ich. Als hinter unserem Haus der Rasen angelegt werden sollte, musste erst ein Bulldozer das Terrain ebnen. Wir waren überwältigt, von der Leichtigkeit, mit der dieses gewaltige Baugerät riesige Erdmengen vor sich her schob. Doch die Krönung war, als sich das Monster mit seinen stählernen Zähne, drei große Eisenkrallen, die hinten an der Raupe hydraulisch abgesenkt werden konnten, in das Erdreich verbiss und ihm tiefe, klaffende Wunden zufügte.

An Regentagen habe ich ab und zu bei Viktor gespielt. Wir spielten „Mike Nelson, Abenteuer unter Wasser" nach. Eine Serie, die damals im Vorabendprogramm lief. Vitscha hatte sich eine Kette aus Kastanien gebastelt und die trug er wie den Atemschlauch eines Lungenautomaten um den Hals. Immer wenn er sich stilgerecht rückwärts in „Wasser" fallen ließ, setzte er seine imaginäre Taucherbrille auf und nahm die Kastanienkette in den Mund, zwecks Sauerstoffversorgung. Es sah für mich sehr professionell und realistisch aus. Ich beneidete ihn etwas darum. Es wäre mir ein leichtes gewesen, auch so ein Teil zu basteln. Aber das wäre ja kopiert. Und das war unter meiner Würde. Ich musste schon damals nicht immer unbedingt alles nachmachen, was andere aufbracht haben. Ich war schon ein kleiner Individualist.

Im dem Sommer hatten Viktor und ich hinter dem Haus einmal ein großes Loch gebuddelt. Ein paar größere Jungs halfen uns dabei und so wurde es tiefer, als eigentlich geplant. Wir waren stolz! Diese Grube war mindestens einen Meter tief! Am nächsten Morgen wollte ich kurz vor der Schule noch rasch einen Blick auf unser Meisterwerk werfen. Viktor hatte wohl die gleiche Idee gehabt. Als ich an unserem Loch ankam, war er jedenfalls schon drin. Schmutzig und verheult sah er mir entgegen. Mein Versuch, ihn raus zu ziehen, scheiterte an meiner Kraft und seinem Gewicht. Schnell alarmierte ich unsere Mütter und Viktor wurde gerettet. Er ist wohl zu nahe an dem Grubenrand getreten und die inzwischen bröcklige Erde hatte nachgegeben. So ist er in das Loch gerutscht und konnte sich selbst nicht mehr befreien. Wäre ich nicht auf die Idee gekommen, unser Werk noch einmal zu begutachten, hätte Viktor wohl noch einige traumatische Stunden vor sich gehabt. Am Nachmittag mussten die größeren Jungs unter den Argusaugen aller Mütter aus unserem Block das kinderfressende Loch mit Steinen und Betonbrocken auffüllen und mit Erde zuschaufeln. Und wir durften ab jetzt nur noch harmlose, flache Löcher buddeln.

Auf dem Brachland hinter dem neu angesäten Rasen konnte man auch prächtige Hütten bauen. Mit ein paar langen Stangen, etlichen Decken und einer Handvoll Wäscheklammern entstanden wunderbare Patchworkzelte, die sich sogar teilweise als wasserdicht erwiesen. Ich kann mich noch gut an einen Platzregen erinnern, bei der wir in unserem Zelt Zuflucht suchten. Ich habe noch das Bild vor Augen und auch den Geruch der dampfenden Sommerwiese in der Nase. An dem Tag war auch meine erste große Liebe anwesend. Gabi! Sie ging in meine Klasse und war eine blondgelockte, sommersprossige Schönheit mit Stupsnase. Im Zelt war es eng und sehr schwül. Ich saß neben ihr und himmelte sie an. Ihren Duft nahm ich in mir auf und ihre kleinen Schweißperlen am Hals hätte ich am liebsten auch noch inhaliert. Ihr helles Lachen machte mich glücklich. Manchmal sah sie mich schelmisch an, als ob sie um meinen Zustand wusste. Ich habe ihr meine Liebe nie gestanden. Aber auf dem Schulhof in der großen Pause; wenn sie Arm in Arm mit ihrer besten Freundin über den Schulhof flanierte, kreuzte ich wie zufällig ihren Weg und ließ ebenso zufällig eine Stange „Prickelpit" fallen. Brausebonbons. Wenn sie rief: „Ulli, du hast etwas verloren!" war ich selig. Generös sagte ich dann „Ach, behalt nur!" Dann war da wieder dieser tiefe Blick, der mich dahin schmelzen ließ. Erst viel später ist mit klar geworden, dass sie sehr genau um meinen

Zustand gewusst haben muss und mit mir spielte.
Aber weder sie noch ich waren mit unseren sieben
Jahren wohl reif genug für eine ernstere Beziehung.
Da ich in der Woche mehrmals Prickelpit verlor,
ging das natürlich ganz schön ins Taschengeld.
Aber was tut man nicht alles für die erste Liebe sei-
nes Lebens. Prickelpit gibt es übrigens auch noch
heute zu kaufen.
Ich war auch eifersüchtig auf einen der Lehrer. Gabi
war nicht nur hübsch, sie war auch intelligent und
konnte gut singen. Außerdem konnte sie ihren
Charme auch schon sehr gezielt einsetzen. Wenn
sie es darauf anlegte, durfte sie immer bei diesem
Lehrer auf dem Pult sitzen und uns etwas vorsin-
gen. Ich glaube, sie hat das auch ziemlich genossen.
Einmal habe ich richtig „n´Jack voll" bekommen.
Viktor und ich haben verbotener Weise am Mittellandkanal gespielt. Da gab es das Fragment eines
Fundamentes aus Mauersteinen von einem ehemaligen Anlegesteg. Es ragte noch ungefähr einen Meter weit in den Kanal hinein, stand etwa eine Hand-
breit unter Wasser und war mit Grünalgen bewachsen. Wer wagte es, auf diesem schmalen, u-
förmigen Streifen zu balancieren? Viktor machte es
vor, ich machte es nach! Viktor gelang es, mir nicht.
Die Sandalen und die Socken, auch die Lederhose,

trockneten im Laufe des Nachmittags beim Spielen in der Sonne. Nur die Unterhose nicht. Als meine Mutter abends meine Sachen für die Wäsche einsammelte, entdeckte sie das Corpus Delicti! Die Ausrede mit durchgeschwitzt nahm sie mir nicht ab. Die Wahrheit hatte Folgen. Mein schmerzender Pöter ließ mich die Sorge meiner Mutter um mein zartes Persönchen doch eine Zeit lang nicht vergessen. Noch schmerzlicher war jedoch der Stubenarrest am nächsten Tag. Neidvoll musste ich vom Balkon aus zusehen, wie sich meine Freunde bei dem strahlenden Sommerwetter auf der Wiese tummelten.

Die Schule war ok. Ich ging gerne hin, aber auch genauso gerne wieder zurück. Ab und zu liefen wir verbotener Weise am Mittellandkanal nach Hause. Das war wesentlich interessanter, als der Weg durch die Stadt. Ich hatte einen in der Klasse, der hieß Richard. Er war größer als wir und auch viel stärker. Er war wohl in der ersten Klasse schon mal sitzen geblieben und galt deshalb als dumm. Er war nicht zimperlich, wenn es darum ging, seine körperliche Überlegenheit einzusetzen. Darum blieb es auch ungeahndet, als er mir einmal von einem Baum herab auf den Kopf pinkelte. Er fand es wahnsinnig komisch und hat sich köstlich amüsiert. Ich hingegen war eher schockiert über seine Tat und fand es ungeheuer ekelig. Zu Hause habe ich nichts gesagt. Meine Mutter hat sich nur gewundert, dass ich mir gleich nach dem Nachhause kommen den Kopf gewaschen hatte. Sie gab sich mit der Erklärung „Sand im Haar" zufrieden.

Als der kleine Bruder einer Mitschülerin im Kanal ertrank, war es unter strengster Strafe verboten, diesen Heimweg zu benutzen. Ich hatte gesehen, wie die Feuerwehr den Kanal mit Totenangeln abfischte und war sehr beeindruckt. Irgendjemand hatte mir erzählt, dass Totenangeln mit Widerhaken bestückt sind, die sich in das Fleisch der Wasserleichen bohren. Mir war klar, dass eine Leiche keinen Schmerz mehr verspüren kann, aber das Bewusstsein, wie sich so ein Widerhaken in ein kleines Kind rein bohrt, ließ mich doch ziemlich erschauern. Ich fand das so fürchterlich, hatte ich doch selbst einmal einen Widerhaken in meinem Finger gehabt und deshalb einen Höllenrespekt vor solchen Teilen. Ich hatte zu Weihnachten einen Hubschrauber bekommen, der über einer biegsamen Welle mit einer Kurbel verbunden war. Wenn man die Kurbel schnell genug drehte, setzte sich der Rotor in Bewegung und der Helikopter flog. Dummerweise waren das Fahrgestell aus Draht gebogen und die Räder unten nur aufgesteckt. Damit sie nicht abfielen,

waren die Drähte vor den Rädern einfach nur zu-
sammengequetscht. Nun waren die Quetschstellen
nicht sauber entgratet gewesen und einer dieser
scharfkantigen Enden bohrte sich in meinen Zeigefinger. Der Draht ließ sich einfach nicht mehr herausziehen, weil durch das Quetschen ein Widerhaken entstanden war. Ich schrie und zappelte, bis
mein Vater die Geduld verlor und den Verursacher
meines Schmerzes mit einen kurzen, aber kräftigen
Ruck entfernte. Hört sich brutal an, war aber eigentlich die schnellste und humanste Methode, mich
von meiner Pein zu befreien. Das bissige Fluggerät
wurde natürlich umgehend entsorgt.

Uschis elfter Geburtstag war eine Katastrophe. Wal-
ter Ulbricht hatte zur Feier des Tages eine Mauer
quer durch Berlin bauen lassen. Meine Schwester
hat ihm nie verziehen, dass er sich ausgerechnet
den dreizehnten August für die Erbauung dieses
Monuments der Schande ausgesucht hatte.

Als der Sommer ins Land ging und sich die ersten
Blätter bunt färbten, mussten wir auch wieder mit
dem Bus zur Schule fahren. Mit der Schülerkarte
um den Hals. Die musste bei jeder Fahrt vom Fahrer abgestempelt werden.

Der Herbst hatte auch seine schönen Seiten. Die nasse Kälte hielt uns nicht davon ab, draußen zu spielen. Cowboy und Indianer waren jetzt out, stattdessen waren wir mehr Bergsteiger auf dem abgestorbenen Baum auf unserer Wiese. Unser Spiel konnte auch plötzlich zum Afrikaforscher umschwenken, wenn der Löwe erschien. Der Löwe war ein Chow-Chow, der mit seinem Herrchen ab und zu am Kanal Gassi ging.

Eine Herbstszene hat sich mir eingeprägt. Nichts Besonderes. Aber ich muss noch heute in dieser Jahreszeit ab und zu dran denken. Meine Mutter und ich waren in der Stadt unterwegs gewesen. Erschöpft und frierend haben wir uns in einer Bratwurstbude gestärkt. Es dunkelte schon, als wir uns auf den Heimweg machten. Satt und ein bisschen schläfrig trabte ich neben meiner Mutter her, als wir zur Bushaltestelle an der Podbielskistraße. Es hatte zuvor leicht genieselt. Wir standen im Wartehäuschen und warteten auf unseren Bus. Die letzte Helligkeit am Horizont, die grellen Autoscheinwerfer und die Leuchtreklamen spiegelten sich im nassen Kopfsteinpflaster wieder und eine Windböe ließ einen Regen aus buntem Herbstlaub auf unser hernieder fallen. Das alles hatte etwas Unwirkliches an sich und war vielleicht deshalb für mich so beeindruckend. Wie gesagt, nichts Besonderes, aber besonders genug, um es ein ganzes Leben lang nicht zu vergessen.

Genau so tief hat sich in mein Gehirn verankert, wie ich an einem Wintermorgen auf das Brachland hinter unserem Haus kam. Der Nachtfrost hatte alle Büsche und Bäume mit Raureif überzuckert und auf der Wiese zogen Nebelschwaden durch die bereiften Gräser. Vor mir lag eine phantastische, unwirklich wirkende, surrealistische Welt, die dem Märchen „Die Eiskönigin" entnommen zu sein schien.

Am Abend zu Hause verströmte der Kachelofen seine angenehme Wärme und im Fernsehen lief die Kinderstunde mit Fiete Appelsnut. Eingekuschelt in einer Decke auf dem Sofa, ein Becher Kakao in den Händen, einen Bratapfel mit Zucker und Zimt auf dem Teller, machten diesen dunklen Herbstabend so richtig gemütlich.

3. Ostern in Hamburg
Der Winter wurde hart und lang. Aber reichlich Schnee und zugefrorene Tümpel boten eine Menge

Vergnügen und Abwechslung für uns Kinder. Zum Nikolaus hatten sich unsere Eltern etwas Besonderes für uns ausgedacht. Ich glaube aber, das ging eher von meiner Mutter aus. Mein Vater war ein viel zu großer Egoist, als dass er sich Gedanken darüber gemacht hätte, wie man uns Kinder bespaßen könnte. Meine Schwester und ich lagen schon einige Zeit im Bett und waren gerade am Einduseln, als auf dem Flur ein großer Radau anhub. Unsere Mutter schimpfte laut und auch die erregte Stimme unseres Vaters war zu hören. Auf einmal ging die Wohnungstür auf und schwere Schritte entfernten sich durchs Treppenhaus. Dann schloss sich die Tür wieder. Meine Schwester und ich sahen uns ängstlich an. Unsere Mutter kam aufgeregt ins Kinderzimmer. „Kommt schnell! Steht auf! Der Nikolaus war hier und stellt euch vor, mitten im Flur ist ihm der Sack geplatzt!" Wir sprangen aus unseren Betten und tatsächlich! Im ganzen Korridor lagen Süßigkeiten, Äpfel, Nüsse und kleines Spielzeug bunt durcheinander. Selbst meine Schwester, sie war immerhin schon zehn, war beeindruckt. Dass es keinen Nikolaus oder Weihnachtsmann gibt, wusste sie schon lange. Aber ich glaube, in dieser Nacht kamen ihr doch noch leise Zweifel.

Weihnachten war ergiebig. Eine Ritterburg war jetzt mein ganzer Stolz. Nur ein kleines Manko hatte mein neues Spielzeug. Außer einem waren alle Ritter nicht maßstabsgetreu. Und dieser einzige Recke, ein Produkt der Firma Hauser, war auch der teuerste. fünfzig Pfennig. Zum Vergleich, die Bildzeitung kostete damals einen Groschen. Die anderen Kämpfer, Billigversionen aus den Wundertüten, waren größer und passten nicht so recht zu der Burg. Aber da sie wesentlich preiswerter waren, musste mein Hang zu Perfektion natürlich hinten anstehen.

Mein rechter Arm war verbunden. Ich bin frech gewesen und meine Mutter fegte hinter mir her. Meine Flucht sollte durch den Flur ins Wohnzimmer gehen, damit ich den großen Esstisch zwischen mir und meiner Verfolgerin bringen konnte. Allerdings rutschte ich aus, als ich mich in die Linkskurve legte, und prallte gegen die Wohnzimmertür, von dort aus zurück gegen den Türrahmen und dann mit dem rechten Oberarm gegen das glühende Ofenrohr. Das ging bei diesem Ofen nicht, wie sonst üblich, nach oben, sondern seitwärts mit einem sogenannten Knie in den Schornstein hinein. Ein kurzes Zischen und meine Haut blieb gleich am Rohr kleben. Zwei Schreie, meiner und der meiner Mutter, dann der Geruch von verbrannter Haut. Ich sah meine Mutter nur mit großen Augen an. Vielleicht

war es der Schock, der mich nicht weinen ließ, oder
der Kontakt mit dem glühenden Eisen war zu kurz,
um richtige Schmerzen anzurichten. Nur beim Auf-
tragen der Brandsalbe und beim Verbinden flossen
ein paar spärliche Tränen. Dass es meiner Mutter
Leid tat, konnte ich am nächsten Tag an der Zahl
der Wundertüten erkennen, die sie mir vom Einkaufen mitgebracht hatte.

Am siebzehnten Februar ging eine Schreckens-
meldung durch alle Nachrichten. Sturmflut in Hamburg! Ich hatte sofort Angst um meine Großeltern.
Die beängstigenden Bilder aus dem Fernsehen lie-
ferten meiner Phantasie auch noch reichlich Nahrung. Vor meinem geistigen Auge sah ich ganz
Hamburg als eine einzige Wasserfläche, aus der
nur noch der Michel herausragte. Es war zwar tra-
gisch, aber zum Glück nicht so dramatisch, wie ich
es mir ausgemalt hatte. Aus gegebenen Anlass beschlossen meine Eltern deshalb, über Ostern nach
Hamburg zu fahren, die Großeltern väterlicherseits
besuchen. Ich bin bis dahin nur einmal dort gewesen. Das muss neunzehnhundertsiebenundfünfzig
gewesen sein. Selbst zwölf Jahre nach dem Krieg
standen da noch eine Menge ausgebrannter Ruinen
herum. Eine bedrückende Szenerie. Ich erwartete
ähnliches, wie damals, wurde aber enttäuscht. Wo
einst Ruinen, standen jetzt schon stolze Neubauten.

Der „schöne Willi" fuhr uns mit seinem Brezelkäfer hin. Ich saß am liebsten hinter dem Fahrer und freute mich immer, wen beim Linksabbiegen der Winker aus der B-Säule erschien und zwecks Zeichengebung auf und ab winkte. Diese anfällige Technik wurde wenig später durch die uns heute bekannten Blinker ersetzt.

Den Großeltern fiel der Umgang mit uns Kindern schwer. Der Opa selber bemühte sich manchmal um uns, in dem er Pfeifen schnitzte oder mal einen Turner, der am Reck turnte. Aber da er nie sagte: „Da, schenke ich euch!", trauten wir uns nie, mit den Sachen zu spielen. Sie verschwanden dann regelmäßig im Ofen. Oma litt seit ewigen Zeiten an Asthma. Mindestens zwei Mal in der Woche kam nachts der Notarzt. Es war eine verbitterte Oma mit verkniffenen Mund und schriller Stimme. Ich kann mich nicht daran erinnern, dass sie mich oder meine Schwester irgendwann mal mit Namen angesprochen hätte oder gar berührte.

Trotzdem gefiel es mir in Hamburg. Hamburg war für mich Alsterdampfer fahren und Hafen. Enten füttern am Mühlenteich und jetzt besonders wichtig, Ostereier suchen auf dem „Land"! Das Land war Opas Schrebergarten. Mehr lang als breit, von der einen Seite von einem Bahndamm begrenzt, war er

Großvaters Refugium. Mein Onkel, kriegsversehrt, mit Holzbein und ein rechtes Schlitzohr, hat dort für ihn eine Laube errichtet. Massiv gemauert und mit einer kleinen Küche ausgestattet konnte man sie sogar als Sommerdomizil verwenden. Nur fließend Wasser gab es nicht. Das musste man beim Nachbarn holen. Die Nachbarn waren ein nettes Ehepaar mit einen Sohn, der jünger war als ich. Die Frau hatte eine sehr gute Figur und lief immer im Bikini herum. Ich mochte sie.

Die sanitären Anlagen waren eine Waschschüssel, eine Kanne mit Wasser und ein Holzverschlag mit Plumpsklo. Als Toilettenpapier diente das Seidenpapier, worin vorher Apfelsinen eingewickelt waren. Im Haus, in dem meine Großeltern wohnten, gab es nämlich einen Grünhöker. Mein Großvater nahm von dort aus immer die leeren Apfelsinenkisten mit. Die ergaben ein prima Anfeuerholz und der Grünhöker, Herr Stuhr, war froh, dass er sie nicht selber entsorgen musste. Das Seidenpapier aus diesen Kisten sammelte Opa als Toilettenpapier für das Plumpsklo. Es roch auch immer sehr intensiv nach diesen Südfrüchten auf dem Donnerbalken. Eine seltsame Mischung. Noch heute, wenn ich Orangeneinwickelpapier sehe und rieche, denk ich an Opas Plumpsklo.

Großvater hatte auch Karnickel. Ich kannte sie alle. Am liebsten hatte ich die Schwarz-Weiß-Gefleckten. Jedes Mal, wenn ich zu Besuch kam, fehlten einige der Tiere. Auf meine Nachfrage nach bestimmten Tieren kam immer wieder die gleiche lapidare Antwort: „Ich habe Löwenzahn geschnitten und das Messer drin vergessen. Da hat er es mit verschluckt." Die Felle, die zum Trocknen an der Laubentür angenagelt waren, hatten stets die mir vertrauten Zeichnungen. Als ich älter war habe ich einmal habe ich beim Häuten und Ausnehmen zugesehen. Aus dem Bauchraum kam auch da ein länglicher, durchsichtiger Schlauch zu Tage, in dem alle paar Zentimeter einer kleinen Kugel zu sehen war. Was ich für die Eierstöcke hielt, war schlicht und einfach der Darm. Die Kenntnisse eines Elfjährigen über die Anatomie hielten sich nun mal in Grenzen.

Ostern war eher langweilig. Zum Eiersuchen auf dem Land sind wir zwar gekommen, aber dann war auch schon Ende der Fahnenstange. Der April machte was er will und so vernieselte ein Schauer nach dem anderen unser Osterfest. Meine Schwester las meist oder hantierte mit ihrem Necessaire, das sie vom Osterhasen bekommen hatte. Ich fand einen Caterpillar in einem der Osternester. Von

Matchbox. Ein Bodenebnungsgerät, das in Natura eine Bodenklappe öffnen konnte und diese in das Erdreich drückte. So belud sich der Gigant während der Fahrt von selbst und konnte somit sehr effizient arbeiten. Dieses Spielzeug gehört heutzutage zu einem der seltensten und gefragtesten Sammlermodelle von Matchbox, weil es nur ein Jahr lang im Handel war.

Ach ja, da war noch ein Buch in einem Osternest. Sigismund Rüstig. Eine Auswandererfamilie auf den Weg nach Amerika strandete mit einem alten Seemann auf einer einsamen Insel und wurde von Eingeborenen überfallen. Ich las es erst viel später. Als ich älter wurde nahm ich nämlich auch Bücher an, die keine Bilder enthielten.

Zum Glück hatte ich einige meiner Afrika- Tieren mit nach Hamburg genommen. Sie waren in den, damals sehr beliebten, Wundertüten. Die gab es für zwanzig Pfennig an jedem Kiosk und enthielten außer Tiere auch noch Menschen, Bäume, Büsche und Eingeborenenhütten. Ich hatte mir das Fensterbrett zum Spielen auserkoren und baute aus Anmachholz einen kleinen Zoo mit Tiergehegen und Ställen. Nicht ahnend, dass es schon eine Art Zukunftsprognose war.

Großvater bereitete das Ostermahl. Er kochte generell im Haus. Als gelernter Schiffskoch, also ein „Smutje", hasste er es, wenn einer in seiner Küche rumfuhrwerkte. In dieser Küche stand nur ein Tisch, in dem die Becken zum Geschirr abwaschen integriert waren. Das untere Teil ließ sich wie ein Wägelchen herausziehen und es erschienen zwei Emailleschüsseln, die man zwecks Reinigung des Geschirrs mit heißem Wasser füllte. Zum Entleeren konnte man diese aus dem Gestell entnehmen. War der Abwasch erledigt, schob man den Wagen einfach wieder zurück unter die Arbeitsplatte und die Küche sah stets sauber und aufgeräumt aus.

Der zweite Einrichtungsgegenstand war ein Küchenschrank. Es war ein ganz normales Möbel der fünfziger Jahre und barg keinerlei Geheimnisse. Allerdings wurde hinter der unteren rechten Tür des Aufsatzes, der Schrank bestand aus dem Unterteil und dem etwas kleineren Aufsatz, das trockene Brot für die Karnickel aufbewahrt. Wir Kinder plünderten regelmäßig dieses Fach, um damit die Enten am Mühlenteich zu füttern. Neben dem Schrank war noch eine alte Kommode für Küchenutensilien. Auf ihr gärten zwei Demions mit Stachelbeer- und Johannisbeerwein leise vor sich hin. Am hinteren Ende der Küche standen zwei Herde. Ein Kohleherd, der so gut wie nie angemacht wurde, und ein enormes Trum von Gasherd. Schön in schwarzem Gusseisen und edlem Messing gehalten, war er der ganze Stolz meines Großvaters. Interessant und doch zugleich Angst einflößend war es, wenn Opa darauf kochen wollte. Er hatte nämlich eine unangenehme Eigenschaft. Er drehte zuerst immer den Gashahn auf und suchte dann erst nach dem Anzünder. Ich hatte immer Angst, dass wir in die Luft fliegen, respektive er uns vergiften würde mit dem Gas. Zu der Zeit kam es noch aus der Kokerei am Grasbrook, roch penetrant und war äußerst giftig. Mein Opa ist neunundachtzig Jahre alt geworden, ohne dass er sich mittels eines Herdes pulverisiert hatte.

Ich mochte die Küche nicht. Sie war sehr dunkel. Durch das einzige, nicht sehr große, Fenster drang wenig Licht herein. Es ging nämlich auf den Hinterhof hinaus. Meine Großeltern wohnten im zweiten Stock, das Haus hatte aber fünf Etagen. Dadurch war vom Küchenfenster aus nur ein kleines Stück Himmel zu sehen. Spielen war auf dem kleinen Hinterhof auch verboten. Es hallte dort zu sehr. Außerdem roch die Küche immer nach altem Essen. Das lag wohl daran, dass die Lebensmittel in der Speisekammer aufbewahrt wurden. Kühlschränke waren für den Normalbürger damals noch fast unerschwinglich. In den kühleren Jahreszeiten mag der Zustand der Speisen ja noch im Toleranzbereich gelegen haben. Aber im Sommer war es nicht sehr appetitanregend, wenn sich der schwitzende Käse unter der Glasglocke aufrollte. Kleine Schüsselchen mit Resten vom Vortag auf den Regalen, mit Plastikhäubchen vor den ewig herumschwirrenden Fliegen geschützt, manchmal schon über Nacht mit grünen Pelzchen überwuchert, fetttriefende Mettwürste neben den Speckseiten hängend, erzeugten eine Kakophonie der Gerüche, die man nicht so leicht vergisst. Ich mied diesen Ort des Grauens. Da klang es doch wie glatter Hohn, wenn es hieß: „Jung, trink nicht aus dem Wasserhahn! Das gibt Läuse im Bauch!"

Hannover hatte uns wieder. Auch wenn wir nur ein paar Tage weg waren, und mochten es manchmal auch nur Stunden gewesen sein, hatte ich immer die Erwartungshaltung, dass sich etwas Weltbewegendes während unserer Abwesenheit ereignet hätte. Ich wurde stets enttäuscht.

Ein paar Wochen später wurde unsere Schule geschlossen. Alle Kinder mussten für zwei Wochen zu Hause bleiben. Es herrschte akute Poliogefahr. Wir hatten zwar alle unsere Schluckimpfung hinter uns, aber die Infektionsgefahr war doch noch ziemlich hoch. Dummerweise durften wir auch nicht mit anderen Kindern spielen. Es waren ja eh keine auf der Straße. Alle Eltern behielten ihre Ableger wohlweislich zu Hause. Kinderlähmung war immer schon grausam. Zum Leid aller Kinder war der Mai in diesem Jahr auch noch besonders schön.

Als die Quarantäne endlich aufgehoben wurde, hielt uns nichts mehr zu Hause. Wenn unser Vater von der Arbeit gekommen war, machten auch lange Spaziergänge am Mittellandkanal entlang. Immer wenn ein Schleppkahn aus Hamburg uns überholte, winkten wir dem Kapitän zu und riefen „Hummel, Hummel!" „Mors, Mors!" erwiderten diese meistens breit grinsend unseren Gruß
Diese Spaziergänge im Sommer am Kanal entlang waren eigentlich immer recht entspannend. Mein Vater ließ manchmal Steine über das Wasser hüpfen und ich eiferte ihm nach. Mit der Zeit gelang es mir auch ganz gut. Nur mit der Weite haperte es noch gewaltig. Während mein Vater problemlos die Kieselsteine über den ganzen Kanal hopsen ließ, versanken meine Geschosse meistens schon in der Mitte ins Wasser.

Eines Tages forderte Viktor mich auf, an der Kanalböschung aufklappbare Steine zu suchen. Wir fanden keine, aber ich berichtete am Abendbrottisch meinen Eltern davon. Diese taten das als kindliche Spielerei ab. Ich ließ aber auf unseren Spaziergängen nicht davon ab, nach solchen seltsamen Steinen zu suchen. Gefunden habe ich nie welche. Aber eines Abends entdeckte ich ein kleines Päckchen aus Ölpapier. Ich rief meinen Vater und der nahm sogleich sein Taschenmesser und schnitt das Bündel auf. Es kamen technische Zeichnungen und Tabellen zum Vorschein. Gemeinsam gingen wir zur Polizeiwache in die Podbielskistraße. Der diensthabende Beamte besah sich unseren Fund genau und meinte, dass es eine Sache für die Kriminalpolizei sei und wir Bescheid bekommen würden. Mein Vater musste dann auch ein paar Tage später zur Zeugenaussage auf die Wache kommen. Es handelte sich anscheinend um einen Fall von Werksspionage bei VW. Das erklärte auch den Fundort. Wenn die Flussschiffer nachts ankerten, hatten sie meistens ihre Stammplätze. Dort konnte man ohne aufzufallen dann problemlos einen toten Briefkasten einrichten. Anscheinend gelangten so auf diesem Wege wichtige Informationen per Lastkahn ins Ausland.

Meine Mutter kränkelte seit einiger Zeit. Sie litt unter einer Überproduktion der Schilddrüse. Damals eine Krankheit, die man schlecht in den Griff bekommen konnte. Auch ihre Psyche veränderte sich. Der Vorfall am Kanal tat das Übrige dazu. Sie begann unter Verfolgungswahn zu leiden. Hatte auf einmal Angst vor Fremden und wurde immer misstrauischer, auch den Nachbarn gegenüber. An mir gingen die Veränderungen unserer Mutter auch nicht spurlos vorbei. Meine nächtlichen Koliken verschlimmerten sich und mein Schlaf wurde dermaßen unruhig, dass sich meine Mutter entschloss, mit mir zum Arzt zu gehen. Der verschrieb mir ein Wundermittel zur Beruhigung. Es war gerade seit zwei Jahren auf dem Markt und hieß Contergan. Für Kinder war es auch als süßer Saft zu haben. Laut Beipackzettel sollte das Mittel vor den Mahlzeiten eingenommen werden. Ich weiß nicht, wie genau sich meine Mutter an die Dosierungsanweisung gehalten hatte. Auf jeden Fall gab sie mir einen vollen Esslöffel von dem Mittel. Gehorsam nahm ich die rosarote Flüssigkeit, um dann einige Minuten später starr, glücklich, aber dämlich grinsend vom Stuhl zu kippen. Von da an wurde die tägliche Dosis auf einen Teelöffel reduziert. Nach dem meine Mutter versäumt hatte, neues Contergan zu besorgen und ich erschreckender Weise Entzugserscheinungen aufwies, wurde das Teufelszeug aus unserem Medikamentenbestand verbannt.

Meine Mutter selber nahm Baldrian. Ihre Stimmung wechselte häufig. Sie ging jetzt immer öfters zu einer Nachbarin, um sich die Karten legen zu lassen. Das hatte sie früher in unserem Heimatdorf schon getan. Dort hatte sie eine Freundin, die auch Gisela hieß, die ihr regelmäßig die Zukunft vorhersagte. Ich habe das nie begriffen. Wenn man sich mehrmals am Tag die Karten legen ließ, kam doch jedes Mal etwas anderes heraus. Was soll denn daran richtig sein. Oder kann man immer nur für ein paar Stunden in die Zukunft sehen?

Ich bin eigentlich nicht Abergläubisch. Allerdings könnte doch vielleicht etwas dran sein an dem Okkulten. Meine Tante hatte mir irgendwann einmal bei Vollmond um Mitternacht, unter Zuhilfenahme einer Speckschwarte, eine offene Warze besprochen. Etwas, was kein Arzt über Jahre geschafft hatte, vollzog sich nun innerhalb von zwei Wochen. Die Warze verschwand. Ich hatte den Hexenzauber bei Vollmond als Hokuspokus abgehakt und die Sache überhaupt nicht ernst genommen. Also nichts mit Selbstheilung durch das Unterbewusstsein. Vielleicht war das Schwein, dass die Schwarte gestiftet hatte für diese Aktion, schon damals so vollgepumpt mit Antibiotika, wie unsere guten deutschen Lang-

schweine heutzutage, und deshalb ist die Warze
verheilt. Wer weiß, wer weiß.

Die Streitereien zwischen unseren Eltern wurden
immer heftiger. Immer öfter äußerte meine Mutter
den Wunsch nach Scheidung. Eines Abends im
Spätherbst packte unsere Mutter dann die Koffer,
schnappte uns Kinder und hastete zum Bahnhof.
Da sie nirgends Freunde hatte, blieb ihr nur eine
Zuflucht. Ihre Eltern.
Ich genoss die Fahrt. Es war schon dunkel und ich
konnte die Grubenlokomotiven bewundern, die auf
den beleuchteten Bahndämmen mehrere hundert
Meter lange Kohlenzüge zogen. Hinter den Hügeln
blitze es, wie beim Wetterleuchten. Doch das waren
nur andere Kohlenzüge, bei denen die Funken
sprühten, wenn ihre Stromabnehmer über die Kno-
tenpunkte der Oberleitungen sprangen. Ich beneidete meinen Onkel um seine Tätigkeit.

Meine Großmutter schlug die Hände über den Kopf
zusammen, als sie die Tür öffnete und ihre Tochter
mit Sack und Pack vor der Tür stand. Aus der Küche drang der Duft von frisch gebackenen Plätz-
chen. Eigentlich waren sie bis Weihnachten tabu,
aber an diesen Abend wurden meine Schwester
und ich mit einem Glas Milch und einem Teller duf-

tenden Weihnachtsgebäcks ruhig gestellt. Meine
Mutter hielt derweil großen Rat mit ihren Eltern.
Die anstrengende Reise forderte ihren Tribut. Wir
Kinder schliefen im Sitzen ein und wurden erst
wach, als wir aufgehoben wurden, um uns ins Bett
zu bringen. Meine Schwester durfte bei Oma schlafen. Opa musste zum Nachtdienst und so war für
sie genügend Platz. Für meine Mutter und mir wurden in der kleinen Stube zwei Sessel zusammengeschoben und mit einer Decke belegt. Ich habe es
nie gemocht, neben meiner Mutter zu schlafen.
Freilich, wenn ich meine Koliken hatte und Albträu-
me mich drückten, war ihr Bett eine sichere Zuflucht. Aber ich hasste es, das mein Vater schimpfte, wenn ich zu ihr ins Bett kroch. Zudem kam ich
mir ziemlich verloren vor neben ihr. Sie schlief immer auf der Seite und ihr Körper, sie war etwas
drall, ragte für mich wie die Eigernordwand aus dem
Plumeau. Zudem strahlte sie sehr stark Wärme ab,
was ich überhaupt nicht mochte. Ich schlief am
liebsten ohne Decke. Jedenfalls im Sommer.

Waren es die besonderen Umstände oder das frische Gebäck, was mich nicht schlafen ließ? Während mich die gleichmäßigen Atemzüge meiner
Mutter eigentlich hätten sanft in den Schlaf lullen
sollen, schrecke ich regelmäßig wieder hoch. Ir-

gendwann in der Nacht bin in dann in eine Art Wachtraum verfallen. Auf einmal begann die Stube langsam an sich zu drehen. Nicht sonderlich schnell, aber wahrnehmbar. Und plötzlich war überall Spielzeug in der Luft. Alles, was mein Herz begehrte. Doch immer, wenn ich danach griff, zerfloss es zwischen meinen Fingern. Holzlokomotiven, Bälle, Luftballons, Autos! Alles, wovon ein Knabenherz träumte, zog in gleichmäßigen Kreisen durch unser Zimmer. Erschöpft von dem ständigen Erhaschen wollens schlief ich doch irgendwann ein. Selig lächelnd ob der Gewissheit, dass beim Aufwachen ein ganzes Zimmer voller Spielsachen auf mich warten würde. Am nächsten Morgen wachte ich irgendwie verkatert auf. Enttäuscht, dass das Spielzeug verschwunden war. Insgeheim hegte ich den Verdacht, dass meine Mutter und meine Großmutter es klammheimlich versteckt hatten. Aber mein heimliches Stöbern blieb ergebnislos. Ich kam zu dem Schluss, dass es schon die Sachen für Weihnachten waren und es dieses Jahr besonders prächtig ausfallen würde.

Am Abend kam unser Vater mit dem schönen Willy und verfrachtete uns in den VW Käfer. Wir mussten zurück nach Hannover.

4. Eppendorf

Dieses Jahr war Weihnachten wie immer. Mein Vater beklagte sich mal wieder, dass meine Mutter zu viel Geld ausgegeben hatte. Meine Mutter fühlte sich schuldig und heulte den ganzen zweiten Feiertag. Die Weihnachtsstimmung war dahin. Wir waren alle froh, als dieses Fest vorbei war. Ich hatte einen Unimog bekommen mit Anhänger und meine Schwester einen Elektroherd mit Backofen. Der Unimog war für lange Zeit mein schönstes Spielzeug. Meine Schwester musterte ihren alten Herd aus, der noch mit Trockenspiritus geheizt wurde.

Der Jahreswechsel verlief etwas besser. Unsere Eltern waren Silvester bei Freunden in unserem Heimatdorf eingeladen und wir wurden bei den Großeltern abgeladen. Ausnahmsweise wurde in der guten Stube geheizt und wir hatten noch eine kleine Bescherung. Am Abend saß wir in der Küche auf der Fensterbank und warfen mit Oma Knallerbsen auf den Gehweg und brannten Kinderfeuerwerk ab. Meine Schwester mochte am liebsten Gold- und Silberregen. Mir lag dann doch mehr das bengalische Feuer. Das färbte den Schnee so schön Bonbonfarben. Den direkten Jahreswechsel verschliefen wir. Oma ist um zwölf nicht mehr aufgestanden und unsere Eltern waren ja noch auf der Fete.
Ich habe weder Vater noch Mutter jemals im Leben betrunken gesehen. Alkohol ja, aber in Maßen.
Mein Vater hatte da sehr strikte Prinzipien. Was aber nicht hieß, dass er nicht auch mal über die Stränge geschlagen hätte. Die Anekdoten aus sei-

ner Sturm- und Drangzeit, die er manchmal zum Besten gab, als wir älter wurden, ließen doch anklingen, dass er kein Kind von Traurigkeit gewesen ist. In Rostock, zum Beispiel, hatte er mit Freunden einmal die ganze Nacht mit Rotwein gezecht. Als er bei der Arbeit sah, wie ein Kollege zum Frühstück einen ganzen Matjeshering auf einmal schluckte, bekam er das große Rückwärtskauen. Es kam der ganze restliche Rotwein zum Vorschein und ein übereifriger Kollege vermutete ob der roten Flüssigkeit gleich einen Magendurchbruch.

Ich mochte aber mehr die Geschichten meiner Mutter. Sie erzählte immer gerne von ihrer Kindheit auf dem Bauernhof. Zum Beispiel von dem Foxterrier meines Großvaters, Hella von Dianaspring. Kurz, Hella gerufen. Ich kann mich an ihr Grab erinnern. Es war hinter der Laube im Schrebergarten meines Onkels. Zeugen haben beobachtet, wie ein Kohlelaster der BKB den Hund mit Absicht überfahren hat.

Mein Opa nahm Hella immer mit, wenn er gelegentlich auf die Jagd ging, um den starken Kaninchenbestand in unserer Gegend zu reduzieren. Der Terrier war ein ausgezeichneter Jagdhund, konnte aber zwischen Wild und Haustier nicht unbedingt unterscheiden. Wenn er auf dem Hof mal wieder ein Huhn gerissen hatte, wurden die Überreste zu den

Schweinen in den Koben geworfen. Die Schweine freuten sich natürlich über die Abwechslung. Da sie ja, wie auch Mensch und Bär, Allesfresser sind, war die Erklärung für meinen Großvater auch äußerst plausibel. Ihm wurde nämlich erzählt, die Schweine hätten mal wieder ein unvorsichtiges Huhn erwischt. Pech nur für den Kläffer, als mein Opa die Schweine abgeschafft hatte. Beim nächsten gerissenen Huhn bekam der Hund den Arschvoll seines Lebens.

Meine Mutter konnte nicht nur gut Geschichten erzählen, sie war auch eine ausgezeichnete Köchin und Schneiderin. Kurz vor Ostern hatte sie günstig Stoff bekommen und hat mir daraus eine Sonntagshose genäht. Ich trug sie nicht gerne, weil sie ziemlich kratzte. Der zweite Ostertag war so langweilig, dass ich nur noch am Quengeln war. Entnervt erlaubten mir meine Eltern dann endlich in meiner neuen Hose etwas vor die Tür zu gehen. Es war zwar warm, es herrschte aber ein böiger Wind. Mein Freund Axel hatte mich von seinem Kinderzimmerfenster aus gesehen und stand dann auch wenig später an unserem Indianerfelsen hinter dem Haus. Mir klangen noch die Worte meiner Mutter im Ohr: „Du weißt ja, was passiert, wenn du dich einsaust!" Sie winkte drohend mit der angewinkelten Hand. Also war Indianer und Cowboy spielen oder ähnliches gestrichen. Da das Brachland sowieso noch ziemlich feucht war vom getauten Schnee, war uns schnell klar, dass wir uns ein anderes Spiel ausdenken mussten. Der böige Wind ließ den Seemann in uns erwachen. Axel kletterte als erster auf den grauen Telefonkasten der Post, der an der Ecke stand. Dieser Kasten, in dem alle Telefonanschlüsse unserer Gegend geschaltet sind, war ungefähr einen Meter zwanzig hoch und stand etwas abseits in der Hecke, die im Sommer zuvor gepflanzt wurde. Sie war erst etwa kniehoch und in der Mitte verlief ein Stacheldrahtzaun, der verhindert sollte, dass spielende Kinder die neue Pflanzung niedertraten. Ich erklomm also auch unser Schiff, das uns die Post so selbstlos zu Verfügung gestellt hatte. Seemännische Befehle brüllend wähnten wir uns auch sogleich kurz vor Kap Hoorn. „Alle Mann in die Wanten, ihr Landratten!" „Hart Steuerbord!" Eine plötzliche Bö drückte mich vom Kasten und ich fiel rücklings in den Stacheldrahtzaun hinein. Mein rechter Oberschenkel war hinten von der Kniekehle bis zum Gesäß von dem rostigen Stacheln aufgerissen. Zudem piekten mich auch noch die Dornen der Büsche in den Allerwertesten. Axel konnte gerade noch runterspringen, bevor auch ihn der Wind hinwegfegte. Er half mir aus dem Gestrüpp und jetzt erst merkte ich, dass meine Hose in Fetzten hinten runter hing. Der brennende Schmerz meiner Wunden war zu ertragen, nur die Angst, die in mir hoch kroch, ließ mir die Tränen in die Augen schießen. Ich legte meinen Arm um Axels Hals und humpelte mit seiner Unterstützung nach Hause. Meine Mutter hatte mich schon aus der Küche her heulen hören. Sie stand schon in der Wohnungstür, als wir uns die Treppe hoch mühten, und schlug die Hände über den Kopf zusammen. Schnell wurde ich auf die Chaiselongue im Kinderzimmer verfrachtet und mein Vater, der inzwischen herbei geeilt war, schnitt mir die Hose mit der Schere herunter. Meine Mutter reinigte die Wunden mit lauwarmen Wasser und verband mein Bein kunstgerecht mit einem Kornährenverband. Die erwartete Tracht Prügel blieb aus, da mir kein Vorsatz nachzuweisen war.

Der Vorfall am Kanal mit der Werksspionage spukte weiterhin im Kopf meiner Mutter herum. Sie glaubte nun, dass überall Spione lauerten und hatte Angst, dass wir Kinder entführt werden. Es gab nun immer öfter Streit zwischen ihnen. Meine Mutter wollte zurück in unser Dorf, mein Vater wollte seine Arbeit bei VW nicht aufgeben. Bei der BKB sah er keine Zukunft für sich. Als frischgebackener Werkzeugmachermeister hatte er außerdem keine Lust, in einer ihm fremden Branche noch einmal ganz von vorn anzufangen.

Ich weiß nicht was der Auslöser war. Aber eines Morgens, zu Beginn der Sommerferien, wurden zwei kleine Koffer gepackt. Spielzeug durften wir nicht mitnehmen. Nur Maxl, mein Plastikpferd, fand doch Platz in meiner Hosentasche. Maxl war ein klein wenig verstümmelt. Er trug ein Halfter, von dem ich ihn einmal befreien wollte. Vielleicht waren meine kleinen Kinderhände zu ungelenk oder das Küchenmesser zu groß, jedenfalls entfernte ich nicht nur das Halfter, ich amputierte ihm gleich das halbe Maul. Das tat meiner Liebe zu ihm aber keinen Abbruch. Keiner in meiner Familie konnte nachvollziehen, was mich an diesem weißen Kunststoffgaul faszinierte. Er entstammte einer Tüte mit billigen Farmtieren aus dem Supermarkt. Vermutlich mochte ich ihn, weil er so klein und handlich war und überall mit hingenommen werden konnte.

Mit Maxl in der Hosentasche ging es dann auf eine unbekannte Reise. Der schöne Willy war wieder unser Chauffeur. Ich weiß nicht mehr, wie lange die Fahrt dauerte. Jedenfalls endete die Reise bei einer uns total unbekannten Familie. Sie lebten in einem Reihenhaus am Rande von Hannover. Der Mann

war anscheinend ein Kollege meines Vaters. Wir wurden herzlich aufgenommen und die drei Kinder, zwei Jungen und ein Mädchen, führten uns gleich in ihr Kinderzimmer. Erst fremdelten meine Schwester und ich etwas, fanden aber durch die lockere und natürliche Art unserer kleinen Gastgeber bald Kontakt zu ihnen. Der größere Junge zeigte mir die herrlichen Automodelle seines Vaters. Sehr viel Baufahrzeuge. Ausgerechnet diese waren ja mein liebstes Spielzeug. Fasziniert war ich von einem schweren LKW, der einen Zementsilo transportierte, den man abklappen und aufstellen konnte. Aber anfassen war streng verboten! Die filigranen Wikingmodelle waren nichts für Kinderhand und zudem Sammlerstücke und somit ziemlich teuer. Geschlafen haben wir auf zwei Matratzen, die nebeneinander gelegt wurden und uns fünf genügend Platz für die Nacht boten. Unsere Eltern bekamen wir nur abends zu sehen. Tagsüber hatten sie allerhand zu erledigen und waren den ganzen Tag auf Achse. Wir Kinder hatten kein Problem damit, uns die Zeit zu vertreiben.
Das Wetter war schön und wir trieben uns den ganzen Tag in der Gegend herum. Mir war aufgefallen, dass es auf dem Hof irgendwie komisch roch. Die beiden Jungen kicherten und winkten mir, mit zu kommen. Hinter einem Stall in einer Hecke lag eine

verwesende Katze. Der ältere der beiden nahm einen Stock und hob den Kadaver an. Man konnte den skelettierten Teil sehen, der von Maden nur so wimmelte. Durch diese Aktion wurde eine große Menge Duftstoffe frei, die uns zum Rückzug veranlassten. Meine Schwester hat von all dem nichts mitbekommen. Sie spielte mit ihrer neuen Freundin.

Am dritten Tag wurde uns eröffnet, dass wir nach Hamburg zu den Großeltern ziehen würden. Nächsten Morgen verabschiedeten wir uns von unserer Gastfamilie und Willy fuhr uns zurück nach Hannover- Buchholz. Der Schreck war groß! Auf den Parkplatz stand ein großer Möbelwagen und ich erkannte unsere Frisierkommode, die gerade in seinem Inneren verschwand. Das Kinderzimmer war leer, das Wohnzimmer auch und nur in der Küche standen noch einige Umzugskartons. Meine Mutter erlaubte mir, mich von meinem besten Freund Axel zu verabschieden. Sie gab mir ein Buch mit, das sie vorher für ihn besorgt hatte und in das ich eine Widmung schrieb. Dann lief ich los. Es waren keine hundert Meter bis zu Axels Wohnung, aber ich fühlte mich verunsichert. Der beginnende Verfolgungswahn meiner Mutter färbte anscheinend auf mich ab. Ich hatte Angst, dass mich jemand entführen könnte und sah mich unentwegt um.

Axel freute sich, dass ich noch einmal vorbei gekommen bin und hatte auch ein Abschiedsgeschenk für mich. Ein Fotoalbum mit Bildern von ihm. Etwas verlegen gab ich ihn mein Geschenk, konnte ich ja nichts Vergleichbares vorweisen. Aber es zählte wohl mehr die Geste, denn Axel freute sich wirklich. Leider blieb nicht viel Zeit zum Abschied nehmen, der Möbelwagen wartete. Axels ganze Familie war angetreten, mir Adieu zu sagen. Mir war ganz schön kodderich, aber geheult habe ich nicht. Geschrieben haben wir uns aber nie.

Willy hatte einen neuen Käfer. Wieder Schwarz. Er war bequemer und auch schneller, als der alte. Trotzdem schien die Fahrt diesmal länger zu dauern, als sonst. Meine Gedanken waren in Hannover und bei Axel. Ich werde unser Brachland vermissen und unsere gemeinsamen Spiele dort.

Die Großeltern lebten in Eppendorf, also absolutes Stadtgebiet. Die Tarpenbekstraße war zwar zu dem Zeitpunkt noch Sackgasse, kreuzte aber unmittelbar vor unserem Haus den Lokstedter Weg. Eine schon damals sehr stark befahrene Straße. Ich hatte Angst, dass ich dort keine richtigen Spielkameraden finden würde.

Wir fuhren direkt dorthin. Unsere Möbel wurden eingelagert und nur mein altes Kinderbett wurde im großen Zimmer aufgestellt. Meine Großeltern haben sich auf zwei Zimmer eingeschränkt und uns den größten Raum überlassen. Ursprünglich sollten wir auf dem Land in der Laube wohnen. Aber meine Mutter wollte da schon nach einer Nacht wieder weg. Sie meinte, sie hätte nachts ein Gesicht am Fenster gesehen. Ich mochte da auch nicht schlafen. Es gab Spinnen bei uns im Alkoven.

So mussten wir eben mit dem einen Zimmer vorlieb nehmen. Unsere Eltern schliefen auf einer Klappcouch und meine Schwester musste mit einer Campingliege vorlieb nehmen. Ich hasste mein Kinderbett. Es hatte Gitter und war eigentlich für Kleinkinder gebaut. Aber meine geringe Größe ließ es noch zu, dass ich in einem solchen Möbel nächtigen konnte. Jahrzehnte später musste ich erfahren, dass mein Opa meinem Vater für dieses eine Zimmer auch noch Miete abgenommen hatte.

Mit vier Personen auf so engen Raum war nicht gerade unproblematisch. Zum Glück wurde es ein warmer Sommer und wir Kinder konnten fast den Tag draußen spielen. Ich hatte einen guten Ersatz für mein Brachland gefunden. Beim Land vom

Großvater standen alte Baracken einer Baufirma. Das Gelände war ziemlich groß und es machte Spaß, es zu erkunden. Außer diesen Baracken gab es da noch eine Menge Feldloren, die da vor sich hin rosteten. Es lagen da auch noch die Schienenteile herum. Man konnte sie zusammenstecken, wie bei einer elektrischen Eisenbahn. Ich hielt mich meistens den ganzen Tag auf dem Land auf. Das Leben war aufregend und frei. Es trieben sich meistens ein paar gleichaltrige Jungs herum, mit denen man hervorragend spielen konnte. Ein kleiner Eichbaum lud zum Klettern ein. Sein dichtes Laub verbarg uns vor den Blicken der Erwachsenen und war deshalb ein beliebtes Versteck. Mein Opa hatte ein Schaf, das er auf einer Weide anpflockte. Ab und zu begleitete ich ihn, um das Tier abends wieder abzuholen. So lernte ich ein älteres Ehepaar kennen. Sie hießen Lange, lebten in einem kleinen Haus am Ende der Schotterstraße und hatten einen Hund. Der hieß Harras und lief den ganzen Tag an einer Kette hin und her und bewachte den Hof. Irgendwie schien er mich zu mögen Wenn ich am Haus vorbei kam, bellte er nicht und wedelte mit dem Schwanz. Irgendwann bat Frau Lange mich herein und ich musste an Harras vorbei. Ich hatte einen Höllenrespekt vor dem Schäferhund, war er doch ziemlich groß. Der schnupperte bloß an meiner Hose und sah mich erwartungsvoll an. „Streichle ihn ruhig mal!" forderte Frau Lange mich auf. Vorsichtig streckte ich meine Hand aus und berührte ihn vorsichtig am Kopf. Harras leckte mir freudig die Hand uns von da an waren wir Freunde. Fast täglich führte ich ihn nun Gassi. Es machte mir sehr viel Spaß, wenngleich ich den Hund nicht von der Leine lassen durfte. Er war eben nicht Rintintin, der Fernseh-Hund.

Die Sommerferien gingen dem Ende zu und meine Schwester und ich sollten eingeschult werden. Es war mein erster Schulwechsel und ich war reichlich nervös. Der Schulbau war mächtig imposant. Ein großer grauer Backsteinbau aus der Gründerzeit. Hohe Gänge und glänzendes Linoleum. Den Geruch von Bohnerwachs in der Nase und Ehrfurcht vor dem allmächtigen Rektor im Herzen warteten wir im Schulbüro auf sein erscheinen. Es erschien ein freundlicher Herr mittleren Alters. Unsere Mutter stellte sich und uns vor. Der Rektor betrachtete uns wohlwollend und entließ uns in die Obhut der Sekretärin, die an der offenen Tür auf uns gewartet hatte. Sie nahm uns links und rechts unter ihre Fittiche und geleitete uns zu unseren neuen Klassen. Ich wurde zuerst abgeliefert. Meine neue Klassenlehrerin hieß Frau Kramer und war noch ziemlich jung. Verlegen stand ich vor der Klasse und Frau Kramer stellte mich vor. Sie platzierte mich in die erste Reihe, gleich neben dem Fenster.

Einer der neuen Klassenkameraden ging mit mir in der ersten großen Pause zur Materialausgabe. Dort erhielt ich meine Erstausstattung. Ich war angenehm überrascht. Schulbücher und Hefte musste man in Hannover selber kaufen. Hier bekam man sogar die Buntstifte gestellt. Die Bücher waren zwar gebraucht, aber in einem akzeptablen Zustand. Sie wurden von Schuljahr zu Schuljahr weitergegeben, bis sie irgendwann ausgemustert wurden. Ich fand, sie waren sogar bunter und interessanter, als die in Niedersachsen.

Ich musste die Bücher am nächsten Tag sauber eingeschlagen vorweisen. Es gab dafür extra Einschlagpapier für Schulbücher zu kaufen. Meine Mutter gab mir gleich Geld dafür, um es zu besorgen. Dazu musste ich über den Lokstedter Weg. Auf der anderen Seite der Straße war ein Zigarren- und Schreibwarenladen. In der ersten Zeit hat meine Mutter immer vom Balkon aus geguckt, ob wir auch an der Ampel warten würden. Aber meine Schwester und ich hatten vor dem schnellen Straßenverkehr viel zu viel Respekt, um leichtsinnigerweise bei Rot über die Straße zu laufen.

Auf der anderen Straßenseite waren auch die kleine Kaffeerösterei Colombo und „Nachbar". Nachbar war ein Eisenwaren- und Haushaltswarenhöker. Er wurde so genannt, weil er jeden Kunden mit „Was kann ich für dich tun, Nachbar?" begrüßte. Alle Jungs, in Hamburg „Butjer" genannt, im Umkreis von einem Kilometer wussten sofort, wohin sie gehen sollten, wenn sie Vater oder Mutter zu „Nachbar" schickten. „Geh mal zu Nachbar" war in unserer Gegend ein gängiger Begriff. Ich musste sowieso eine ganze Menge neue Wörter lernen in Hamburg. So ging man nicht einkaufen, wie in Hannover. In Hamburg ging man einholen. Ein Scheuerlappen wurde zum Feudel und der Handfeger war die Handeule. Auch hieß der Konsum hier nicht Konsum, sondern Pro. Die Kurzform von Produktion. Und dann gab es noch die Pudelmütze. Mein Großvater fragte mich eines Samstagmorgens, ob ich eine Pudelmütze haben wollte. Moment mal, was sollte ich mitten im Sommer mit einer warmen Kopfbedeckung? Ich sah meinen Opa zweifelnd an. Mein Vater klärte mich auf: „Eine Pudelmütze ist ein halbrunder Klöben mit Zuckerguss oder Puderzucker." Was ein Klöben ist, wusste ich bereits! Der hamburgische Ausdruck für ein Hefegebäck mit ähnlichen Zutaten eines Weihnachtsstollens. Mit Zuckerguss? Hörte sich verlockend an. Ich sollte es nicht bereuen. Pudelmütze habe ich für mein Leben gern gegessen, obwohl mich einmal beim Frühstück auf dem Balkon eine Wespe beim Vertilgen dieser Leckerei gestochen hat. Leider sind Pudelmützen aus den standardisierten Sortiments der heutigen Bäckereiketten verschwunden. Apropos Bäcker, die Semmeln oder Brötchen sind in Hamburg „Rundstücke".

Erst am Abend, kurz vor dem Zubettgehen, fiel mir ein, dass ich ja am nächsten Morgen die frisch eingeschlagenen Bücher vorweisen musste. Panik überkam mich, als in der ganzen Wohnung kein Klebstoff zu finden war. Weder Uhu noch Tesafilm wurden von meinen Großeltern regelmäßig gebraucht. Mir stiegen schon langsam die Tränen in die Augen. Aber ich hatte nicht mit den Hausfrauentricks meiner Mutter gerechnet. Sie schlug kurzer Hand ein Ei auf und verklebte das Schutzumschlagpapier mit Eiweiß. Meine Bedenken, dass das anfangen könnte zu riechen, erwiesen sich als unbegründet. Vorsichtshalber schnüffelte ich aber doch noch einmal kurz an den Büchern, bevor ich sie Frau Kramer zur Ansicht vorlegte. Sie nickte sie nur kurz ab und ich war entlassen.

Die Schule in der Schottmüllerstraße gefiel mir. Sie hatte etwas Archaisches an sich. Die geschwungenen Treppen, die vom Schulhof aus zu den Klassenräumen führten, ließen mich an die Drei Musketiere denken. Lange Mäntel, blanke Degen und große Hüte mit Straußenfedern dran. Die Schule mutete von der Hofseite her wie der Innenhof einer Burg an. Allerdings war die geforderte Disziplin auch etwas antiquiert. Wir mussten uns zum Schulbeginn und nach jeder großen Pause an eine der beiden Außentreppen klassenweise aufstellen. Zum Glück brauchten wir uns nicht, wie die Erstklässler, bei den Händen halten. Die Lehrer waren durch die Reihe weg angenehm. Mir gefiel der Musikunterricht gut, weil wir da Notenlesen lernten. Schien die Schule auf der einen Seite etwas antiquiert, war sie auf der anderen Seite schon ihrer Zeit voraus. Die Jungs hatten alle zwei Wochen Handarbeit und die Mädchen dafür Werken. Ich hatte mehr Talent zu letzterem. Meine viereckigen gehäkelten Topflappen waren technisch gesehen mehr ein Polygon, als ein Viereck.

1962 war das Jahr der Sturmflut. Irgendein Gönner hatte deshalb allen Hamburger Schulen Korinthen gespendet. Jeder Schüler bekam etwa ein Pfund davon. Warum die Korinthen gespendet wurden

habe ich nie erfahren. Waren sie besonders nahr-
haft, vitaminreich oder sonst irgendwie gesundheit-
lich von besonderem Interesse? Keine Ahnung.
Da ich nicht gewohnt war, von der Schule Lebensmittel geschenkt zu bekommen, hielt ich diese Korinthen für etwas besonders. Zu Hause nahm ich
mir einen kleinen Teller und häufte mir eine gehörige Portion drauf. Allerdings schmeckten mir die ge-
dörrten Trauben nicht so gut, wie ich mir vorgestellt
hatte. Also versuchte ich sie zu verfeinern, in dem
ich Zucker drüber streute. Es änderte am Geschmack überhaupt nichts. Trotzdem. Lebensmittel
werden nicht weggeworfen! Ich musste alle halbe
Stunde einen Teelöffel von meiner Mischung essen.
Unerbittlich, bis der Teller leer war. Fällt mir nur der
lakonische Spruch meines Großvaters ein, wenn
mir mal etwas nicht schmeckte: „Iss man Jung,
kannst weit nach gucken!"
Apropos unerbittlich! Meine Schwester war vernarrt
in Salinos. Diese Lakritzromben hatten es ihr angetan. Andauernd bettelte sie irgendjemand um einen
Groschen für Salinos an. Bis mein Vater die Nase
voll hatte. Er ging mit ihr eines Morgens um die
Ecke zu unserem Eisdealer Ellerbrook und verlangte für Zweimarkfünfzig Salinos. In der Hoffnung,
meine Schwester auf diese Art von ihrer Leiden-
schaft kurieren zu können, ordnete er an, dass sie

bis zum Zubettgehen alle fünfzig Stück gegessen haben musste. Sie schaffte es und war geheilt! Für zwei, drei Tage.

Ich hatte mich gut eingelebt in der Klasse und war voll integriert. Ich wurde sogar zum Fußballturnier eingeladen. Das hörte sich hochtrabend an, war aber mehr eine interne Sache zwischen vier Klassen. Ich habe nur an einem Spiel teilgenommen. Einerseits, weil ich kein besonders guter Fußballspieler war, andererseits hatte ich ziemlichen Bammel vor den Konsequenzen, die mir meine Mutter angedroht hatte, wenn ich noch einmal mit meinen neuen Schuhen bolzen würde.

Einen neuen Freund hatte ich auch schon gefunden. Wenn ich mich recht erinnere, hieß er Rainer und war aus meiner Klasse. Da die Tage kürzer wurden und die Temperaturen sanken, hatten wir jetzt genügend Zeit, um uns mit Jugendlektüre zu befassen. Eine Nachbarin hatte mir eine große Kiste mit Büchern von ihrem Sohn geschenkt. „Notlandung auf Trinidad" oder „Flucht aus Samarkand" waren einige Titel davon. Rainer und ich liehen uns gegenseitig die Bücher aus. Ich hatte von ihm „Schneller Fuß und Pfeilmädchen" bekommen. Ein Buch über ein weißes Geschwisterpaar, das unter Indianern aufwuchs.

Wenn es draußen nasskalt war und uns die Decke auf den Kopf fiel, stöberten meine Schwester und ich manchmal auf dem Dachboden herum. Es war zwar verboten, aber, wenn man sich nicht erwischen ließ.

Wie in vielen alten Hamburger Häusern war auch hier eine Luke im Giebel an der Stirnseite des Hauses, die auf eine kleine Plattform hinaus ging. Über der Luke eingelassen war ein dicker Balken im Mauerwerk, an dem man einen Flaschenzug einhaken konnte. So ließ sich bequem lagerbare Waren auf dem Speicher hieven, ohne dass man die schweren Säcke oder Fässer bis in den fünften Stock hinauf schleppen musste. Die Luke war schon seit ewigen Zeiten verschlossen, aber von dort aus bot sich eine wunderschöne Aussicht über halb Eppendorf.

Ab und zu orgelten wir auch auf einem asthmatischen Harmonium herum, das da stand. Aber nur, wenn wir genau wussten, dass keiner von unseren Erwachsenen im Hause war. Bei dieser Gelegenheit entdeckte ich auch zwei alte Messing beschlagene Musterkoffer von einem Handelsvertreter. Ich zeigte meinem Vater den Fund und er rettete den kleineren der beiden vor dem Verbrennen. Wir restaurierten ihn später gemeinsam und bedauerten, nicht beide mitgenommen zu haben. Der alte Koffer steht heute noch in meinem Flur unter dem Spiegel als Ablage für Schlüssel und Post.

Ich hatte nicht nur einen neuen Freund gefunden, sondern auch eine neuen Schwarm! Heidemarie! Sie hatte Grübchen und einen kessen Lockenkopf von dunkelbraunen Haaren und war, wie sollte es anders sein, der Liebling der Lehrer. Diesmal verlor ich aber kein Prickelpit auf dem Schulhof. Es blieb bei schlichter Anhimmelei aus der Entfernung.

Es wurde immer kälter und Weihnachten war nicht mehr weit. Als es zu schneien begann ist mein Vater mit mir zum Möbellager gefahren, um den Schlitten zu holen. Es war ihm peinlich, dass ich immer bei den anderen Kindern betteln musste, wenn ich einmal rodeln wollte.

Der Schnee lag hoch. Mein Großvater konnte selbst nicht mehr aufs Land, um die Karnickel zu füttern. Das mussten ab jetzt meine Schwester und ich übernehmen. Die Kiste mit Kohlstrünken und Kartoffelschalen auf den Schlitten geschnallt traten wir jeden Tag nach der Schule den Weg zum Kaninchenfüttern an. Der extrem kalte Winter machte den Schnee sehr pulverig. Täglich mussten wir die Schneewehen vor der Gartentür und dem Stall niedertreten. Der Winter 1962/63 war seit langem der härteste in Hamburg. Einhundertfünfundzwanzig

Tage am Stück Dauerfrost. Es war so kalt, dass das Wasser und die Karnickelpisse im Stall gefroren. Wir streuten regelmäßig Stroh und Heu nach. Seltsamerweise ist keins der Tiere krepiert. Nach getaner Arbeit machten wie uns in der Laube gemütlich. Ich entfachte ein Feuer im Küchenherd und wir wärmten unsere durchgeeisten Knochen. In diesem Jahr waren im Stern die ersten sensationellen Farbfotos ungeborener Babys im Mutterleib zu sehen, vom Fötus bis zur Geburt. Natürlich hielten die Erwachsenen diese Zeitschrift zu Hause vor uns verborgen. Aber unser Großvater nahm die ausgelesenen Illustrierten mit aufs Land, um sie dort zu verbrennen. Tja, aus den Augen, aus dem Sinn. Hier auf dem Land hatten meine Schwester und ich Zeit und Muße, die Bilder eingehend zu betrachten. Wir waren fasziniert von den Aufnahmen und es hat uns wohl auch kaum geschadet. Ab einem gewissen Alter können Eltern eben die Kinder nicht mehr vor allem bewahren. Zum Glück!
Wir machten Weihnachtseinkäufe. Vor Karstadt stand ein gläserner Anhänger mit dressierten Schimpansen. Die fanden wir unheimlich lustig. Von Tierschutz damals keine Spur. Vor unserer Haustür rodelten wir. Es waren nur circa acht Meter, aber immerhin. Abends streute die Hauswartsfrau Asche auf die spiegelglatte Fläche. Wenn wir Glück hatten,

schneite es über Nacht und wir konnten am nächsten Tag weiter rodeln. Bis zum nächsten Ascheangriff. In Hamburg habe ich auch glitschen kennengelernt. Man glitscht auf einer Glitsche und das ist ein langer, meist nur dreißig bis vierzig Zentimeter breiter Streifen Eis, auf dem man mit Anlauf entlangschlittert. Sie wurden meistens auf zugefrorenen Pfützen oder Teichen angelegt, aber auch, mit etwas Ausdauer, auf festgetretenem Schnee. Auf Hamburger Schulhöfen war nicht nur Schneeballwerfen, sondern auch das Glitschen verboten.

Weihnachten in einem Zimmer. Zwar feierten wir mit den Großeltern zusammen, zogen uns aber bald in unsere Enklave zurück. Ich habe ein Werkzeugset geschenkt bekommen, konnte aber nirgends damit werkeln. Mein Vater versprach mir, wenn wir eine neue Wohnung haben, baut er mir dazu auch so eine Werkzeugkiste, wie er sie hat. Er hat später auch eine gebaut. Allerdings ist sie ihm so gut gelungen, dass er sie selbst behalten hat. Ebenso, wie mein Werkzeug, dass so nach und nach auch in seinen Besitz über ging.

Wir gingen uns immer mehr auf den Senkel in der Enge dieses Zimmers. Damit wir da einmal herauskamen, wurden meine Schwester und ich jeden

Sonntag in die Kindervorstellung des Roxy- Kinos in der Eppendorfer Landstraße geschickt. Das Gloria neben Karstadt war uns auch genehm. Wir wurden vorher noch landfein gemacht. Trotz unserer provisorischen Unterkunft waren wir immer gut gekleidet. Ich trug an diesen Tagen meistens unter meinem Mantel zu einer schwarzen Hose meine englische Clubjacke und einen Wilhelm- Tell- Schlips. Eine mit Gummizug schon fertig geknotete Krawatte. Wilhelm- Tell- Schlips deshalb, weil, wenn man am Schlips zog die Sehne gespannt wurde und der Adamsapfel getroffen wurde.

Ein Klassenausflug war angesagt. Wir wanderten von Eppendorf aus auf dem zugefrorenen Alsterkanal über die Außen- und Binnenalster bis zum Jungfernstieg. Eine fünf Kilometer lange Glitschen. Was für ein Spaß! Ich verbrachte eine ziemliche Zeit mit dem Versuch, ein eingefrorenes Fünfzigpfennigstück aus dem ewigen Eis zu retten. Keine Chance. Es wird wohl noch immer auf dem Grund der Alster liegen, wenn es niemand vor dem Auftauen geborgen hat.

Ich mochte Eppendorf. Wen man sich auskannte, und die entsprechenden Freunde hatte war es fast noch spannender, als in Hannover. Ich bin ein richtiger Hamburger Jung, ein Butjer, geworden. Allerdings bleibt man in Hamburg immer ein Quidsche, ein Zugereister. Irgendwie vermisse ich heute das vertraute Hamburger Missingsch der damaligen Zeit. Es gibt kaum noch Leute, die das heutzutage sprechen. Missingsch meint Messing, eine Legierung aus zwei verschiedenen Stoffen. In Hamburg also die Vermischung zwischen Hoch- und Plattdeutsch. Kein ungeduldiges „Mensch Butjer, mach mal Platz!" oder „Lot mi mal dörch, Deern!" Die alten Zeiten sind vorbei. Missingsch hat der Zeitgeist gefressen. Das war eben die Sprache der Arbeiterklasse. Der Hafenarbeiter und Quartiersleute, der Aufwartefrauen und Hausmädchen. Over and gone.

Die andauernde Enge fordert ihren Tribut. Meine Mutter hat ständig Streit mit meiner Großmutter. Die würde uns lieber heute als morgen aus dem Haus haben. Ich wurde immer nervöser. Meine Mutter schleifte mich mal wieder zum Nervenarzt. Der verschrieb mir Valium! Zwar das schwächste, was auf dem Markt war, aber immerhin Valium. Ich war gerade mal neun Jahre alt. Nach einer gewissen Zeit war ich wieder gut drauf. Das hieß, ich konnte ohne meinen Stoff nicht mehr eischlafen. Wenn ich nichts bekam, machte ich Theater. Das habe ich aber nur zweimal gemacht. Dann wurden die restlichen Tabletten dem großen Porzellangott geopfert. Das

muss an dem Abend in Eppendorf die entspanntes-
ten Kanalratten in ganz Hamburg gegeben haben.

Ich ließ meinen Frust an meinem Kinderbett aus. Im
Laufe der Zeit hatte ich an einer Stelle am Gitterholm mit dem Fingernagel eine tiefe Rille in das
Holz gedrückt. Die wurde jetzt noch länger und tiefer, weil ich mich mit einer Art hospitalistischer Bewegung abends in den Schlaf wiegte, in dem ich
immer im gleichen Rhythmus mit dem Fingernagel
am Gitterholm entlang fuhr. Meiner Schwester
schien die Situation nichts aus zu machen, Sie war
Zwölf und frisch verliebt.
Mein Vater hatte endlich Arbeit bekommen. Die
MAN im Hafen hatten einen erfahrenen Werkzeugmachermeister gesucht und auch gefunden. Und
kein Schichtdienst. Das war wichtig für ihn. Er wurde fünfzig in diesem Jahr. Doch das Beste, wir waren auf Wohnungssuche! Einmal sind wir bis nach
Pinneberg hinausgefahren, um uns eine Wohnung
an zu sehen. Aber da wäre unser Vater jeden Tag
fast drei Stunden nur mit öffentlichen Verkehrsmitteln unterwegs gewesen. Das war beiden, Vater
und Mutter, zu lang. Im Frühsommer sind wir mit
der Straßenbahn nach Wilhelmsburg hinaus gefahren. Auf der Suche nach der Wohnung, die wir uns
ansehen wollten, mussten wir feststellten, dass wir

einen Riesenumweg gemacht hatten. Es existierte nämlich ein Bahnhof ganz in ihrer Nähe.

Unser Vater hatte uns erzählt, dass in Wilhelmsburg die Häuser auf Pfählen gebaut sind, weil der Boden so morastig ist. Dieser Stadtteil war, nebenbei gesagt, der am meisten geschädigte Stadtteil durch die Sturmflut im Jahr zuvor. Das liegt daran, dass Wilhelmsburg tiefer liegt als Normal Null und bei einem Deichbruch vollläuft, wie eine Badewanne. Und weil die Deiche nach dem Krieg von den Bombenschäden nur unzureichend repariert wurden, konnten sie dem großen Wasserdruck der Sturmflut nicht standhalten.

Ich war ziemlich enttäuscht, dass ich keine Pfahlbauten zu sehen bekam, wie ich mir erhofft hatte. In meiner Phantasie hatte ich mir schon ausgemalt, wie ich unter den Häusern zwischen den Pfählen spielen würde. Tatsächlich stehen die meisten Wilhelmsburger Häuser wirklich auf Pfählen. Die älteren noch auf Eichenpfählen, die neueren auf Betonpfeilern. Nur sieht man die nicht, weil die Fundamente darauf ruhten

Die Wohnung konnten wir nicht ansehen, nur das Haus von außen. Es lag auf einer Art Warft, wie auf einer Hallig. So wurde garantiert, dass auch bei Sturmflut die Bewohner sicher sind. Außerdem wies es auch noch ein Flachdach auf. Stark genug, dass ein Hubschrauber darauf landen konnte.

Die Gegend gefiel mir. Sie hatte mehr einen ländlichen Charakter und in einiger Entfernung war sogar eine Windmühle zu sehen. So hieß die Straße dann auch, in der unsere neue Wohnung lag, „Bei der Windmühle". Zurück sind wir dann mit der Bahn gefahren.
Zwei Wochen später stand es fest! Wir ziehen in den Sommerferien um! Ab nach Wilhelmsburg. Die Atmosphäre entspannte sich leicht zu Hause. Aber bis dahin waren es noch zwei Monate und es konnte noch viel geschehen.
Zum Beispiel eine Gehirnerschütterung. Gegenüber unserer Schule war ein kleiner Spielplatz. Nur eine Sandkiste, eine kleine Schaukel und ein primitives Karussell. Dieses Karussell bestand ganz einfach nur aus einer Mittelachse, an der alle hundertzwanzig Grad ein U aus Stahlrohr angeschweißt war. So konnte man sich auf das untere Rohr stellen und sich am oberen festhalten. Am schnellsten drehte sich das Ding, wenn man Schwung nahm und sich dann recht nahe an die Mittelachse stellte. Lehnte man sich dann weit nach außen, wurde die Fliehkraft am ganzen Körper spürbar. Und bei einem frisch geschmierten Teil, wie diesem, war sie

anscheinend ziemlich hoch. Auf jeden Fall habe ich am Abend gekotzt, wie ein Weltmeister. Es wurde so schlimm, dass der Arzt kommen musste. Der diagnostizierte Gehirnerschütterung. Jetzt ging die Tortur erst richtig los! Meine Eltern nahmen mich in die Inquisition. „Wo warst du? Was hast Du gemacht? Hat dich jemand geschlagen? Wer war das?" Ich beteuerte immer wieder, dass ich nur Karussell gefahren bin, sonst nichts! „Davon kriegt man keine Gehirnerschütterung! Da muss was anderes gewesen sein! Warum lügst du? Deckst Du jemanden?" Ich hatte die Schnauze voll. Mir war übel, ich hatte Kopfschmerzen und ich wollte ins Bett. Also log ich. „Ich habe einen Fußball an den Kopf bekommen." „Aha, jetzt kommen wir der Sache schon näher! Wer war das?" Ich beteuerte, dass ich den angeblichen Schützen nicht gesehen habe, weil der Ball von hinten kam. „Lüg nicht! Du weißt, wer es war! Ich gehe zur Schule! Und ich lasse alle Kinder antreten und du zeigst mir den Kerl! Wäre ja noch schöner, wenn wir den nicht kriegen würden!" Mir ging die Muffe. Dass das ganz gewaltig die Kompetenzen meines Vaters überschritt, war mir mit meinen mittlerweile zehn Jahren damals natürlich nicht klar. Nach einer Woche Dunkelhaft, das Fenster ist auf Anraten des Doktors mit einer Wolldecke verhängt worden, ging es mir soweit besser, dass ich wieder zur Schule gehen konnte. Mein Vater bestand nicht weiter auf die Verfolgung des unbekannten Täters. Dreißig Jahre später habe in einer Geschichte von Wolfgang Sieg gelesen, dass diese Drohungen mit „Ich lass die ganze Schule antanzen!" anscheinend ein beliebtes Druckmittel seinerzeit war.

Es ging dem Sommer entgegen und ich trieb mich wieder auf dem Land rum. Und dort hatte ich auch meine ersten Doktorspiele. In unserer Nachbarschaft wohnte ein Mädchen namens Maria! Ich mochte sie und nahm sie auch mit aufs Land. Irgendwann kam ich auf die Idee, Adam und Eva zu spielen Das taten wir dann auch und zogen uns im Schuppen neben dem Plumpsklo aus. Ich wusste, dass Großvater heute nicht kommen würde und wir relativ sicher waren. Maria zog sich ganz aus, aber ich habe mich ein wenig geschämt und noch das Unterhemd anbehalten. Es war ein nicht so warmer Tag und so standen wir uns nun gegenüber. Ein wenig zitternd und verlegen. Das, was mich anatomisch interessierte, konnte ich nicht richtig sehen und so genau hingucken wollte ich aber auch nicht. Wir zogen uns wieder an. Ein paar Tage später kam sie wieder mit. Vor dem Garten meines Großvaters war eine ziemlich große Sandfläche mit Schachtelhalm bewachsen. Einige Jungs haben sich dort eine

Höhle gebaut, in dem sie ein Loch gebuddelt haben und zwei Schienen der alten Feldbahn darüber gelegt hatten. Das Ganze wurde mit Wellblech abgedeckt, auf das Sand geschaufelt wurde. Ein prima Versteck. Obwohl Maria vorher schon bat: „Aber mit ohne Ausziehen!" überredete ich sie, es doch zu tun. Gerade, als ich mich an Hand der weiblichen Anatomie weiterbilden wollte, hörte ich draußen Stimmen. Da ich ja noch fast bekleidet war, verließ ich als erster die Höhle. Draußen waren die zwei Jungs, die das Versteck gebaut hatten. Mutig stellte ich mich breitbeinig vor den Eingang und verkündigte: „Hier könnt ihr jetzt nicht rein, da zieht sich jemand um!" Die beiden sahen sich ratlos an und bevor irgendeine Diskussion entstehen konnte, erschien Maria schon auf der Bildfläche. Ohne uns um zu sehen verließen wir den Platz des Geschehens.

Im gleichen Haus, wo Maria wohnte, lebte auch ein Junge mit seiner Mutter. Sie war wohl Witwe und er wirkte wie ein Mustersöhnchen, immer gut gescheitelt und saubere Fingernägel. Dummerweise habe ich ihn gefragt, ob er nicht mal mitkommen wolle, wir spielen Adam und Eva. Nach einer näheren Erklärung winkte er dankend ab. Als Maria beim nächsten Mal vom Land kam, wir hatten aber wirklich nur gespielt, sagte sie auf einmal, ich solle vor

gehen, dahinten sei ihr Vater. Ich lief ein paar
Schritt voraus und tatsächlich, ihr Erzeuger hatte
sich hinter einem alten Kiosk auf die Lauer gelegt.
Als Maria an ihm vorbei ging sprang er auf einmal
hervor und schlug sofort auf sie ein. „Wo bist Du
gewesen? Hast Du wieder herumgeschweinigelt?
Ich wird es dich lehren, du Flittchen, du!" Er fasste
ihr brutal in die langen Haare und zog sie hinter sich
her. Ich habe sie nur noch einmal gesehen, bevor
wir umzogen. Sie stand traurig am Fenster ihres
Zimmers und sah mich an. Sie tat mit unendlich
Leid und hätte ich es rückgängig machen können,
ich hätte es getan. Hätte ich doch bloß meine Klappe gehalten.
Die Strafe folgte auf, besser gesagt, an dem Fuß.
Ein paar Tage später trieb ich mich wieder auf dem
Land herum. Größere Jungs düsten dort mit Mo-
peds herum, die sie irgendwo besorgt hatten und
sie wieder zum Laufen gebracht haben. Natürlich
ohne Zulassung und Führerschein. Für beides waren sie eh zu jung. Ich bat so lange, einmal mitfahren zu dürfen, bis sich einer der Jungs erbarmte. Er
nahm mich auf dem Gepäckträger mit. Nicht ohne
mich zu warnen, dass es hinten keine Fußrasten
gab, und ich musste die Füße auf die Gabel stellen.
Und dann ging es los. Über Stock und Stein. Das
ging einige Zeit gut, aber als wir mit dem Moped

einen großen Satz machten, rutsche ich von der Gabel ab und kam mit der rechten Hacke in die Speichen. Da ich nur leichte Turnschuhe trug, schälten mir die rotierenden Speichen die Haut von der Ferse. Wir liefen ja meistens barfuß herum und dadurch waren unsere Füße durch eine dicke Hornhaut geschützt. Diese konnte ich jetzt wie eine Kappe von der Hacke abheben. Ich setzte sie an ihren angestammten Platz zurück und zog den Turnschuh wieder an. Ich musste dem Jungen versprechen, nichts zu verraten. Dann humpelte ich den einen Kilometer nach Hause. Da war das Geschrei natürlich groß, als meine Eltern den durchgebluteten Turnschuh sahen. Auf die Frage hin, wie das passiert sei, habe ich nur gesagt, dass mich jemand auf dem Gepäckträger mitgenommen hat und ich mit dem Hacken in die Speichen gekommen bin. Von einem Moped habe ich sicherheitshalber nichts erzählt. Ich ließ sie in dem Glauben, dass es ein Fahrrad war. Direkt gelogen hatte ich ja nicht.

Eine Woche später wurde Harras eingeschläfert, weil Langes das Haus aufgeben und in eine Etagenwohnung umziehen mussten. Dort, wo Langes Haus stand, geht jetzt Hamburgs Automeile längs, Neddernfeld. Meines Großvaters Land lag schräg gegenüber der Einmündung von der Straße Im Winkel.

Ich glaube, Harras hat gewusst, dass es unser letztes Gassi- Gehen war. Als ich ihn wieder ablieferte
ging Frau Lange wie immer an den Küchenschrank.
Dort nahm sie eine Tafel Schokolade aus der
Schublade. Doch bevor sie sie mir geben konnte,
hatte sich Harras schon die Tafel geschnappt und
mir gebracht. Er hat mir sein Abschiedsgeschenk
persönlich überreicht. Ich habe den ganzen Tag
geheult.

5. Umzug

Endlich war es soweit! Der Tag des Umzuges war
gekommen! Und es regnete. Am Tag vorher habe
ich mich noch von meinen besten Freunden verabschiedet. Bloß bei Heidemarie habe ich nur vor der

Tür gestanden, traute mich aber doch nicht, zu klingeln. Nach einer Stunde bin ich wieder abgezogen.

Wir fuhren mit der Straßenbahn bis zum Möbellager, um dann per LKW nach Wilhelmsburg zu gelangen. Es war spannend, so hoch oben über den anderen Autos! Ich genoss jede Minute Fahrt mit diesem schaukelnden Gefährt. Über die Elbbrücken, auf der Wilhelmsburger Reichsstraße; ich fühlte mich als King of the road.
Der Fahrer parkte auf dem noch unbefestigten Gehweg und mein Vater stieg aus. Während die Möbelpacker anfingen das Ladegut zu entlaschen, liefen wir die Treppen hinauf in den zweiten Stock und betraten zum erste Mal unsere neue Wohnung. Sie war noch schöner, als ich sie mir vorgestellt hatte. Endlich ein eigenes Zimmer. Ich entschied mich für das erste. Es war etwas länglicher, hatte hinten aber aus unerfindlichen Gründen eine Nische. Was bei mir eine Nische war zeigte sich im Zimmer meiner Schwester als Ausbuchtung. Und das Schönste war, von den Kinderzimmerfenstern aus konnte man die wunderschöne Windmühle sehen. Sie war nur knapp einen halben Kilometer weit entfernt.

Die neue Wohnung war Spitze! Zentralheizung, fließend Warmwasser, Elektroherd, der reinste Luxus. Das große Wohnzimmer hatte ein riesiges Fenster. Meine Mutter plante gleich ein großes Blumenfenster und rechnete schon aus, wieviel Blumen und

Pflanzen sie anschaffen konnte, ohne ihr Budget zu überschreiten.

Mittlerweile hatte sich der Fahrer des Möbelwagens entschlossen, den LKW parallel zu unserem Haus zu parken. Somit mussten die Packer zwar den Hang zur der Warft hinauf, ersparten sich aber dreißig Meter Schlepperei, da wir im zweiten Eingang wohnten. Dummerweise hatte der Fahrer die Rechnung ohne den Wirt gemacht. Das Gewicht des Wagens ließ ihn bis an die Achse im durchweichten Untergrund versinken. Alle Bemühungen waren vergebens, sich aus eigener Kraft zu befreien. Die Packer entluden erst mal den Möbelwagen, um ihn leichter zu machen. Vergebene Liebesmüh. Erst am nächsten Tag konnte ein ansässiger Bauer mit seinem Ackerschlepper das Gefährt auf festen Boden zurückziehen. Der Porschetraktor hatte lächerliche sechsundzwanzig PS, zog aber den großen Möbelwagen mühelos aus dem Morast.

Am nächsten Tag schien die Sonne. Nach dem Frühstück ging ich auf Expedition. Hinter dem Haus befand sich auf der linken Seite hinter einem Graben, Wedder genannt in Hamburg, in einem Fachwerkhaus ein Altersheim. Rechts davon begann die Feldmark. Sie war durch eine andere Wedder in zwei Teile geteilt. Noch weiter rechts lag eine kleine Schrebergartenkolonie. Mir gefiel es hier. Es wuchsen Weiden entlang der Weddern. Mangel an Holz für meine Flitzebögen wird es also nicht geben. Auf dem Land in Eppendorf haben wie auch verbotenerweise Bögen hergestellt. „Ihr werdet Euch noch

die Augen ausschießen!" Wir haben es nicht getan. Weder mit Pfeil und Bogen, noch mit den Fletschen, auch Zwillen oder Schleudern genannt, die wir für dreißig Pfennig in dem kleinen Laden gegenüber dem Gemüsehöker kaufen konnten.
Bulldozer hatten den Aushub unserer Häuser zu zwei mächtigen Wällen aufgeschoben, die sich schon leicht begrünten. Mit einer abgebrochenen rot-weißen Markierungsstange der Landvermesser brach ich aus dem harten Lehm große Brocken heraus und baute mir damit eine Art Fort. Abends hatte ich einen Sonnenbrand, einige Schürfwunden und den vorwurfsvollen Blick meiner Mutter, als ich ziemlich schmutzig aber glücklich nach Hause kam. Mein erstes Wannenbad aus dem Durchlauferhitzer. Mit Tannenduft und Schaum!

Die nächsten Tage verbrachten meine Schwester und ich damit, die nähere Umgebung zu erkunden. Unser erstes Ziel war natürlich die Windmühle. Man konnte leider nur durch die Fenster gucken und da war auch nicht viel zu sehen. Aber ein Schild besagte, dass es sich um eine Galerieholländermühle handelt, die 1875 erbaut wurde. Der obere Teil mit den Flügeln ist mit Reet gedeckt.
Eigentlich gehörte unser Teil der Straße schon zu Kirchdorf. Aber die ganze Insel, es ist Europas größte Flussinsel, heißt Wilhelmsburg, ist also egal, wo man sich aufhielt, es blieb Wilhelmsburg. Ansonsten war nicht viel los in Richtung Windmühle. Nur eine Koppel mit Ponys fand ich interessant. In

der anderen Richtung ging es zum Bahnhof. Erst kam Bäcker Meyer, dann ein Kiosk und noch einige andere Läden. Der Eisenwarenhändler direkt am Bahnhof hieß zwar nicht Nachbar, aber Panther war auch ganz hübsch. Der Besitzer des Kiosks hieß Spinna. Bäcker Meyer und Spinna waren jeden Samstagmorgen mein Anlaufpunkt. Rundstücke holen und die MOPO, die Hamburger MOrgenPOst. Da waren Comics drin.

Die Wohnung war endlich fertig eingerichtet. Tapezieren durften wir im ersten Jahr noch nicht. Die Feuchtigkeit des Mauerwerks musste erst ausgewohnt werden. Die Wände waren mit einer Leinfarbe gerollt. Die Rolle wies ein Rankenornament auf, das unser neues Heim im pastellen lindgrün verschönerte. Kam man an die Wand, färbte sie ab. Ständig klopfte man sich die Kleidung sauber.

Nach dem wir dann irgendwann mal tapeziert hatten war es streng verboten, irgendetwas mit Stecknadeln oder Klebeband an die Wand zu pinnen. Damit ich doch irgendwo meine Starbilder aus der Bravo aufhängen konnte, baute mein Vater mir, auf Anraten meiner Mutter, einen Rahmen, bespannte ihn mit Jute und befestigte zur Zierde noch rechts und links zwei dicke Bambusröhren. Jetzt konnte ich auch endlich meine Lieblingsstars an die Wand hängen, wie andere Kids auch. Lex Barker, Pierre Briece und Marie Versini, Winnetous Schwester

Ntschotschi. In Marie war ich verschossen. Ich fand sie unglaublich schön.

Von meinem Cousin hatte ich mal eine Bootsmannspfeife an einer Zierkordel, die er beim Bund selbst geknüpft hatte, geschenkt bekommen. Die war das Paradestück an dem Rahmen. Auch ein Pulverhorn mit Trinkflasche und geflochtenem Sombrero fanden dort ihren Platz. Die Teile hatte mein Onkel Heinz getragen, als er bei Hagenbeck Ponyjunge war. Wieso er sie behalten durfte, weiß ich nicht. Ich vermute mal, es durfte es auch gar nicht. Aber mein Onkel nahm es anscheinend schon damals mit Dein und Mein nicht so richtig genau. Er war Schrotthändler. Mein Vater hatte mir einmal erzählt, dass sein Bruder an einem Tag einen gebrauchten Heizkessel für eine Zentralheizung eines Einfamilienhauses verkauft hatte, und dass dieser Kessel am nächsten Tag auf wundersame Weise irgendwo hinten auf dem Grundstück wieder aufgetaucht ist. Die Sachen von Hagenbeck hatte mir mein Onkel dann irgendwann mal geschenkt.

Mein Vater fuhr jetzt immer mit seinem Fahrrad zur Arbeit. Da die MAN im Freihafen lag, fand er unterwegs immer Sachen, die beim Löschen der Schiffe übrig geblieben sind. Große Stücke Kork von der Korkeiche, Eukalyptuszweige mit Samen dran und auch ein paar Stücke Eisenholz. Es ist eins der härtesten Hölzer der Welt und somit sehr schwer zu bearbeiten. Mein Vater hatte sich einen Bastelkeller eingerichtet. Sein erstes Objekt war eine Obstschale aus diesem afrikanischen Holz. Für ihn eine Herausforderung. Er sägte sich die äußere Form zurecht und bohrte dann mit der Bohrwinde Löcher in das Holz. So ersparte er sich, dass er mit dem Stechbeitel alles Material aus dem Vollen holen musste. Eines Abends, ich kam gerade nach Hause, kam mein Vater mir aus dem Keller entgegen. Die linke Hand war Blut überströmt. Er war mit dem Beitel ausgerutscht und hatte sich das Werkzeug bis auf den Knochen in den Daumen gerammt. Nächsten Abend war er schon wieder am Basteln.

Das schönste bei Neubauten ist, dass es rings herum immer genügend Sand zum Spielen gibt. Ideal für mich und meinen geliebten Unimog. Da ich ja schon in jungen Jahren in einigen Sachen zum Perfektionismus neigte, fand ich es auch ganz toll, dass der Unimog eine Anhängerkupplung hatte, wie das Original. Er hatte hinten die typische maulförmige Aufnahme und auch die Anhängerdeichsel wies ein Auge auf. Eben eine Originalnachbildung. Leider ließ sich der Hänger nicht kippen. Der einzige Makel meines Favoriten. Unimog ist übrigens die Abkürzung für Universalmotorgerät.
Ich spielte mit ihm ganz vertieft am Kellerniedergang, als auf einmal ein blonder Junge vor mir stand und fragte, ob er mitspielen dürfe und er hieße Jürgen. Ich hatte nichts dagegen und wir wurden über einige Jahre hinweg die besten Freunde. Jetzt brauchte ich nicht mehr allein zu spielen und das

Leben machte immer mehr Spaß in meiner neuen Heimat.

Wir hatten auch einen Balkon und wir nutzten ihn reichlich. Da wir ganz oben wohnten, waren wir aber unbarmherzig der prallen Sonne ausgesetzt. Mein Vater kauft uns zwar einen Sonnenschirm, wollte aber das Geld für den Ständer sparen. Stattdessen organisierte er etwas Zement und ich musste Sand von dem Berg holen, der für die Plattenleger vor dem Haus abgeschüttet worden war. Die alte Waschschüssel, in der ich immer in der Fensterbank gewaschen wurde, (schimm, schimm, schäme dich....) fiel dem Einfallsreichtum meines Vaters zum Opfer. Er durchbohrte den Boden, drehte sie um und fügte das Rohr ein, das später den Sonnenschirm halten sollte. Das Ganze wurde mit dem selbstangerührten Beton aufgefüllt. Nach dem Abbinden wurde die alte Schüssel entfernt und wir hatten einen stabilen und preiswerten Sonnenschirmständer.

Die Ponys hatten es mir angetan. Immer, wenn ich nicht mit Jürgen die Umgebung unsicher machte, lief ich zur Ponykoppel. Dort lernte ich auch den Besitzer und seine Kinder kennen. Marina war ein Jahr älter als ich, und Michael, ihr Bruder, war erst fünf. Er war der Kronsohn und hatte Narrenfreiheit bei seinen Eltern. Er bestimmte auch, wer auf dem Hof spielen durfte und wer nicht. Es war ein Privileg, sich dort aufhalten zu dürfen. Aber wehe, wenn man nicht tat, was der kleine Tyrann wollte. Dann gab es

Hofverbot. Das dauerte aber meistens nur bis zum nächsten Tag.

Es war immer etwas los auf dem Grundstück. Die Mutter betrieb nebenher einen Nachbarschaftsshop. Dort waren immer irgendwelche Leute, die da ihr Bier tranken oder nur so zum Klönschnack vorbei kamen. Hansi war einer der Kunden, die sich Tag für Tag dort aufhielten. Er trank gerne Bier und hatte wohl auch sonst keinen anderen Lebensinhalt mehr. Niemand nahm ihn für voll.

Beeindruckt war ich von der Hollywoodschaukel, die vor dem Pferdestall stand. Mit viel Gunst von Michael durften wir uns ab und zu mal draufsetzen.

Die Sommerferien gingen zu Ende und es wurde Zeit, uns an der neuen Schule anzumelden. Ich kam zu Jürgen in die Klasse. Wir hatten eine Lehrerin, Frau Rodenberg, deren erste Klasse wir waren nach dem Studium. Sie war sehr nett und gestaltete den Unterricht auch abwechslungsreich. Die neuen Klassenkameraden waren auch nicht übel. Einer wurde Porky genannt. Er war einen Kopf grösser, als wir und ein Muskelberg. Später hatte er Horst aus unserer Klasse einmal solange in den Schwitzkasten genommen, bis er blau anlief und ohnmächtig wurde.

Wir hatten auch Sport und Schwimmen als Unterrichtsfach. Da die Schule zu der Zeit noch keine eigene Sporthalle hatte, mussten wir bis zur nächsten immer erst ein paar Kilometer laufen. Zum Schwimmen fuhren wir immer nach Harburg. Ich habe diese Art der Fortbewegung nie richtig gelernt. Freischwimmen musste ich meistens nach etwa acht Minuten aus Erschöpfung aufgeben. Es waren die ersten Vorzeichen, dass meine Hüftgelenke sich nicht so entwickelt hatten, wie sie eigentlich sollten.

Ich war zwar wendig, aber nicht schnell. Aus diesen Grund habe ich bei den Bundesjugendspielen nie eine Urkunde bekommen. In allem, was mit dem Laufen zu tun hatte, war ich ein Versager. Mein weitester Weitsprung maß gerade eben mal einmeterundfünfzig. Beim Fünfzigmeterlauf hatte ich immer das Gefühl, dass meine Beine nicht hinterher kommen wollten. Mein Oberkörper war stets schneller. Beim Endspurt kam ich dadurch regelmäßig ins Stolpern. Dass ich beim Schlagballwerfen mit elf Jahren schon über fünfzig Meter warf, brachte mir auch nicht die nötigen Punkte für eine Urkunde ein.

Die Lehrer waren im Allgemeinen recht annehmbar. Herr Müller war ein etwas strengerer Lehrer, der sehr auf Disziplin achtete. Er war auch fürs Schwimmen zuständig. Unsere absolute Favoritin war Frau Heinke! Wir hatten sie in Rechnen und Englisch. Englisch war damals noch nicht Pflichtfach in der Volksschule. Die Eltern konnten entscheiden, ob ihr Kind diese Fremdsprache erlernt, oder nicht. Die Englischkinder mussten entweder zur Frühstunde da sein, oder mittags eine Stunde länger bleiben. Das länger bleiben war mir egal. Aber die Frühstunde konnte ich nicht leiden. Ich hatte von je her Probleme mit dem Aufstehen. Die ersten Vorzeichen einer Schlaf- Apnoe, die sich über Jahre hinweg verschlimmerte. Meine Mutter kam drei- bis viermal in mein Zimmer zum Wecken. Zum Schluss mit einem nassen Waschlappen. Mein Vater war da weniger zimperlich. Wenn ihm das Theater zu lange dauerte, nahm er einfach einen Zahnputzbecher mit kaltem Wasser, er ließ es extra lange laufen vorher, und goss es mir mit Schwung ins Gesicht.

Frau Heinke nutzte unseren Spieltrieb zum Lernen. Wir bastelten uns selbst ein Quartett und spielten im Unterricht Karten. Das aber meistens in der Spätstunde, wenn die Konzentration sowieso längst am Boden war. So lernten wir spielend diese Sprache, denn wir durften ausschließlich auf Englisch unterhalten.
Beliebt bei unserer Klassenlehrerin war „Laurentia". Ein Singspiel zur Körperertüchtigung. Alle Kinder mussten sich hinter ihre Stühle stellen. Dann wurde gesungen: „Laurentia, liebe Laurentia mein, wann werden wir wieder zusammen sein? Am Montag! Ach, wenn es doch bald wieder Montag wär und ich bei meiner Laurentia wär, Laurent..i..a. Jedes Mal bei Laurentia und bei jedem Wochentag mussten wir eine Kniebeuge machen. Das Lied hat sieben Strophen und in jeder Strophe wird ein Wochentag hinzugefügt. Im Endeffekt hatten am Ende des Liedes satte vierzig Kniebeugen hinter uns. Das brach-

te den Kreislauf auf Touren. Auch in der sechsten
Stunde.

Weniger beliebt war die Rektorin Frau Grasfeder.
Sie war streng und für ihre lockere Hand berüchtigt.
Ja, das war noch üblich in den Sechzigern. Da wurden schon mal Ohrfeigen ausgeteilt. Ich weiß das
genau. Ich habe auch mal eine von ihr eingefangen.
Die Rektorin hatte auch das Ecke stehen modifi-
ziert. Unser Klassenraum war in einem der Pavil-
lons untergebracht, die den Schulhof säumten. Da
hatte jede Klasse einen eigenen Materialraum,
Schapp genannt. Schapp ist das plattdeutsche Wort
für Schrank. War jemand unartig oder störte hieß es
dann nicht ab in die Ecke, sondern ab in den
Schapp. Die Schulleiterin benutzte auch nicht das
Wort Toilette oder Klo für das WC, bei ihr hieß, und
so stand es auch noch auf den Toilettentüren im
alten Schulgebäude, Abort.

Frau Rodenberg wollte ein Theaterstück aufführen.
Wir entschieden uns für „Die Goldene Gans". Es
entstand eine Diskussion, wie die Gans beschaffen
sein sollte. Einige meinten aus Pappe, andere aus
Pappmaschee und wieder andere aus Stoff. Ich
meldete mich und sagte, ich wolle meine Mutter
fragen, ob sie uns so ein Tier schneidern würde.
Das wurde allgemein für gut befunden, weil es ja
auch der Idealfall sei. Meine Mutter sagte zu und
mein Vater zeichnete auf einem alten weißen Kopfkissen die Skizze einer Gans. Die wurde ausgeschnitten und zusammengenäht. Dann, auf

rechts gedreht, mit den Federn des Kissens gefüllt. Allerdings ließ der Vogel etwas den Kopf hängen, auch wenn man den Hals noch so fest stopfte. Aber den konnte man ja festhalten. Am nächsten Tag wurde er mit Goldbronze bemalt und wir hatten eine hervorragende goldene Gans. Fast in Originalgröße. Einen Makel hatte das Tier allerdings noch. Es färbte ab. Aber es sollte ja auch nur zwei Vorstellungen halten. Das Publikum war begeistert ob des Vogels und er bekam später einen Ehrenplatz im Schapp.

Meine Schwester kam mit dieser Schule überhaupt nicht klar. Wilhelmsburg war eben nicht Eppendorf. Die meisten Schüler waren nicht gutbürgerlich, sondern stammten aus Hafenarbeiter- oder Bahnerfamilien ab. In Wilhelmsburg gab es seinerzeit nämlich einen riesigen Verschiebebahnhof. So etwas war damals noch sehr personalintensiv. Deshalb gab es in der Nähe vom Bahnhof gleich mehrere Blöcke nur für die Bediensteten der Deutschen Bundesbahn und dementsprechend viele Kinder aus diesen Familien.
Jeden Tag lag meine Schwester unseren Eltern in den Ohren. Sie will wieder in Eppendorf zur Schule gehen. Hier gefällt es ihr nicht, die sind alle blöd in ihrer Klasse. Alles Abwägen, alle Argumente für Wilhelmsburg stießen bei ihr auf taube Ohren. Sie wollte zurück in ihre alte Schule nach Eppendorf. Nach zähem Ringen gaben meine Eltern nach.

„Dann, in Gottes Namen, ja!" Sie hatte es geschafft und auch durchgezogen.

Als wir noch in Eppendorf wohnten hatte sie bei einer Familie Misseling babygesittet. Er war Aufnahmeleiter beim NDR bei so Filmen, wie „Wilhelmsburger Freitag", mit Edgar Bessen aus dem Ohnsorgtheater. Diese Einkommensquelle wollte sie natürlich auch nicht versiegen lassen, zumal sie die Kinder mochten. Damals ist sie auch schon regelmäßig in die Jugendgruppe des IOGT gegangen. IOGT ist die Abkürzung für International Organization of Good Templars. Eine weltweite Organisation, die den Alkoholmissbrauch bekämpft und trockenen Alkoholikern Halt gibt. Das Ganze ist aber keineswegs eine Vereinigung verbitterter ehemaligen Trinker, sondern ein Haufen fröhlicher Leute, die eben nur keinen Alkohol zu sich nehmen wollen. Rauchen war zwar nicht gerne gesehen, wurde aber toleriert.

Meine Schwester musste jetzt jeden Morgen früh hoch, denn ihr Schulweg dauerte jetzt ungefähr eine Stunde. Wenn sie dann auch noch zum IOGT ging, kam sie einmal in der Woche erst abends um neun Uhr nach Hause. Na ja, sie war immerhin schon dreizehn. Trotzdem machte ich mir Sorgen. Besonders im Sommer. Am Bahnhof oben, er lag auf einer Anhöhe, wegen der Brücke über den Rangierbahnhof, standen öfters mal Kollie und seine Mannen. Unsere lokale Rockergruppe. Sie hatten zwar keine Motorräder, waren aber trotzdem nicht zu unterschätzen. Kollie tauchte ab und zu mal ab, um sich vor den Knast zu drücken. Einmal soll er im Suff auf dem hölzernen Dachfirst des Bahnhofs, der First war circa dreißig Zentimeter breit, mit einem geklauten Fahrrad hin und her gefahren sein. Als die Polizei kam, hat er ihnen das Rad beinahe auf den Kopf geworfen und ist mit einem waghalsigen Satz von dem sechs Meter hohen Dach gesprungen und zwischen den rangierenden Loks über den Verschiebebahnhof getürmt.

Die Züge nach Harburg fuhren abends circa alle halbe Stunde. Vom Wohnzimmerfenster aus konnte ich sehen, wenn ein Zug den Wilhelmsburger Bahnhof Richtung Harburg verließ. Wenn sich nach ungefähr acht Minuten nicht der Schlüssel im Schloss drehte, wusste ich, meine Schwester kommt mit dem nächsten Zug.

Meine Mutter wurde immer wunderlicher. Auf ihr Drängen hin musste mein Vater ein Sicherheitsschloss an der Wohnungstür anbringen. Im Wandschrank unter dem Küchenfenster befanden sich Lüftungsschlitze, die sich mit einem kleinen Schieber verschließen ließen. Meine Mutter klebte sie zu, weil sie Angst hatte, dass irgendjemand Giftgas in die Wohnung leiten würde. Wir wohnten im zweiten Stock.

Sie wurde immer misstrauischer Fremden gegenüber und übertrug ihre Ängste auch auf mich. Meine Schwester war fast den ganzen Tag aus dem Haus und bekam davon nichts mit.

Eines Morgens, nach einem besonders heftigen Streit am Vorabend mit meinem Vater, wachte sie nicht mehr auf. Sie hatte Schlaftabletten genommen. Im Krankenhaus wurde ihr der Magen ausgepumpt und sie überlebte ihren ersten Selbstmordversuch, kam aber nach Ochsenzoll in die Psychiatrie. Mein Vater musste Urlaub nehmen, um uns Kinder zu betreuen. Mit meinem Vater zu Leben war aber nicht einfach. Er hatte strenge Regeln und überhaupt kein Händchen für Kindern.

Zwei, drei Mal besuchten wir unsere Mutter in der Klinik. Meistens führten unsere Eltern lange Gespräche allein und wir Kinder mussten im Park spazieren gehen. Es hat mir immer sehr wehgetan, sie so zu sehen. In ihrem Morgenmantel und sehr oft weinend.
Da ich kein anderes Ventil hatte für meine Gefühle, und auch mit niemanden darüber reden konnte, fing ich an, Grimassen zu ziehen. Das äußerte sich so: Ich neigte den Kopf nach rechts, zog dann den Mundwinkel nach links oben und zum Schluss stülpte ich die Unterlippe nach unten. Außerdem fing ich an, den Kopf in gewissen Abständen rhythmisch zu schütteln. Das brachte mir in der Schule den Spitznamen Wackelkontakt ein. Da mein Vater beides überhaupt nicht mochte, entstand noch eine dritte Übersprunghandlung, wenn ich den Drang hatte, mit dem Kopf zu wackeln. Ich hob die rechte Schulter und tat so, als wenn ich mir mit ihr etwas von der Wange wischen wollte.

Mit irgendjemanden reden über so etwas konnte ich nicht. Mit wem auch. Wer gibt schon gerne zu, dass seine Mutter in der Klapse ist.
Nach vier Wochen war meine Mutter wieder da.

Meine Eltern hatten beschlossen, dass ich mit meinem Cousin zusammen zu meiner Tante fahren sollte. Der war gerade in Cuxhaven beim Bund und hatte zwei Wochen Urlaub. Da ich erst zehn Jahre alt war, sollte ich nicht allein reisen. Zumal zweimal umgestiegen werden musste. Das hieß für mich, dass meine Herbstferien inoffiziell um eine Woche verlängert wurden.
Ich hatte unterwegs etwas Heimweh; aber am ersten Morgen war es verschwunden. Alle waren schon wach, als ich in die Küche kam, und gefrühstückt hatten sie auch schon. Da ich schon immer gerne lange geschlafen habe, war das auch nicht weiter verwunderlich. Es gab frische Brötchen mit Nutella und dazu heißen Kakao. So etwas Gutes gab es zuhause nie. Für so etwas war mein Vater zu geizig.

Später ging ich auf den Hof spielen. Meine Cousine und ihre Freundin Karin buddelten da im Sand herum. Plötzlich wurden sie ganz aufgeregt! Sie hatten eine Schatzkarte gefunden! Als wir an der angebenden Stelle des Plans buddelten, fanden wir den Hinweis auf einen weiteren Ort. Nachdem wir den ebenfalls gefunden hatten, kam mir die Sache allmählich komisch vor. Also fing ich an, die Mädchen

zu beobachten. Als die beiden nach der vierten Karte buddelten, sah ich deutlich, wie Susanne einen
Zettel in das Loch fallen ließ und etwas Sand drüber
schüttete. Ich hatte also richtig vermutet. Die
Schatzkarten stammten aus ihrer Feder. Diesmal
ließ ich den Schmu nicht gelten und sagte es ihnen
sofort auf den Kopf zu. Sie gaben den Betrug auch
gleich zu und auf meine Frage nach dem Warum,
gestand mir meine Cousine, sie hätte Angst gehabt,
dass die Ferien langweilig werden könnten. Der
Schatz, so hatten sie vor, würde am Ende unerreichbar für uns auf dem Grund der Elbe liegen.

Mein Cousin erlaubte mir, sein Fahrrad zu benutzen. Es war gelb- blau in den Farben von Braunschweig angemalt. Ich war stolz. Es war ein Rennrad. Na, ja, kein richtiges. Aber ein Rennlenker- und
Sattel hatte es schon. Und eine Drei- Gang- Kettenschaltung. Sehr exotisch, damals. Die Krönung aber
war die Sturmklingel. Sie bestand aus zwei Glocken, die per Klingelhebel in Rotation gebracht wurden und dabei gegen einen Klöppel schlugen. Erlaubt war sie zwar nicht, aber dafür höllisch laut. Ich
musste mich erst mit dem Fahrrad vertraut machen,
da es keinen Rücktritt hatte. Aber schon nach wenigen Runden um den Marktplatz legte sich in meinem Kopf der Schalter um und ich bremste nur
noch mit den Felgenbremsen.
Meine Cousine schlug vor, mit ihrer besten Freundin Karin nach Alversdorf zu fahren. Dort hatte die
BKB ein Hallenbad für ihre Arbeiter, das keinen Ein-

tritt kostete. Allerdings war die Badezeit auf ein Stunde begrenzt. Bevor man nach Alversdorf kam, musste man erst den Hamsterberg hinunterfahren. Es war das steilste Gefälle in der ganzen Gegend und man bekam ein Wahnsinnstempo drauf. Ich trat auch noch kräftig mit und hatte unten wohl gut vierzig Sachen drauf. Was ich nicht wusste, da ich die Gegend noch nicht kannte, war, dass hinter einer leichten Linkskurve eine Kreuzung kam. Mit Stoppschild. Bevor ich überhaupt reagieren konnte, war ich schon drüber hinweg. Mir lief es eiskalt über den Rücken, als ich registrierte, dass eine Sekunde später hinter mir ein großer Kohlenlaster über die Kreuzung donnerte. Selbstredend war das meine einzige Kapriole am Hamsterberg. Meine Cousine und Karin haben davon nichts mitbekommen.

Zu dem Haus, in dem ich geboren wurde, gehörte auch ein Stall. Früher hielten die Mieter dort noch Schweine oder Hühner. Mein Onkel züchtete Karnickel, wie mein Großvater in Hamburg. Susanne, meine Cousine, hat sie alle fotografiert und wir spielten oft mit ihnen auf dem Hof. Wurde eins geschlachtet, war Susanne immer sehr traurig und im Fotoalbum wurde ein Kreuz unter dem entsprechenden Foto gemacht. Was sie allerdings nicht davon abhielt, als erste mit am Tisch zu sitzen, wenn der Braten kam.
Der Stall war hinten mit einem hohen Bretterzaun umgeben. Dort standen auch zwei hochbeinige Karnickelkäfige für den Sommer. Unter einem lag

ein Stamm von einem Pflaumenbaum. Ich fragte meinen Onkel, was er damit machen wollte. Irgendwann mal zerhacken, wenn er Zeit und Lust dazu hätte, war seine Antwort. Am nächsten Tag habe ich innerhalb von zwei Stunden den harten Stamm in drei Teile zerhackt und damit einen großen Teil meiner Wut, meiner Ängste und meines Frustes von der Seele geschält. Hier, in meinem Heimatdorf, konnte ich meine Aggressionen endlich mal abbauen.

Überhaupt war das Leben hier viel einfacher, als in Hamburg. Tagsüber steckte der Schlüssel auf der Wohnungstür und wir konnten kommen und gehen, wann wir wollten, ohne dass man irgendjemanden darüber Rechenschaft ablegen musste. Sollte wirklich mal niemand zu Hause sein, lag der Schlüssel im Toilettenfenster. Das wussten alle hier in der Straße, weil jeder, der Parterre wohnte, es genau so machte. Der Stall wurde nur nachts abgeschlossen.

Mein Cousin hatte sich ein Dartboard angeschafft. Das hing innen an der Stalltür und wurde zum Spielen einfach an die Außenseite gehängt. Noch heute, über fünfzig Jahre später, kann man anhand der Einstiche unsere Dartfreudigkeit von damals nachvollziehen.

Darts konnte man aber auch anderweitig verwenden. Man nehme eine halben Meter lange Dachlatte, ein Einmachgummi, eine Wäscheklammer und zwei Nägel. Das Einmachgummi wurde von vorn an die Latte genagelt und die Klammer oben auf das entgegengesetzte Ende. Jetzt spanne man das Gummi und klemme es in die Wäscheklammer ein. Dann ein Dartpfeil zwischen die Gummisträngen und fertig war die Armbrust. Oder wir haben einfach alle Darts auf einmal in die Luft geworfen. Danach staken sie in der Erde und der Hof sah aus, als wenn dort Krokusse wachsen würden.

Eines Tages bin ich mit dem Rennrad zwei Stunden lang nur im Kreis gefahren. Über den Marktplatz, den Berg runter, rechts hinter der katholischen Kirche rum, dann gleich wieder rechts, dann die Wulfersdorfer Straße hoch und wieder rechts zum Marktplatz. Mit meiner Uhr nahm ich die Zeit und auf ging es, eine neue, bessere Rundenzeit zu erlangen. Abends fragte mein Cousin mich, ob ich verrückt geworden sei. Sein bester Kumpel Dieter hatte gesehen, wie ich zwei Stunden lang wie bescheuert um das Rathaus gekurvt bin. Dass ich mich jetzt viel besser fühlte, weil ich meinen ganzen Frust von daheim endlich mal abstrampeln konnte und mein Inneres wieder Luft bekam, konnte ich ihm nicht erklären.

Auch die schönsten Ferien gehen einmal zu Ende. Ich musste mir die ganze Fahrt die Tränen verkneifen. Mein Cousin, der wieder zum Bund musste, hätte es auch nicht verstanden. Als ich wieder zu Hause in meinem Bett lag habe ich mir die Augen ausgeweint.

Am nächsten Tag in der Schule hatten wir Werken. Während unserer Abwesenheit hatte es neue

Werkzeuge gegeben. Unter anderem auch einen Schleifstein mit Handkurbel. Ich drehte an dem Ding und erfreute mich an der Rotation. Ich hatte zwar gesehen, dass der Schleifstein noch nicht festgeschraubt war, hielt es aber nicht weiter für wichtig. Als ich noch ein paar Umdrehungen mehr zulegen wollte, kippte der Schleifstein um. Auf meine Hand. Er schliff mir von dem Ringfingerknöchel meiner rechten Hand ein gutes Stück ab. Im Rektorat wurde ich verbunden und nach Hause geschickt. Da das Verschulden eindeutig bei der Schulleitung lag, man lässt keine unbefestigten Maschinen herumstehen, hätte mein Vater eigentlich reagieren müssen. Es war ihm gleichgültig. Die Narbe ist noch heute zu sehen.

Unsere Lehrerin plante wieder ein Theaterstück. Der Rattenfänger von Hameln. Jürgen und ich hatten nur Statistenrollen. In weißem Hemd und Lederhosen. Ich habe immer zugesehen, dass ich neben Dorle stand, in die ich verknallt war. Eine unerwiderte Liebe. Angela spielte den Rattenfänger, weil sie Blockflöte spielen konnte.

Es weihnachtete wieder mal. Wir zogen geschlossen durch die Innenstadt zwecks Weihnachtseinkäufe. Ich war beeindruckt von dem Lichterglanz in der Mönckebergstraße. Es war nasskalt und es schneeregnete. Meine Mutter und ich mussten bald zwanzig Minuten in der Spitaler Straße vor Brinckmann auf meinen Vater und meine Schwester warten und waren dementsprechend durchgefroren. Die Spitaler Straße war damals noch kopfsteinegepflastert und Einbahnstraße. Ich wünschte mir eine elektrische Autorennbahn von Märklin. Die fand ich besser, als die von Carrera. Faller hatte auch eine, nur war die mehr als Ergänzung für Modelleisenbahnen gedacht und somit in H0 gehalten. In der Kepa spendierte unser Vater später eine Lage Bratwurst. Ein Luxus!

Mein Vater hatte mir inzwischen einen Kleiderschrank gebaut. Na ja, sagen wir mal, er hatte damit angefangen. Er war zwar funktionsfähig und hatte eine Schublade, ist aber nie richtig fertig geworden. Der Schrank war nur knapp einen Meter und zwanzig hoch, aber das reichte ja für Kinderkleidung. Es war angenehm, dass er nicht so hoch war und man oben drauf spielen konnte. Schwesterherz und ich bauten auf ihm unsere Afrikatiere auf und machten dann mit einer Nachtischlampe Schattenspiele. Oder wir saßen in der Fensterbank ihres Zimmers und sangen Weihnachtslieder. Am liebsten hatte ich „Es ist für uns eine Zeit angekommen" und „Süßer die Glocken nie klingen". Ich entdeckte meine romantische Ader. Bei Kerzenschein in der Fensterbank sitzen und den Schneeflocken hinterher träumen, das war mein Ding. Ganz besonders, als im Fernsehen Peter Pan lief. Ich war bis über beide Ohren in Wendy verknallt.

Jürgen und ich hatten ein neues Spiel entdeckt. Polarexpedition. Mit noch zwei anderen Kindern aus der Nachbarschaft zogen wir mit unseren Rodeln in die verschneite Feldmark und bedauerten es, keine Schlittenhunde zu haben. Vom A&O Markt gegenüber holten wir uns die leeren Einweg- Apfelsinenkisten. Der Ladeninhaber hatte nichts dagegen. Dann brauchte er sie nicht entsorgen. Mit etwas Aluminiumfolie und einem stibitzten Stück Mettwurst aus dem elterlichen Kühlschrank in der Tasche zogen wir mit unserer Kistenladung gen Nordpol. Das hieß, außer Sichtweite der elterlichen Gewalt. Über zugefrorene Weddern gelangten wir an einen alten Garten, in dem im Sommer Truthähne gehalten wurden. Die losen Federn, die da im Gehege herumlagen, gaben im Sommer auch Anlass für so manche Mutprobe. Da in deutschen Gefilden Adlerfedern doch eher rar gesät sind, nahmen wir das eine oder andere Mal allen Mut zusammen und krochen unter dem Zaun durch, um diese begehrten Trophäen zu erhaschen. Wir hatten einen höllischen Respekt vor dem Hahn.
Der Garten war verlassen im Winter und die Puter sind wohl den Weg allen Fleisches gegangen und warteten in den Tiefkühltruhen aufs Fest. Der Garten verbarg uns vor den Blicken unserer Erzeuger, die sicher so gar keinen Sinn für die Probleme einer im Eis eingeschlossenen Expedition aufbrachten. Denn sie hätten es wohl kaum erlaubt, dass wir hier in der Wildnis Lagerfeuer machen. Die Gummistiefel ausgezogen, sich die Füße am Feuer wärmend,

saßen wir auf unseren Schlitten und ließen uns die
in der Glut geschmorten Wurstenden schmecken.
Da wir uns den ganzen Nachmittag draußen aufhielten, war dann abends auch der verräterische
Rauchgeruch vom Lagerfeuer verschwunden.

Wenn ich dann nach Hause kam, war oft der Lieb-
lingssatz meiner Mutter: „Du läufst wieder rum, wie
ein Schlummbumm!" Ich habe nie herausgefunden,
was ein Schlummbumm ist. Im Gegensatz zu Halsstaff. Wenn meine Mutter sich über einen von uns
geärgert hatte, war ihr Standardsatz: „An dir kann
man sich den Halsstaff ärgern!" Ich fand später heraus, was gemeint war. Hals steif ärgern! Die Wiege
meiner Mutter stand, genau wie meine, im braun-
schweigischen Land. Dort spricht man das Ei wie A
aus. Ein Scherzvers beschreibt die Aussprache
dort: „Mit baaden Baanen in aanem Aamer Wasser
und kaane Saafe, so ne Schaaße!"

Weihnachten kam und ich bekam....eine Eisenbahn.
Ein Gleisoval mit einem Güterzug. Als Lok eine V60
und, damit man nicht nur stupide im Kreis fahren
musste, ein elektrisches Entkupplungsgleisstück mit
Signalmast. Dazu das geeignete Schaltpult. Etwas
enttäuscht war ich schon, dass ich keine Rennbahn
bekommen habe. Aber Eisenbahn spielen machte
auch Spaß.
Meine Schwester hatte sich eine Negerpuppe ge-
wünscht. Meine Mutter war etwas erstaunt darüber,
dass ihre große Tochter sich in ihrem Alter noch

eine Puppe wünschte, respektierte es aber. So bekam sie am Heiligen Abend ihre Negerpuppe. Er wurde auf den Namen Samuel getauft. Schwesterherz hatte derzeit ein Buch über Albert Schweitzer und Lambarene gelesen und war schwer beeindruckt von seinem Wirken. Ihr Plan stand fest: Sie will als Missionarin nach Afrika!
Am ersten Weihnachtstag liefen „Die Mädels vom Immenhof" im Fernsehen, am zweiten hatten wir wieder unser eigenes Programm. Der obligatorische Weihnachtsstreit unserer Eltern. Wir Kinder flüchteten uns nach draußen und wussten da nicht viel mit uns anzufangen. Laut Etikette der frühen Sechziger machte man auf Weihnachten keine Besuche. Das sei ein Fest der Familie! Es war aber auch das Fest der Liebe, was sollten also diese Streitereien? Bis zu „Hochzeit auf Immenhof" hatten sich die Wogen leidlich geglättet.

Je weiter meine Mutter von ihrem Dorf entfernt lebte, desto schwieriger wurde ihr Verhalten. Es gab immer öfter Streit mit meinem Vater. Sie brauchte immer mehr Baldrian und andere Beruhigungsmittel. Kontakt zu anderen Frauen im Haus oder in der Nachbarschaft hatte sie nicht. Besuch machte sie misstrauisch. Selten durfte Jürgen bei mir spielen. Wenn er mal da war, durfte ich ihn nicht allein lassen. Angeblich klaute er. Mir hat allerdings nie etwas gefehlt. Einmal hat sie sich ziemlich aufgeregt. Jürgen hatte geklingelt und meine Mutter sah durch den Spion, wie er sich das letzte Stück Mars in den Mund schob und dann hastig kaute. Für sie war es gleich wieder ein Aufhänger. „Da siehst du mal! Der wollte nur nicht mit dir teilen! Was für ein Freund ist das denn?" Ganz abgesehen davon, dass ich von einem abgebissenen Mars nichts abhaben wollte, würde ich auch nicht anders gehandelt haben. Mir hat sie beigebracht, dass so etwas unhygienisch ist. Bei Jürgen war es plötzlich Gier. Im Nachhinein weiß ich, der Versuch, mich zu isolieren, war eins der Anzeichen von ihrem Verfolgungswahn, also Schizophrenie.

Der Frühling kam ins Land und ich ins Krankenhaus. Die Hautkrankheit, die sich ich kurz nach meiner Geburt in meinem Gesicht eingenistet hatte, war die Ursache. Mich hat es nie gestört. Sie juckt nicht, sie nässt nicht und war auch nicht ansteckend. Wenn die Haut trocken war, schuppte sie etwas. Es war lediglich eine Rötung auf der Nase und den Augenbrauen zu sehen. Auch das Kinn war etwas betroffen. Wenn mich jemand fragte, was ich denn da im Gesicht habe, kam der einstudierte Satz: „Das ist ein Ekzem von der Leber!" Die meisten Leute nickten dann nur wissend und für sie war die Sache erledigt. Für meine Eltern anscheinend nicht. Für sie war es Grund genug, mich ins UKE zu bringen, in die Hautklinik. Das Universitätskrankenhaus Eppendorf war bekannt für ihre Hautspeziallisten.
Die Aufnahmeuntersuchung war mir etwas peinlich. Ich lag in Unterwäsche auf dem Untersuchungstisch

und da meine Mutter daneben stand, hielt sich mein Hang, auf Stresssituationen mit Koliken zu reagieren, dezent zurück. Man wird eben reifer. Aber peinlich war es mir doch, als der Chefarzt mir ohne Vorwarnung die Unterhose runter zog, mein Glied und die Hoden untersuchte und zum Schluss auch noch die Vorhaut zurück schob. Was weiß ein Zehnjähriger schon von Phimose! Meine Mutter schaute verlegen zur Seite.

Ich wurde in ein Zweibettzimmer einquartiert. Mein Zimmernachbar hieß Klaus und war etwas korpulent. Er hatte ein Ekzem am Gesäß und das musste täglich mit Bitumensalbe behandelt werden. Wir verstanden uns auf Anhieb. Er war zwei Jahre älter als ich, aber noch Junge genug, um mit mir als Musketier den Park unsicher zu machen. Zur Parkseite hinaus war eine Terrasse, die mit ihren roh behauenen Steinquadern irgendwie an eine Festung erinnerte. Die musste verteidigt werden. Mir ist es sogar einmal gelungen, die zwei Meter an der Außenseite der Freitreppe hoch zu klettern.

Wir hatten praktisch den ganzen Tag frei. Lediglich zu den Mahlzeiten und am Abend hatten wir auf Station zu sein. Außerdem mussten wir noch die zweistündige Mittagsruhe einhalten. Abends wurde es manchmal kritisch. Aber nur für mich. Gegen acht Uhr kam dann die Schwester und spritzte mir allergieverursachende Mittel unter die Haut. Fünf auf dem rechten Oberschenkel, fünf auf den anderen. Zwecks Kontrolle wurde um jeden Einstich ein Kreis mit dem Kugelschreiber gemacht. Subkutane Injektionen tun ziemlich weh und ich hatte einen fürchterlichen Bammel davor. Es floss so manche Träne. Nur wenn eine bestimmte Schwester Dienst hatte riss ich mich zusammen. Sie war blond, nicht sehr groß, und hatte eine tolle Figur. Sie behandelte uns, als wären wir fast erwachsen und nannte uns immer Männer! Wir waren Wachs in ihren Händen. Klaus schwärmte aber mehr für meine Schwester und in der Mittagsruhe oder abends pokerten wir um die beiden.

Die Verpflegung war durchschnittlich, was Frühstück und Abendbrot betraf. Das Mittagessen war manchmal kaum zu genießen. Einmal gab es eine undefinierbare Fischsuppe mit Sago als Einlage. Ich musste fast würgen bei dem Geruch. Um den Geschmack zu überdecken schüttete ich noch meinen Rohkostsalat hinein, was das Essen gänzlich ungenießbar machte. Die Schwester bestand aber darauf, dass ich das esse, was ich mir selber eingebrockt habe. Da ich dieses standhaft verweigerte, blieb ich eben im Spielzimmer sitzen, wo die Mahlzeiten eingenommen werden mussten. Von kurz nach zwölf bis vierzehn Uhr saß ich vor dem Teller mit dem längst erkalteten Essen. Dann war Schichtwechsel und meine blonde Lieblingsschwester kam und erlöste mich. Ich glaube, dass sie eine höhere Stellung innehatte. Ich habe sie nämlich im Schwesternzimmer schimpfen hören und das bedepperte Gesicht der anderen Krankenschwester gesehen, als die nach Hause ging. Ich spürte Genugtuung in mir, obwohl ich nicht recht verstand, was „Nazi-Methoden" sind.

Klaus wurde jeden Tag der Hintern eingepinselt. Er gab damit an, dass die beiden Studentinnen, die aus Platzmangel auf der Kinderstation untergebracht waren, auch dort behandelt wurden, während er mit runtergelassener Hose Teer auf seinen Allerwertesten geschmiert bekam. Angeblich konnte er immer die Titten sehen, wie er sich ausdrückte. Ich beneidete ihn dafür, zweifelte aber gleichzeitig an seiner Aussage. Allerdings galoppierten unsere Phantasien, wenn wir mit den beiden Mädchen an Regentagen Mau Mau spielten.

Klaus wurde nach vier Wochen als geheilt entlassen und Peter wurde mein Zimmernachbar. Peter war schon vierzehn und aus besserem Hause. Das drückte sich allein schon in seine Spielsachen aus. Während Ottonormalverbraucherkinder mit Matchbox spielten, nannten die Kinder besser gestellter Eltern Corgi Toys ihr Eigen. Sie zeichneten sich nicht nur darin aus, dass sie größer waren, nein, auch in die Scheinwerfern waren Strasssteine eingesetzt, die in der Dunkelheit Licht reflektierten. Peter besaß auch eine stattliche Anzahl Plastik- Cowboys samt Postkutsche. Auch diese waren von der teureren Ausführung.

Mein elfter Geburtstag wurde im Krankenhaus gefeiert. Ich bekam einen Schokoladenkuchen und eine Menge Bücher. Käpt`n Konny als Pirat, Pucki beim Zirkus und eins, das von einem Koalabären handelte, der um die Welt reiste. Ich mochte die Bücher, wo der Text ab und zu von Bildern aufgelockert war. Meine Schwester hatte fleißig aus der MOPO die Comics ausgeschnitten. Mandra, der Zauberer, Phantom und Poppey.

Peter hatte nur ein paar Tage später Geburtstag. Natürlich fielen seine Geschenke üppiger aus, als meine. Unter anderem bekam er auch ein Luftgewehr mit fünfhundert Schuss Munition. Die Oberschwester merkte erst, als Peters Eltern weg waren, dass sie das Gewehr da gelassen hatten. Fürsorglich kassierte sie die Munition ein, ohne mit dem Ideenreichtum ihres jungen Patienten zu rechnen. Stanniolpapier von Schokoladentafeln ließ sich hervorragend zu kleinen Kugeln drehen. Da ich las, bemerkte ich nichts von Peters Treiben und schrie plötzlich auf. Auf meinem rechten Oberschenkel prangte ein großer, roter Fleck. Ich heulte noch einmal auf wie ein junger Wolf, krümmte mich vor Schmerz und es trieb mir die Tränen in die Augen. Durch meinen Forschungsdrang und meiner Neugier bin ich schon des Öfteren in schmerzhafte Situationen gekommen und bin ganz gewiss kein Weichei. Aber dieser Schmerz war überwältigend. Nicht auszudenken, wenn die Schwester ihm die Diabolos gelassen hätte. Das Geschoss wäre gewiss tief in mein Fleisch eingedrungen. Peter war sehr erstaunt über meine Reaktion. So eine Wirkung hatte er nicht erwartet. Verlegen legte er seine Flinte weg und kam an mein Bett. Er betrachtete das rote Mal seines jugendlichen Leichtsinns und

143

entschuldigte sich verlegen. Langsam ließ das Brennen nach und ich forderte Revanche. Da ich ja um die Schmerzen wusste, rollte ich für ihn nur einfaches Papier zusammen und formte es unter Zuhilfenahme von Spucke zu einer Kugel. Aus annähernd der gleichen Entfernung, wie Peter auf mein Bein gezielt hatte, richtete ich den Lauf auf seinen Oberschenkel. Mein Peiniger kniff die Augen zu in schmerzhafter Erwartung. Ich drückte ab und Peter zuckte unter dem Aufprall zusammen. Mit großen Augen rieb er sich die schmerzende Stelle. Wir verglichen die Flecken. Sein Bein wies gerade mal eine Rötung auf, während meine Kriegswunde mittlerweile violett anlief und sich schon blaue Äderchen zeigten. Das Gewehr blieb für den Rest seines Aufenthaltes im Schrank.

Zwei Tage, nach dem Peter die Klinik verlassen hatte, erschien meine Mutter am späten Nachmittag. Das Krankenhaus hatte meinen Eltern postalisch meine Entlassung angekündigt. Die Allergietests haben nichts ergeben und eine Untersuchung eines Stückes Haut, dass man mir unter lokaler Betäubung aus der Augenbraue entnommen hatte, war ohne Befund. In der Abenddämmerung packten wir meine Sachen. Nach sechs Wochen hatte sich so einiges angesammelt. Ein großer plastikkaschierter Papiersack erleichterte uns den Transport. Mit der Straßenbahn bis zum Hauptbahnhof, dann mit dem Nahverkehrszug nach Wilhelmsburg und wir waren zu Hause. Ich hatte ein großes Hallo erwartet nach sechswöchiger Abwesenheit. Ja, Nase!

Mein Vater saß im Sessel und sah die Nachrichten. Ein beiläufiges „Na. Da bist du ja wieder!" Meine Schwester erschien irgendwann aus ihrem Zimmer und gab mir die restlichen Comics, die sie für mich ausgeschnitten hatte.

Aus Anlass meiner Rückkehr durfte ich länger auf bleiben. Es lief „Stahlnetz". Eine Krimireihe von Jürgen Roland. Diese Folge hieß „Rehe" und handelte von einem pädophilen Mörder, der Kinder in den Wald lockte, weil er ihnen angeblich Rehe zeigen wollte. In Hamburg ist so einer ein „Mitschnacker". Diese Nacht war von Alpträumen und Koliken geschwängert. Das erste Mal nach sechs Wochen.

6. Frösche

Ich hatte natürlich einiges aufzuholen in der Schule. Die Englischvokabeln holte ich so poe a poe nach. Mathematik war zu dem Zeitpunkt auch kein Problem. Aber in meiner Abwesenheit wurden in

Deutsch die Fälle durchgenommen. Von denen habe ich bis heute nicht den blassesten Schimmer.

Meine Mutter ging immer zu dem Lebensmittelhändler am Bahnhof. Meine Schwester war in Eppendorf bei ihrer IOGT und ich war deshalb allein zu Haus. Was gab es da besseres für einen Präpubertierenden, als den ersten zarten Impulsen der Hormone nachzugeben und das, bis dahin unbekannte, Prickeln in der Lendengegend zu erforschen. Ich hatte schon immer bei der mütterlicherseits angeordnete Mittagsruhe zur Beruhigung mit meinem Glied gespielt. Es hatte etwas angenehm beruhigendes, wenn man das kleine Stück Leben rhythmisch um den Zeigefinger kreisen ließ. Diese Art, mich in den Schlaf zu lullen, missfiel meiner Mutter. Der Befehl hieß sofort: „Hände auf die Bettdecke!" Und der Kommentar: „Sonst fault dir der Schnippel ab!" So etwas schult die Ohren und das Unterbewusstsein. Wenn ich in der Einschlafphase meine Mutter kommen hörte, flogen die Hände automatisch auf die Bettdecke. Ich konnte mir allerdings doch nicht vorstellen, und hatte auch nie von irgendwelchen Freunden gehört, dass durch bloße Berührung ein auch nur noch so kleinstes Körperteil abhandengekommen oder gar abgefault sein sollte.
An diesem Nachmittag, wo Mutter und Schwester außer Haus und Vater noch nicht anwesend war, kam ich mit heruntergelassener Hose auf meiner Chaiselongue auf die Idee, mein Glied zwischen beiden Handflächen so zu reiben, als wenn ein Ne-

andertaler mit einem Holzstab Feuer macht. Dieses uralte Prinzip schenkte mir meinen ersten Orgasmus.

Meine erste Erektion hatte ich in der Badewanne. Mein elfjähriger Knabenkörper bereitete sich auf seine künftigen Aufgaben als Mann vor. Das warme Wasser mag das Seinige dazu getan haben. Auf einmal blühte auf, was elf Jahre lang nur zum Pinkeln benutzt wurde. Nur kurz war ich erschrocken und wollte nach meiner Mutter rufen, ließ es aber nach, da ich keine Schmerzen verspürte, sondern, im Gegenteil, ein wohliges Gefühl bis in die letzte Spitze meines Körpers. Ich erfreute mich daran, dass mein steifer Schwanz hin und her schwang und allerlei lustige Bewegungen machte, ohne einen kausalen Zusammenhang zwischen Masturbation und Erektion zu sehen. Der Probelauf meiner Hormone ließ schon nach wenigen Minuten nach.

Der Sommer kam und ich war täglich bei den Ponys. Michael bestimmte nach wie vor, was zu geschehen hat. Eine neue Figur ist auf der Szene erschienen. Ein Nachbarssohn des Ponybesitzers, Klaus, erschien auf dem Hof. Groß, blond, in Lederhosen, hätte er in der HJ wohl richtig Karriere gemacht. Nicht nur wegen seiner äußeren Erscheinen wäre er dafür prädestiniert, er hatte auch das gerüttelt Maß Perversität in sich. Wenn man seine Familie so ansah, war es kein Wunder, dass er abartige Gefühle hegte. Sein Vater ein absoluter Patriarch. Brutal, fett und dumm. Seine Mutter das feminine

Pendant dazu. Seine Schwester hätte die Grundlage für eine Schokoladenwerbung sein können. Quadratisch, praktisch, gut. Breit, wie hoch, hielt sie sich für die absolut Schönste in unserem Straßenzug und ließ jeden drüber rutschen, der eine halbwegs funktionierende Potenz sein Eigen nannte. Im Allgemeinen wurde sie Lilo genannt und fühlte sich darob auch noch geschmeichelt, wobei sie wohl nie geschnallte hatte, dass es die absolute Verarschung war. Lilo (Leilo) ist das englische Wort für Luftmatratze. Und da hat wohl jeder schon einmal drauf gelegen.

Klaus war von der Statur her dazu befähigt, den Ponyhengst Jonny Paroli zu bieten. Hatte Michael Lust zu reiten, wurde prompt Jonny gesattelt und Klaus führte den Hengst samt Westernsattel und Michael eine halbe Stunde spazieren und wurde dafür fürstlich entlohnt. Ein ganzer Kerl eben.

Jürgen und ich beobachteten Klaus, wie er an der Wedder beim Altersheim entlang schlich. Das Altersheim war mittlerweile geräumt und sollte demnächst abgerissen werden. Wir plünderten gerade die verlassenen Erdbeerbeete, als uns Klaus bemerkte. Er winkte uns, ein Messer in der Hand, rüber zum Steg zu kommen. Er saß bereits auf dem breiten Brett, als wir neugierig näher kamen. Mit seiner HJ- Dolch- Replika deutete er uns, sich hinzusetzen. Wir nahmen ebenfalls auf dem Steg Platz und Klaus holte hinter seinem Rücken zwei prächtige Frösche hervor. Den einen steckte er in die

Hemdtasche, die er sogleich zuknöpfte, und den anderen legte er mit dem Rücken auf den Steg. Ich weiß nicht, wie lange er die Frösche schon gefangen hielt, auf jeden Fall zeigten sie nicht mehr viel Gegenwehr. Mit einem breiten sadistischen Grinsen fing Klaus an langsam und genüsslich mit dem Messer die vier Gliedmaßen des Tieres abzutrennen. Entsetzt, aber irgendwie doch gefesselt, starrten wir auf die verstümmelte Amphibie. Als der anfing, den Körper des noch lebenden Frosches aufzuschneiden, nahmen Jürgen und ich, vom Hohngelächter des Perverslings begleitet, Reißaus. Aus sicherer Entfernung beobachteten wir, wie er sich noch eine ziemliche Weile an den Kadavern ergötzte. Ich glaube, zu ahnen, welches Familienmitglied er da im Geiste verstümmelte.

Das verlassene Altenheim wurde von Jürgen und mir gründlich durchforstet. Die ehemaligen Bewohner hatten aber nichts von Wert hinterlassen. Jürgen fand eine alte Laute ohne Boden. Schon fühlte er sich als Bänkelsänger. Nächsten Tag erschien er mit einer leeren Zigarrenkiste und einem kleinen Brett. Er wollte daraus eine Gitarre basteln. Jürgen wusste, dass mein Vater handwerklich geschickt war und bat ihn um Hilfe. Seine Eltern waren geschieden und sein Stiefvater zeigte kein sonderliches Interesse an ihm. Ihn konnte er also nicht fragen. Zu dem galt er als blöd. Im nach hinein glaube ich eher, dass er Legastheniker war oder ist und er, weil das damals nicht als solches erkannt wurde,

deshalb als hoffnungsloser Fall abgetan wurde.
Auch von der Schule her.
Mein Vater rückte aus seinem Bestand eine zweite
Kiste heraus und sägte aus einem quadratischem
Stück Kiefernholz eine Art Schnecke. Das eine Teil
der Schnecke diente bei Jürgens „Gitarre" als Stütze für den Hals, das Gegenstück war für mein Instrument gedacht. Schnell war das Schallloch in
beide Deckel gesägt und die Schnecken an die
Stirnseiten geklebt. Noch den Steg drauf, fertig. Als
Saiten dienten herkömmliche Gummibänder, die
mittels Reiszwecken auf dem Steg befestigt wurden. Nicht schön, aber laut singend zogen Jürgen
und ich von dannen.

Ich weiß nicht, wer die treibende Kraft war, mein
Vater oder meine Mutter. Ich sollte auf einmal ein
neues Gipsbett haben. Meine Mutter begleitete
mich zum Orthopäden nach Harburg. Fast doppelt
so alt, wie beim ersten Versuch, ging ich die Sache
diesmal wesentlich ruhiger an. Wie Gott mich schuf,
lag ich bäuchlings auf dem stählernen Behandlungstisch. Der Arzt und seine Assistentinnen begannen nun, meinen Rücken kreuzweise mit gips-
getränkten Binden zu belegen. Zum Schluss musste
die ganze Chose noch abbinden. Gips entwickelt,
wie Beton, beim Abbinden Wärme. Ich fühlte mich
wohl mit meinem beheizten Rückenpanzer und ver-
fiel in eine Art Dämmerzustand. Leider gefiel meinem Little Willie dieser Zustand auch und fing an,
vorlaut, wie er nun mal ist, sich aufzubäumen.

Dummerweise kam das Team des Doktors gerade jetzt auf die Idee, mich von meinem Panzer zu befreien. Verschämt, aber mit einer prächtigen Erektion, schlich ich mich in die Dusche. Dort zog ich es vor, mich lieber mit der Front in die Ecke zu stellen, damit mir die MTA den Rücken abduschen konnte. Die recht junge Sprechstundenhilfe blieb todernst. Aber beim Abtrocknen sah ich im Spiegel, wie die, die mich abrubbelte, zum Glück nur den Rücken, ihrer Kollegin zuzwinkerte und mit ihrem Kopf in meine Richtung wies. Am Abend hörte ich meine Mutter zu meinem Vater sagen: „Erich, ich glaube, der Junge ist frühreif." Ein unendlicher Stolz erfüllte meine schmächtige Knabenbrust. Aber dieser Stolz hatte irgendwie einen bitteren Nachgeschmack. Ließ er mich doch erahnen, dass das Ende meiner Kindheit schon in greifbare Nähe liegt.

Das Altenheim wurde dem Erdboden gleich gemacht. Eines Tages fuhr dann dort ein Tieflader mit etlichen dicken Balken und einer schweren Maschine vor. Die Arbeiter fingen an, auf Schwellen Schienen zu verlegen. Am nächsten Tag wurde die Maschine mittels eines Krans auf ein fahrbares Untergestell gehievt, das auf den Schienen stand. In den nächsten Tagen wuchs um das wundersame Gerät herum ein Gerüst aus den dicken Balken, das sich nach oben zu einem Dreieck verjüngte. Eines Morgens wachte ich von einem ohrenbetäubenden Lärm auf. Sssssssssssssssscht, Bumm! Sssssssssssssssscht, Bumm! Sssssssssssssssscht,

Bumm! Das Gebilde da draußen entpuppte sich als eine schlichte Dampframme. Auf und nieder sauste der Rammbär und trieb einen circa zehn Meter langen Betonpfahl in den morastigen Untergrund. War dieser bis auf ungefähr siebzig Zentimetern im Boden verschwunden, wurde die Ramme ein paar Meter weiter gezogen und der nächste Pfahl wurde heran geschleift. Als alle eingerammt waren, entfernte man mittels Presslufthammer den Beton der Stücke, die noch aus dem Boden ragten. Das freigelegte Moniereisen verwoben die Eisenflechter mit den Stahlgittermatten des Fundaments. Dann wurde Beton drüber gegossen und fertig war die Basis für ein Haus, das nicht einsinken konnte.

Meine großen Ferien verbrachte ich wieder bei meiner Tante. Diesmal bin ich allein gefahren und es hat hervorragend geklappt. Mir gefiel es, allein zu reisen. Es war ein besonderes Gefühl, wenn Landschaften und Orte so an einem vorbeiflogen. Ein Kaleidoskop des Lebens. Winzige Einblicke in das Leben anderer. Flüchtige Momente. Irgendwie trivial und doch geheimnisvoll. Hier eine Frau, die ihre Hühner füttert, da eine junge Mutter, die ihrem fröhlich lachenden Kind hinterher läuft. Dort gräbt ein alter Mann hinter einer Laube ein Beet um. Und Husch, ein Lidschlag später alles vorbei, vorbei.

In den ersten beiden Wochen der Ferien war meistens Kirschen pflücken angesagt. Leckere helle Knubberkirschen. Vor allen Häusern in unserer

Straße standen diese mächtigen Kirschbäume. Wir Kinder saßen in den Ästen und schlugen uns mit dem leckeren Obst die Bäuche voll. Und wer nicht aufpasste, hatte leicht mal im Vorbeigehen einen Kirschkern im Nacken. Die Erntezeit war sowieso schön. Frische Erbsen direkt vom Strauch, Johannisbeeren und Stachelbeeren satt. Und Himbeeren! Ich liebe Himbeeren! Erntezeit war allerdings auch Einmachzeit. Da mussten wir auch mit helfen. Ich bediente immer gern die Bohnenschneidemaschine. Aber wenn man zwei Eimer grüne Bohnen durchgekurbelt hatte, ließ man sich auch gerne mal ablösen. Am wenigsten mochte ich es, wenn die Gurken eingekocht wurden. Der beißende Dunst des Essigsudes brannte in den Augen. Und das Einkochen zog sich. Wir hatten meistens eine ganze Badewanne voll mit Gurken.

Das Dorf hatte sich endlich eine eigene Schwimmhalle gegönnt und die lange Fahrt nach Alversdorf entfiel somit. Der Eintritt mit der Zehnerkarte kostete eine Mark und meine Tante holte immer gleich zwanzig Stück. An einigen Tagen gingen wir auch schon mal zweimal baden. Manchmal ging ich auch mit Henning, einem Nachbarssohn, in den Tagebau oder trieb mich allein dort herum.
Gegen Ende der Ferien, wenn es schon um halb neun dunkel wurde, holten wir uns von Elektro-Schmidt kleine Taschenlampen für eine Mark und spielten Taschenlampenkriegen auf dem Hof und im Hausgarten. Das war so schön gruselig. Abends

durften Susanne und ich noch im Bett ihrer Eltern Micky Maus lesen oder so herumalbern. Susanne schlief immer bei ihren Eltern, wenn ich zu Besuch war. Und ich im Zimmer meines Cousins, der ja zwangsweise immer noch dem Staat diente. Meine Cousine hatte ihr Zimmer an unsere Oma abtreten müssen, die ursprünglich nebenan wohnte, in der Wohnung, in der ich geboren wurde. Nach dem Tod meines Großvaters ging es mit ihren Beinen immer schlechter und die Wohnung war für sie allein mit vier Zimmern auch viel zu groß. Sie hatte ihre eigenen Möbel mit hinübergenommen. Unter anderem auch einen herrlich großen Lehnsessel. Wenn ich mich langweilte, ging ich zu ihr, kuschelte mich in den Sessel und las einen ihrer Liebesromane, den meine Tante für sie von Behrens holte. Behrens war der Schreibwaren- und Spielzeugladen im Dorf und gehörte einen Malermeister. Der Laden selber wurde von seiner Tochter geleitet, wenn ich mich recht erinnere. Oder war es seine Frau? Ich weiß es nicht mehr. Die Dame dort hieß auf jeden Fall Melitta und war sehr hübsch. Außerdem roch sie gut. Das war bei meiner Oma nicht immer der Fall. Sie war leicht inkontinent und deshalb roch ihr Zimmer immer etwas nach Urin. Kann vielleicht auch an dem Nachttopf gelegen haben, der unter ihrem Bett stand. Ich mochte sie trotzdem und fühlte mich wohl bei ihr. Noch heute, wenn ich an sie denke, höre ich sie mit zittriger Stimme rufen: „Ullerich, hol mir mal ein Glas Millich!"

Die Heimfahrt war Grausam. Nachdem ich in Braunschweig umgestiegen war, setze ich mich allein in ein Abteil und ließ meinen Tränen freien Lauf. Mein Vater holte mich vom Bahnhof ab und bemerkte mein verheultes Gesicht. Mit verkniffenen Mund lief er stumm neben mir her. Was muss ein Vater denken, wenn er spürt, dass sein eigener Sohn sich in seinem Zuhause nicht wohlfühlt.

Die Schule hatte wieder begonnen und die Ponys wurden auf eine andere Weide gebracht. Jetzt verbrachte ich meine Nachmittage auf dieser Ponykoppel. Die war zwar mehr als zwei Kilometer entfernt, aber mein Vater hatte mir aus meinem alten Tretroller ein Fahrrad gebaut. Erst hatte ich Angst, es könnte so ein peinliches Teil werden, wie ich einmal in Moorwerder gesehen hatte. Irgendein fauler Hobbybastler hatte auf einem Roller lediglich eine Stange angeschweißt, an die das Tretlager befestigt war und die den Sattel trug. Das Trittbrett zu entfernen hatte er nicht für notwendig gehalten. Aber mein Vater war ja kein Pfuscher. Mein erstes Fahrrad sah ähnlich aus, wie ein heutiges Klapprad. Nur klappen konnte man es nicht und es hatte die typischen Ballonreifen eines Tretrollers. Zum Umbau mussten allerdings an dem Roller Schweißarbeiten vorgenommen werden und das Gerät dazu lag beim Opa in Eppendorf auf dem Land. Anstatt mir Geld für die Bahn zu geben, musste ich an einem Samstagsmittag mit meinem Vater losziehen. Er mit seinem Fahrrad und ich mit dem Tretroller.

Durch ganz Wilhelmsburg, durch den Freihafen und dem alten Elbtunnel, den Berg der Helgoländer Allee hoch, die Budapester Straße entlang über das Schulterblatt. An der Osterstraße verließen mich die Kräfte. Mein Vater zauberte einen kurzen Strick aus der Tasche und band ihn um meinen Lenker und weiter ging die Fahrt. Ich wurde bequem gezogen und hatte nur auf den Verkehr zu achten. Nach drei Stunden Fahrt und nach sechzehn Kilometern hatte wir den Garten erreicht.

Ich hatte auf dem Ponyhof einen neuen Spielkamerad gefunden. Gilbert. Er war so alt wie ich. Seine Mutter ging den ganzen Tag arbeiten und so trieb sich Gilbert den ganzen Nachmittag in der Gegend herum. Wir trafen uns öfters an der neuen Ponykoppel, auf der die Tiere immer im Spätsommer standen. Diese Ponyweide war eine große Wiese, an der auch zwei Schrebergärten grenzten. Auf der Koppel standen einige Birnenbäume. Die Früchte waren zwar um diese Zeit noch nicht so ganz reif, man konnte sie aber trotzdem schon halbwegs genießen. Wenn wir reiten wollten, stiegen wir auf einen Birnbaum und lockten die Tiere mit herunter geworfenen Birnen an. Hatten sich die Ponys unter dem Baum versammelt, ließen Gilbert und ich uns von einem Ast herab auf ihre Rücken fallen. Dann begann ein kurzer, aber wilder Ritt bis zum Gatter. Da blieben die Tiere stehen und waren durch nichts zu überreden, sich noch einmal in Bewegung zu setzen. Eine andere Möglichkeit war es, sich ein

156

Pony zu am Schopf zu nehmen und es bis in die entlegenste Ecke der Koppel zu führen. Es war zwar mühselig, da ein Galopp zurück nur gut zwanzig Sekunden dauerte, aber das war immerhin doppelt so lange, wie die Variante mit dem Sprung vom Birnbaum. Auf dem bloßen Rücken der Pferde zu galoppieren war ein herrlich freies Gefühl.

Mit Gilbert bin ich auch einmal Schlauchboot gefahren. Er hatte es mitgebracht. Ich weiß nicht, woher es stammte. Jedenfalls hatte es ein kleines Loch. Was wir allerdings erst später auf der Doven Elbe bemerkten. Alle hundert Meter mussten wir an Land und es wieder aufpusten. Als es dann auch noch zu regnen anfing, brachen wir diese etwas feuchte Kahnpartie ab.
Jürgen und ich sind im Sommer regelmäßig an die Elbe gefahren. Es gibt dort kleine Buchten, in denen die Anlieger ihre Ruderboote festgekettet hatten. Wenn die Flut kam hatten die Ketten genügend Spiel und wir konnten einige Meter in die Bucht hinaus schippern. Ab und zu holten wir auch seine Cousine und ihre Freundin ab, die in der Nähe wohnten. Beide waren ein Jahr älter als wir und schwammen gerne mal nur mit einem Slip bekleidet in der Elbe und heizten unser pubertierendes Blut auf. Oder wir spielten in einem nahegelegenen Weidenhain. Dort feierten die Rocker aus Wilhelmsburg immer ihre Gelage und man konnte manchmal reichlich Leergut einsammeln. Ein anderes Weidenwäldchen gibt es auch noch in der Nähe.

Es liegt zwischen zwei Autobahnen und es ist dort dadurch ziemlich laut. Einmal spielten wir dort und bemerkten irgendwann zwischen den Büschen ein Pärchen. Er lag auf ihr und machte rhythmische Bewegungen. Instinktiv blieben wir in Deckung. Hier hörte ich das erste Mal das Wort „Ficken".

Irgendwann waren alle Birnen vom Baum gefallen und das Gras abgefressen. Die Ponys kamen zurück auf den Hof. Dort hatten wir bald ein schönes Spiel entdeckt. Für den Winter ist frisches Heu angeliefert worden und die Ballen waren für uns so etwas, wie überdimensionale Bausteine. Wir errichteten Ritterburgen und Labyrinthe, Westernforts und Kriegsschiffe. Eine staubige Angelegenheit mit einem hohen Spaßfaktor. Der Besitzer hatte nichts dagegen.

Eines Tages im Herbst kann ich auf den Hof und es herrschte eine betretene Stimmung. Michael sagte nur zu seiner Mutter: „ Ulli war`s!" Ich fragte Hansi, was ich gewesen sei soll. Der winkte nur ab. Auch Gilbert wollte nicht so recht mit der Sprache raus. Nach längerem Bohren wurde ich aufgeklärt. Michael ist nachts weinend zu seiner Mutter gekommen, weil seine Vorhaut nicht mehr zurückging. Da sein Vater sich nicht vorstellen konnte, dass sein Sohn so einen Schweinkram macht und an sich rumspielt, stand sein Urteil fest. Das muss jemand anderes gewesen sein! Nun begann für Michael eine ähnliche Inquisition, wie ich sie damals mit der Gehirnerschütterung durchgemacht hatte. Michael wurde so lange in die Enge getrieben, bis dass er einen Täter nannte. Seine Wahl fiel auf Hansi. Der war nächsten Tag sehr erstaunt, als er von den Vorwürfen hörte. Zum Pech für Michael ist Hansi am Tag vorher aber gar nicht auf dem Hof gewesen, weil er seine Mutter in Lübeck besucht hatte. Wohl mehr, um sie anzupumpen, denn aus Sehnsucht. Dann wurde Gilbert beschuldigt. Der hatte dem kleinen Lügner bei passender Gelegenheit fürchterliche Prügel angedroht und der revidierte sofort seine Anschuldigung. Nun wurde ich als Täter hingestellt. Aber spätestens jetzt hatte die Mutter erkannt, dass der Knabe an sich selber herumgespielt hatte und er nur den prüden Moralvorstellungen seines Vaters gerecht werden wollte. Etwas Spucke auf die Eichel hätte die ganze Sache nach wenigen Sekunden vergessen gemacht. Aber Oh tempore, oh mores! Die Sechziger waren eben in dieser Beziehung sehr verkorkst.

Seit kurzem kaufte ich mir für fünfzig Pfennig die Bravo. In der Mitte war ein Special. Der Aufklärungsteil! Er war zugefalzt und musste zum Lesen an der Perforation aufgerissen werden. So hatten die Eltern im Griff, ob die Kinder über „Schweinkram" lesen konnten, oder nicht. Meine Eltern erlaubten es. Allerdings ging es mir gewaltig auf den Senkel, dass sie sich grinsend anstießen, wenn ich im Wohnzimmer auf dem Teppich lag und die Sonderbeilage las. Dabei verstand ich kein Wort von meiner Lektüre. Was wusste ich den, was ein Glied ist, oder eine Erektion. Ich bin mit einem Schnippel aufgewachsen und hatte seit ein paar Monaten ab und zu eine Latte. Aber Jürgen und Gilbert halfen mir, meine Wissenslücken zu füllen. Richtig aufgeklärt wurde ich erst später in der Realschule. Wie es mechanisch passiert, wusste ich ja schon längst. Hatte ich ja schon Pferde beim Decken zugesehen. Allerdings dachte ich damals in meiner Unerfahrenheit, diese Art des Zeugungsaktes ohne weiteres auf den Menschen übertragen zu können. Glaubte noch lange Zeit in meiner Pubertät, der Mann muss seinen Penis genau so blind einfädeln, wie ein Pferd. Aber zum Glück lernt man ja dazu. Hätten meine Eltern allerdings auch nur annähernd geahnt, was ich bei den Ponys so alles zu sehen bekam, hätte ich wohl noch heute Stubenarrest.

Meine Mutter hatte mir einmal auf meine Frage, wie Kinder geboren werden, geantwortet, dass Babys hinten raus, also aus dem Anus, kämen. Verlegen bestätigte meine Schwester wider besseren Wissens ihre Aussage. Ich schätze, ich hatte die beiden mit meiner Frage überfordert, war Aufklärung doch seiner Zeit eine heikle Angelegenheit. Prompt blamierte ich mich bei meinen Freunden mit meiner neuen Kenntnis bei einer Diskussion darüber, ob eine schwangere Kindergärtnerin, die wir kannten, „es" wirklich gemacht hatte.

Mein Orthopäde schickte mich zum Turnen. Es war mir lästig, einmal in der Woche die drei Kilometer hin und wieder zurück zu laufen. Meine Mutter begleitete mich immer, anscheinend traute sie mir nicht. Orthopädisches Turnen war nicht unbedingt spannend, höchstens die letzte viertel Stunde, wenn wir spielen durften. Zum Glück war mütterlicherseits das Engagement auch nicht sehr groß, so dass ich mich das eine oder andere Mal drücken konnte.

Ende Januar begannen die Aufnahmeprüfungen für die Realschule. Das hieß für mich, noch früher aufstehen, weil ich mit dem Bus fahren musste. Fremde Kinder, fremde Lehrer, fremde Umgebung. Alles dass, was ich jetzt nicht gebrauchen konnte. Ein paar Tage vorher hatte sich meine Mutter nach einem Streit mit mir eine Wäscheleine genommen und sich, mir einen bedeutsamen Blick zuwerfend, auf der Toilette eingeschlossen. Ich ging runter zum Spielen. Natürlich habe ich Angst gehabt, dass sie sich aufhängt. Deshalb habe solange gewartet, bis mein Vater nach Hause kam. Die Angst, dass sie sich etwas antut, war jetzt unterschwellig immer da. Aber meine Hilflosigkeit ließ mich solche Sachen verdrängen.

Die Prüfung bestand ich und nun stand es fest. Ab dem nächsten Schuljahr musste ich auf die Realschule. Mir war das gar nicht recht. Hatte ich mich doch jetzt in meiner Klasse erst grade richtig etabliert. Nach den Sommerferien hatten wir einen neuen Schüler bekommen, den Ralph. Ich mochte ihn zuerst nicht so besonders. Alle nannten ihn Ralle, ich ihn Qualle. Irgendwann sind wir in der Klasse deshalb mal richtig aneinander geraten, so dass es hieß, nach der Schule vor der Schule! Meine erste Prügelei. Ich ließ mir nichts anmerken, stand aber doch ziemlich unter Spannung. Aber mein Talent ist es zum Glück, solange ruhig zu bleiben, bis das Ereignis unmittelbar bevor steht. Dann kann ich mich immer noch aufregen. Wie der Mann, der vom Hochhaus gefallen ist und im ersten Stock noch dachte, bis jetzt ging ja alles gut.

Ralph war so groß, wie ich und auch kein Muskel-paket. Deshalb rechnete ich mir eine gewisse Chance aus, ihn zu besiegen. Nach dem Unterricht ging es los. Umringt von unserer Klasse umkreisten wir uns lauernd. „Haut se, haut se, immer in die Schnauze!" skandierten meine Mitschüler. Dann griff Ralph an. Es entstand ein heftiger Ringkampf. Da wir beide ungefähr gleich stark waren, kam es zu einem zähen Kräftemessen. Irgendwann machte ich einen entscheidenden Fehler und mein Kontra-hent nahm mich in den Schwitzkasten. Triumphie-rend heulte er schon auf, sich des Sieges sicher. Doch ich sah noch eine Chance. Seine beiden Ho-senbeine gleichzeitig packend riss ich ihm die Füße unter dem Hintern weg. Ralle ließ mich los und knallte mit Kaschemba auf den Boden. Der bestand dummerweise aus der zermahlenen, scharfkantigen Schlacke aus den Kesseln der Dampflokomotiven und Ralle schrammte sich beide Ellenbogen emp-findlich auf. Angesichts meines Überraschungsan-griffs und seines Blutes gab er auf. Ich reichte ihm die Hand und half ihm auf die Beine. Später, auf der Realschule, wurden wir Freunde.

Im Heuschober bei den Ponys ging es mal wieder hoch her. Wir hatten ein Labyrinth gebaut und waren über und über mit Heu bedeckt. Auf einmal ging die Tür auf und ein Mädchen stand im Schober. Es war die Tochter der Boutiquebesitzerin Szlezys vom Geschäft gegenüber. Sie war allerdings völlig unpassend für diese Räuberhöhle gekleidet. Mit einem Rüschenröckchen, Schleife im Haar, weißen Kniestrümpfen und schwarzen Lackschühchen passte sie eher auf einen Laufsteg, als in ein Heulager. Wir waren sehr erstaunt, sie hier zu sehen. Sie durfte doch sonst das Grundstück nicht verlassen. Ihre Mutter und Großmutter hielten sich das Kind als Modepüppchen. Auch werktags lief sie immer aufgebrezelt bis zum Anschlag herum. Wir umringten sie neugierig, setzten uns im Kreis um sie herum und bestaunten sie, als ob sie gerade vom Himmel gefallen wäre. Die Kleine, eifrig bemüht, sich nicht schmutzig zu machen, hockte sich nur hin und sah uns unsicher an. Michael, der frechste von uns, sagte nur: „ Nun setz dich endlich mal richtig hin!" und gab ihr einen Schubs. Das Mädchen fiel leicht nach hinten und setzte sich auf ihren Hosenboden. Mit großen Augen sah sie uns an, verzog auf einmal das Gesicht, sprang hoch und lief heulend hinaus. Michael kommentierte nur „Memme!" und damit war für uns die Sache gegessen. Da wir neue Banden zusammenstellen wollten, zählten wir ab. Eene, meene, muh, raus bist du, als auf einmal die Tür aufgerissen wurde. Ich saß mit dem Rücken zu ihr und sah nur an den erschrockenen Augen meiner Freunde, dass jetzt etwas Entsetzliches geschehen würde. Ein riesiger Schatten fiel über uns und eine furchterregende Stimme brüllte: „Wo ist das Schwein? Wer hat meiner Kleinen in den Po gekniffen?" Ich drehte mich um und sah nur eine hünenhafte Silhouette, die den Türrahmen ausfüllte. Die anderen brachten sich schnell im Heu in Sicherheit. Ich aber, weil alles hinter meinen Rücken geschah, hatte zu spät reagiert. Zwei überdimensionale Arme ergriffen mich und ich bekam eine fürchterliche Tracht Prügel. „Keiner fasst meine Enkelin an! Verstehst du, keiner!" Die Walküre schlug mir rechts und links ins Gesicht und beutelte mich hin und her. Ich schrie und urplötzlich setzten bei mir wieder heftigste Koliken ein. Ich brüllte vor Schmerz und krümmte mich in alle Richtungen. Schließlich ließ das Ungetüm von mir ab und stürmte wutschnaubend von dannen. Ich wälzte mich noch minutenlang hin und her, bis es mir endlich gelang, mich aufzuraffen. Laut schluchzend und wimmernd wankte ich schmerzgekrümmt nach Hause. Meine Mutter brachte lange Zeit nichts aus mir heraus. Endlich, im warmen Wasser der Badewanne, beruhigte ich mich soweit, dass ich berichten konnte, was geschehen war. Ich war mir keiner Schuld bewusst und hatte nur das Pech, der langsamste zu sein. Sonst hätte es einen anderen erwischt. Einen, der sich die Sache vielleicht nicht so zu Herzen genommen hätte, wie ich. Hatte ich bislang auf Verständnis und Trost seitens meiner Mutter gehofft, so wurde ich bitter enttäuscht. Anstatt mich mit Streicheleinheiten zu trösten, erhielt ich ein paar Schläge mit dem Waschlappen. „Ich habe dir immer gesagt, bleib da weg. Aber nein, du kannst ja nicht hören! Da hast du selber Schuld. Bleib weg von dem Pack, dann passiert so etwas auch nicht!" Mein Vater nahm das alles nur achselzuckend zur Kenntnis. Für mich aber war es ein einschneidendes Erlebnis, das mich die halbe Pubertät lang einen großen Bogen um das weibliche Geschlecht machen ließ. Und es war auch der Zeitpunkt in meinem Leben, an dem ich gänzlich das Vertrauen in meine Eltern verlor. Von jetzt an, ich war fast zwölf Jahre alt, habe ich immer selber versucht, die Probleme meines Lebens zu meistern. Ich hatte mich damals niemals irgendjemanden anvertrauen können. Es war ja auch keiner da, mit dem ich meine Sorgen hätte teilen können. Wenn ich so darüber nachdenke, hatte ich auch vorher nie richtig mit meinen Eltern über irgendetwas reden können. Kläglich Versuche wurden im Kein erstickt. Oder mein Vater machte aus einer Mikrobe einen Elefanten. Da blieb ich lieber verschwiegen und trug eine immer schwerer werdende Last mit mir herum.

7. Nachtjallen

Ich hatte bei Teege, einem Elektroladen mit Spiel-
warenabteilung, einen Bausatz für ein Mittelwellen-
radio gesehen. Das wollte ich zu Weihnachten haben und habe auch so lange gequengelt, bis es
letztendlich auch auf dem Gabentisch lag. Eifrig
machte ich mich ans Werk. Das Gerät ließ sich

gänzlich ohne löten zusammenbauen, hatte aber zu meinem Bedauern keinen Lautsprecher, sondern nur einen Ohrhörer. Ich machte alles nach Vorschrift. Auch die Polarität der Dioden hatte ich berücksichtigt. Trotzdem bekam ich keinen Ton aus dem Rundfunkempfänger heraus. Bis Silvester habe ich den Bausatz bestimmt sieben Mal auseinander gebaut und neu zusammen montiert. Nichts. Heute bin ich mir ziemlich sicher, dass eins der Teile defekt gewesen sein muss. Wenn nur ein einzelner Widerstand nicht funktionierte, was man von außen ja nicht sehen kann, war es das Aus für das ganze Radio. Aber selbst einfachste Messgeräte, die heute für fünf Euro zu haben sind, kosteten damals ein Vermögen. Somit konnte ich meinem Vater nicht beweisen, dass es nicht an mir lag, sondern am Radio. Ich fühlte mich als Versager unter seinem missbilligenden Blick. Ich wusste zwar, dass er keine Ahnung hatte von Elektronik, aber anstatt mich abzustempeln, hätte er auch mal einen Blick auf den Schaltplan werfen können. Vielleicht hatte ich ja wirklich was übersehen und ein Erwachsener hätte das vielleicht eher bemerkt. Ich fühlte mich von ihm im Stich gelassen. Zumal es nicht das erste Mal gewesen ist, dass ein Weihnachtsgeschenk nicht funktioniert hatte. Bei einem Trix Stabilbaukasten ging der Motor nicht. Mein Vater war aber zu faul, ihn umzutauschen.

Von meiner Tante habe ich einen neuen Trafo für die Eisenbahn bekommen. Eins von diesen teuren Geschenken, dass mir Unbehagen bereitete wegen

des Preises. Sonst war Weihnachten wie letztes
Jahr. Am ersten Feiertag die Mädchen vom Immenhof , am zweiten Hochzeit auf Immenhof und bei
uns Streit im zweiten Stock.

Im neuen Jahr eröffnete uns Frau Rodenberg, dass
sie zum Abschied der Realschüler einen Theater-
abend plante. Eine Reise durch Deutschland. Ein
Episodenstück, zusammengesetzt aus lauter kleinen Szenen ohne kausalen Zusammenhang. Dauer
ungefähr eineinhalb Stunden. Ich bekam gleich zwei
Rollen. Eine Stumme, den Hasen bei den Sieben
Schwaben, und einen Soloauftritt als Berliner Kutscher. „Ob det hier Nachtjallen jibt? Herr, tun se mir
eenen Jefallen! Sie fragen mir nach Nachtijallen?“
Der Text liegt noch bei mir im Schreibtisch und mit
ein bisschen üben könnte ich ihn ohne weiteres
wieder aufsagen.
Meiner Mutter oblag es, mir ein Kostüm zu schneidern. Sie besorgte braunen Stoff und einen langen
Reißverschluss und begann zu nähen. Aber ach,
zum Schluss war nicht mehr genügend Stoff für die
Ärmel da. Mein Vater wusste Rat. Erst vor kurzem
hatte mein Opa uns ein Paket mit zwanzig gegerb-
ten Kaninchenfellen mitgegeben. Eins musste für
die Ohren herhalten und zwei für die Ärmel. Selbst
für den Stummelschwanz blieb noch ein Stück übrig. Bei der nächsten Probe war meine Lehrerin
hellauf begeistert von meinem Karnickeloverall.

Der große Tag war gekommen. Frau Rodenberg hatte noch einen Weißkohl besorgt, den ich auf der Bühne knabbern sollte. Mein anfängliches Bedenken, er sei zu groß für mich, zerstreuten meine Klassenkameraden gekonnt, indem sie vor lauter Lampenfieber ständig von ihm Blätter abbrachen darauf herum knabberten.

Der Overall war, dank seines Fellanteiles, ziemlich warm und ich zog ihn erst kurz vor meinem Auftritt an. Der Kohlkopf hatte in der Zwischenzeit ein handliches Format angenommen, so dass ich frohgemut auf drei Beinen aus den Kulissen hoppelte, den Kohl unter dem Arm, und mich, an meinem Gemüse mümmelnd, in die Mitte der Bühne hockte. Allein bei meinem Auftritt lachten einige Eltern und klatschen ein wenig Beifall. Szenenapplaus gab es für mich aber erst, als ich die Bühne verließ und mein, bis dahin nicht sichtbarer, weiß leuchtender Stummelschwanz zur Geltung kam.

Als Berliner Kutscher stand ich ganz allein auf der großen weiten Bühne im Scheinwerferlicht. Mein Vater hatte aus einem abgebrochenen Federballschläger eine Peitsche gebastelt. Mir schwebte eher so eine lange Fahrpeitsche vor, wie ich sie von den Ponys her kannte. Aber der Besitzer wollte sie nicht rausrücken. So musste ich mit diesem, etwas peinlichen, Provisorium vorlieb nehmen. Vor lauter Aufregung hatte ich meinen Zylinder vergessen, den ich laut Regie tragen sollte. Der Ehemann meiner Lehrerin reichte mir den Chapeau Claque herauf und ich nahm ihn, mich nonchalant bedankend,

169

entgegen, ohne irgendeine Textunsicherheit zu zeigen.

Die anderen Sequenzen in der Deutschlandreise kann ich leider nicht beurteilen. Es wurde abschnittweise geprobt und da ich als Kutscher eine Solonummer hatte und als Hase nicht unbedingt Textsicher sein musste, war ich erst wieder bei den Hauptproben dabei. Und da lief es wie bei der Aufführung. In der Garderobe warten, Auftritt, zurück in die Garderobe, umziehen, wieder Auftritt, großes Finale, Schluss. Aber ich bin sicher, dass die anderen Klassenkameraden mindestens genauso gut gewesen sind, wie ich. Wenn nicht gar besser. Ich denke da nur an Jens „Eddy" Winkelmann, der seinen Lebensunterhalt heute auf der Bühne und im Fernsehen bestreitet.

Meine Mutter setzte meinem Vater zu, mir endlich ein vernünftiges Rad zu kaufen. „Der Junge geht bald auf die höhere Schule. Da kann er nicht mit so einem Kinderfahrrad auftauchen. Die anderen lachen ihn ja aus!" Mein Erzeuger sah das widerstrebend ein und wir trafen uns nach seinem Feierabend bei Brinckmann in der Spitaler Straße. Ich erhielt ein schönes rotes sechsundzwanziger Knabenrad und war vollends zufrieden. Wir machten dann später auch so manche schöne Radtour, sofern man so etwas überhaupt mit meinem Vater genießen konnte. Am meisten fuhren wir aber sonntagmorgens auf den Fischmarkt. Besonders im April und Mai holten wir die beliebten Schollen direkt vom

Kutter. Fangfrisch. Meistens zehn Stück. Meine Mutter aß eine, meine Schwester auch und mein Vater und ich vertilgten den Rest. Etwas Kartoffelsalat dazu und fertig war der Sonntagsschmaus. Ich war gerne auf dem Fischmarkt. Wir fuhren durch den Freihafen und dem alten Elbtunnel bis auf die andere Seite und fühlten uns so richtig hanseatisch. Wir hatten unsere Stelle, wo wir immer unsere Räder anschlossen, und gingen das letzte Stück zu Fuß. Dort trennten wir uns. Jeder hatte seine bestimmten Händler abzuklappern und der Treffpunkt war wieder bei den Rädern. Oben bei Eierkohrs und Fick, zwei Lokale, die sich auf dem Fischmarkt direkt gegenüber lagen, standen die Bäcker und Schlachter mit ihren Wagen. Etwas höher, zur Treppe hin, gab es auch billiges Spielzeug und anderen Tinnef. Da kaufte ich mir ab und zu japanische Muscheln. Die warf man einfach in eine wassergefüllte Glasvase. Nach kurzer Zeit öffneten sie sich und an einem dünnen Faden schwebten dann bunte filigrane Papierblumen in halber Höhe im Wasser. Der Zauber hielt aber nur ein paar Tage. Dann löste sich das Papier der Blumen auf.

Bei Eierkohrs war immer einer mit einem Schifferklavier. Die Aschenbecher wurden vom Kellner einfach unter den Tischen entleert. Aber das tat dem Touristenstrom keinen Abbruch. Im Café Fick, das hieß wirklich so, gab es echt goldene Uhren für zwanzig Mark. Holzauge sei wachsam.

Ich bevorzugte damals aber ein anderes Geschäft. Es gab nämlich einen Stand auf dem Fischmarkt, der gebrauchte Comics und Groschenhefte an- und verkaufte. Dort deckte ich mich immer preiswert mit meinen Lieblingsheften ein. Meine Eltern fanden das Igittigitt. Aber für mich gab es nichts schöneres, als nach einer sonntäglichen Fischmarkttour auf dem Balkon in der Hängematte zu lümmeln und Comics zu lesen, bis ein leichter Bratfischgeruch das Mittagessen ankündigte.

Die Realschule war nicht so locker, wie die Hauptschule. Das merkte ich schon am ersten Tag. Unsere Klassenlehrerin stellte sich nur kurz vor und schon ging der Unterricht los. Fräulein Evers war groß und schlank und hatte kräftige, tiefschwarze Haare. Sie war sehr sympathisch und lernen machte bei ihr Spaß. Unser Englischlehrer Herr Fischer, um die fünfundfünfzig, Zigarrenraucher, gab sich modern und abgeklärt, war aber eher hinterhältig und konservativ. In seiner ersten Unterrichtsstunde schrieb er „Mnemotechnik" an die Tafel und verbot uns, das Wort zu merken. Wochen später fragte er noch einmal nach, wie das Wort hieß, dass wir nicht behalten durften. Zwei Drittel der Klasse konnte es nennen. So wollte er beweisen, dass lernen meistens im Unterbewusstsein stattfindet. Anscheinend stimmt es. Jedenfalls weiß ich dieses Wort nach über fünfzig Jahren immer noch.
Er protzte immer damit, was für ein disziplinierter Mensch er sei. Mit dem Zigarrenrauchen macht er

ab und zu mal eine Woche Pause, nur um sich zu beweisen, dass er willensstark ist. Dieses sei im Übrigen eine dieser Wochen. Komischerweise stand in der großen Pause bei Leinung, der Laden gegenüber der Schule, in dem wir immer unser „Schnoopkram" kauften, ein Junge neben mir, der „einmal Zigarren für Herrn Fischer" verlangte. Und schon hatte dieser edle Pädagoge von seiner Glaubwürdigkeit eingebüßt.

Die restlichen Lehrer waren eigentlich alle ok. Unseren Rektor Herr Spessart mochten wir alle, las er doch, wenn er mal Vertretung hatte in unserer Klasse, aus Siegfried Lenzes „So Zärtlich war Suleyken" vor, und das in Mundart. Ich mochte es, wie er dieses bräiite, jetraaagene Astpreisisch vortrug. Jar manche ne, wo kommste jewäisen in de späte Frieh? So brachte er uns Eine Kleinbahn Namens Pop und Großväterchen Hamilka Schass näher und erleichtere uns damit den Eintritt in die Weltliteratur, in dem er uns zeigte, dass berühmte Schriftsteller nicht unbedingt schwer zu lesen und staubtrocken sein müssen. Ein sehr guter Pädagoge, der zudem auch noch hervorragend Klavier spielte.

In meine Klasse ging auch eine, die hieß Ingrid. Von der habe ich geschwärmt und nachts immer zu dem Hochhaus rüber geguckt, in dem sie wohnte. Aber sie sah jetzt schon wie eine Sechzehnjährige aus und hatte mit Pubertätskrüppel, wie mir, bestimmt nichts am Hut. Aber das Träumen von ihr war eben so romantisch.

Als ich von der Schule kam hatte meine Mutter einen Verband um das linke Handgelenk. Sie hatte versucht, sich auf der Toilette die Pulsadern aufschneiden. Mein Vater kam nach Hause und fiel aus allen Wolken. Es entwickelte sich ein sehr lauter Streit. Meine Mutter flehte ihn an, endlich in die Scheidung einzuwilligen, was mein Vater entschieden ablehnte. Man muss dazu wissen, dass seinerzeit das Scheidungsrecht noch zwischen schuldigen und nichtschuldigen Parteien unterschied. Würde meine Mutter mit uns Kindern in ihre Heimat zurückkehren, wäre das böswilliges Verlassen gewesen und sie hätte ohne jeglichen Unterhalt dagestanden. Was meinen Vater betrifft, war es schon seine zweite Ehe. Der ersten gegenüber hatte er allerdings keine finanziellen Verpflichtungen mehr. Er hatte seine Familie im Stich gelassen, kurz bevor 1949 die sowjetisch besetzte Zone zur DDR erklärt wurde. Deshalb brauchte er, da seine Ex- Frau jetzt in einem anderen Staat wohnte, seiner Familie keinen Unterhalt mehr zu zahlen. Allerdings hatte mein Halbbruder, nachdem seine Mutter gestorben war, wieder Kontakt zu seinem Vater gesucht. Eines Tages kam ein Brief von ihm und unsere Eltern eröffneten uns, dass wir noch einen Bruder haben. Erst war ich begeistert. Doch als ich erfuhr, dass er schon über zwanzig ist und er somit als Spielkamerad ausfiel, ließ mein Interesse an ihm merklich nach. Mein Vater hätte seinen ersten Sprössling ja auch gerne mal in der DDR besucht, aber er hatte

mächtigen Bammel davor, an der Grenze festge-
nommen zu werden, ist er doch seinerzeit illegal
über die Grenze gegangen. Also schickte er kurzerhand meine Schwestervor. Als sie dann unbehelligt
zurückkam, reichte auch er einen Einreiseantrag
ein. Meine Mutter hielt sich aus der ganzen Sache
raus.

Bei einer Scheidung von meiner Mutter hätte mein
Vater vor dem Richter seine Vermögensverhältnisse
offenbaren müssen. Und das wollte er tunlichst
vermeiden. Sie hat bis zu ihrem Lebensende nie
erfahren, was für ein Einkommen und Ersparnisse
mein Vater hat.

Im Laufe dieses Zwists wegen ihres zerschnittenen
Handgelenkes fiel auch der Satz seitens meines
Vaters: „ Wenn du nicht Ruhe gibst, schick ich dich
zurück in die Klapse!" Ein Satz, der mir das Herz
zerriss.

Dieser Selbstmordversuch meiner Mutter hatte auf
dem schmalen Heizkörper in der Toilette einen kleinen Blutstropfen hinterlassen, der ein wenig hinun-
tergelaufen war. Niemand hatte ihn je weg ge-
wischt. Erst, als mein Vater die Wohnung Jahre
später aufgab, entfernte ich das Relikt der Tragik
meiner Jugend. Ich fand, die letzten Überreste meiner Mutter sollten nicht in einer fremden Familie
zurück bleiben.

In den nächsten Wochen ging die Diskussion darum, ob wir noch ein Brüderchen oder Schwester-

chen bekommen sollten. Ich war mittlerweile dreizehn, meine Schwester sechzehn und sie begann
gerade ihre Ausbildung zur Kinderpflegerin. Wir
gingen bald unsere eigenen Wege und dann wäre
unsere Mutter mit meinem Vater allein gewesen.
Und davor hatte sie panische Angst. Aber der lehnte natürlich weiteren Familienzuwachs entschieden
ab.

An einem besonders schlimmen Tag machte meine
Mutter mir fürchterlich Angst. Sie nahm mich in den
Arm und wiegte mich hin und her wie ein Kleinkind.
Dann fragte sie mich, ob ich mit ihr zusammen auf
eine große, lange Reise kommen möchte. Ich begriff sofort, dass es die Nevercomebackairline sein
würde und riss mich entsetzt los. Mit aufgerissenen
Augen starrte ich sie an und stürmte in mein Zimmer. Dort drehte ich mich um. Meine Mutter stand
im Flur, die Arme hilflos herabhängend, und sah
mich mit einer unendlichen Traurigkeit an. Ich hatte
in diesem Moment das Gefühl, sie verraten zu haben.

Seit ein paar Wochen ging meine Mutter wieder
heimlich zu einer Kartenlegerin. Die nahm meine
Mutter regelrecht aus. Das merkten wir unter anderem auch am Essen. Für mich gab es tagelang nur
Teewurst auf dem Pausenbrot. Täglich gab es Streit
ums Geld.
Im Frühsommer bekam meine Mutter eine Gürtelro-
se. Zeitgleich kündigte sich mein Patenonkel Karl-

Heinz aus Detroit mit seiner Familie an. Helle Aufregung!. Meine Mutter putzte auf allen Vieren die
Wohnung. Meine Schwester und ich nahmen ihr so
gut, wie möglich die Arbeit ab. Am Nachmittag, an
dem sie sich abgekündigt hatten, blitzte und blinkte
die Wohnung. Ich hatte auch noch Zeit gefunden,
Schokobrezeln zu backen. Allerdings hatte ich das
Backpulver vergessen. Sie waren knochenhart und
ich wollte sie eigentlich wegwerfen, vergaß es aber
in der Hektik. Pünktlich um drei Uhr stand mein Patenonkel mit seiner Familie vor der Tür. Ich kann
mich nur an einen Namen einer der Mädchen erinnern. Ich glaube, die ältere hieß Christine. Irgendwann entdeckte sie in der Küche meine misslunge-
nen Backergebnisse. Sie wurden mit viel Genuss
verspeist und ich wurde für meine Backkünste auch
noch gelobt. Poor americans.

Mein Patenonkel drückte mir ein Geschenk in die
Hand. Ein Transistorradio für Mittelwelle. Wow, die
Dinger waren schweineteuer. Er entschuldigte sich,
dass es ein japanisches Gerät war, aber er konnte
in Amerika keine amerikanische Marke auftreiben.
Da hat er es in Deutschland auf dem Flughafen versucht. Auch dort nur Japaner. Sorry, Boy! Toll! Jetzt
konnten wir auf dem Weg zum Fischmarkt immer
das Hafenkonzert hören.
Wir jungen Leute zogen uns zurück und ließen die
alten allein. Erst am Abend stießen wir wieder zu
ihnen. Onkel Karl- Heinz zeigte uns Dias von ihrem
Zuhause in Detroit. Das ganze Equipment hatte er

eigens für diesen Abend mitgeschleppt. Der Vortrag war einerseits interessant, zog sich andererseits in die Länge. Zum Abschied gab mein Vater Onkel Karl- Heinz noch eine Gedenkmedaille mit, die er in den Staaten verkaufen sollte. „Gold gab ich zur Ehr, Eisen nahm ich zur Wehr". Man erhielt sie, wenn man im ersten Weltkrieg an einer Sammelstelle des Staates Gold abgab. Die Amerikaner sind verrückt nach deutschen Kriegssachen. Das Geld hat er allerdings nie geschickt. Allerdings scheint sie auch nicht sehr wertvoll gewesen zu sein. Bei Ebay ist sie heute schon für elf Euro zu haben.

Irgendwann erhielten wir ein Päckchen aus Amerika mit einem ViewMaster drin. Ein Stereofotobetrachter, der es ermöglicht, die Bilder räumlich zu sehen. Das Ganze war einfach in einen Pappkarton verpackt. Kein Geschenkpapier, einfach nur so. Das haben meine Eltern ihnen übel genommen und letztendlich den Kontakt gänzlich abgebrochen. Dass es in Amerika nichts nützt, Geschenke für Deutschland hübsch einzupacken, weil der Zoll eh alles wieder aufreißt, war für sie kein Argument.

Jürgen fand meinen Sechstransistor absolute Spitze. Von nun an quengelte solange, bis ihm seine Mutter auch so ein Radio zum Geburtstag schenkte. Als ich ihn besuchte, um zu gratulieren, strahlte er über das ganze Gesicht. „Wart mal eben!" Er stürmte die Treppe zu seinem Zimmer hoch, verschwand für den Bruchteil einer Sekunde darin, um genau so schnell wieder unten zu sein. Allerdings hatte er zu viel Schwung drauf. Er bekam die Kurve nicht recht, prallte mit seiner rechten Schulter gegen den Türrahmen und das nagelneue Transistorradio flog im hohen Bogen durch die offene Haustür über das Treppengeländer hinweg und zerschellte mit einem hässlichen Geräusch auf dem Betonplatten vor dem Haus. Jürgen sah mit entsetzten Gesicht seinem teuren Geburtstagsgeschenk hinterher, absolut unfähig, es zu retten. Aber Jürgen wäre nicht Jürgen, wenn er nicht auch noch aus einer schlimmen Situation etwas machen würde. Er bemalte einen Karton, dass er aussah, wie ein Radio. Als Drehknopfattrappen dienten zwei Korken von Sherryflaschen, legte das zerstörte, aber noch funktionierende, Gerät hinten rein, schaltete es ein und konnte sich nun der Illusion hingeben, ein richtiges Radio zu besitzen. Jürgen fand übrigens auch, dass ein batteriebetriebenes Gerät batterietisch ist, weil ein Gerät mit Netzstecker ja elektrisch ist. Als ich meiner besten Freundin Miriam einmal diese Geschichte erzählte, ließ sie folgenden Bonmot los: „Und was ist, wenn jemand Akkus verwendet? Ist es dann akkustisch?"

Dieses Jahr sollte meine Cousine für drei Wochen nach Hamburg kommen und ich würde die letzten drei Wochen der Ferien bei denen verbringen. Kurz vor Beginn der Ferien kam meine Oma Hamburg ins Krankenhaus. Meine Cousine kam aber trotzdem und brachte ihre Gitarre mit. Sie hatte seit Jahren Unterricht und wir sangen alle Beatles Songs von vorne bis hinten. Wir wollten in den Wallanlagen für Geld singen. Aber als es soweit war, fehlte ihr die Traute. Wir saßen auf der allerhintersten Bank im Park und sie zupfte nur schüchtern ein paar Akkorde.

Im Nachbarhaus hatte eine streunende Katze Junge bekommen. Als die groß genug waren, verschwanden sie Stück für Stück in irgendwelchen Haushalten. Nur die Alte blieb zurück. Sie tat uns leid und wir nahmen sie mit nach Hause. Obwohl mein Vater strikt dagegen war, päppelten wir sie auf. Der Alte, wie er mittlerweile heimlich von uns genannt wurde, ließ sich breitschlagen, das Tier solange zu behalten, bis Susanne und ich abfuhren. Dann wollten wir die Katze mit zu meiner Tante nehmen. Die hatten immer schon Katzen gehabt und Mecki, ihre letzte, war auch schon über ein Jahr tot. Das gute Futter und die liebevolle Pflege taten Mulle, wie wir sie inzwischen getauft hatten, gut. Sie war ein anspruchsloses Tier, das sich immer dezent im Hintergrund hielt, wenn mein Vater in der Nähe war. Wahrscheinlich hatte sie schlechte Erfahrung mit Männern gemacht. Nur einmal ist sie über die Stränge geschlagen. Ich habe sie dabei erwischt, wie sie in der Küche von der Pfirsichtorte naschte. Alles kann man mir nehmen, aber nicht die Torte am Sonntagnachmittag! Empört schrie ich auf und Mulle sprang sofort von der Arbeitsplatte, wo die Torte stand. Ich aber passte sie ab, packte sie und sperrte sie ins Badezimmer. Die Mädchen aber hatten die Aktion mitbekommen und befreiten die Kat-

180

ze aus ihrem Karzer. Alle drei, meine Schwester, Susanne und Mulle, sprachen den ganzen Tag nicht mehr mit mir.

Wir saßen beim sonntäglichen Schollenessen. Die Balkontür stand offen, die Sonne strahlte vom Himmel, als es klingelte. Es war mein Onkel Heinz, der Bruder meines Vaters. Onkel Heinz hatte sein Bein im Krieg gelassen und trug jetzt eine Prothese. Deshalb war er ziemlich außer Atem, als er bei uns im zweiten Stock ankam. Es war ungewöhnlich, dass mein Onkel uns besuchte. Die beiden Brüder kamen nicht sonderlich gut miteinander aus. Er kam auch gleich auf den Punkt. Unsere Oma war heute Morgen im Krankenhaus verstorben. Meine Mutter ging sofort in die Küche, holte ihr Portemonnaie und drückte meiner Schwester zwanzig Mark in die Hand. Wir Kinder mussten in die Stadt fahren und eine Hafenrundfahrt machen, damit sie sich in Ruhe besprechen konnten. So richtig genießen konnten wir diese, sonst sehr beliebte, Abwechslung nicht so sehr. Auch wenn wir kein besonders gutes Verhältnis zu unserer Großmutter hatten, der Tod eines Verwandten ist immer irgendwie eine traurige Angelegenheit. Von der Beerdigung und dem ganzen Drumherum bekamen wir nicht viel mit. Ich habe meine Eltern zwar in Schwarz gesehen, aber wir Kinder wurden outgesourct nach Hagenbeck.

Die drei Wochen Besuch meiner Cousine gingen schnell vorbei. Schon trafen wir Vorkehrungen zur Abreise. Ich holte zum Abstauben die große Reisetasche vom Schlafzimmerschrank und reichte dann meiner Mutter die frischgewaschene Unterwäsche und Hemden zum Einpacken. Die, ach so bequemen, T- Shirts waren noch nicht modern. Jetzt blieb nur noch das Problem übrig, wie wir die Katze transportieren wollten. Meine Mutter meinte zu wissen, dass Katzen über hunderte von Kilometern den Weg zurückfinden an den Ort, wo sie sich einmal wohl gefühlt haben, wenn sie sehen können, wie sie dort hingekommen sind. So wurde beschlossen, die Katze in einen großen Spankorb einzunähen. Transportkörbe für Tiere, wie wir sie heute kennen, gab es damals noch nicht. Das Einnähen ging leichter, als wir gedacht hatten und eine Stunde später saßen Susanne und ich schon in dem Zug nach Hannover. Dort mussten wir umsteigen in den Zug nach Braunschweig. Nun waren wir nicht mehr allein im Abteil. Ein Herr mittleren Alters machte es sich bequem, beachtete uns aber kaum und vertiefte sich in seine Lektüre. Mulle hatte sich erstaunlich ruhig verhalten. Ab und zu bückte sich einer von uns und streichelte sie zur Beruhigung durch das grobe Sackleinen durch. Auf einmal fing es an streng zu riechen. Ich guckte meine Cousine an, sie sah mich an und wir beide mussten uns ein Grinsen verkneifen. Ich nahm entschlossen den Spankorb und stellte ihn auf die Zugtoilette. Nahmen wir doch an, dass Mulle in den Korb gemacht hatte.

Wir mussten noch einmal in Braunschweig umsteigen. Der Schienenbus nach Helmstedt wackelte und schaukelte sich unserem Ziel entgegen. Es war mittlerweile schon Nachmittag und unser Reiseproviant aufgebraucht. Zum Glück hatten wir gleich Anschluss zu unserem Dorf. Jetzt nur noch den Berg vom Bahnhof hoch zum Rathaus, dann rechts um die Ecke, am Konsum vorbei, und wir waren endlich da. Meine Tante schlug die Hände über dem Kopf zusammen, als sie den Korb sah. Wollte sie doch kein Haustier mehr haben. Aber jetzt war es spät. Mit zurück konnte ich Mulle nicht mehr nehmen. Vorsichtig lösten wir die Jute, die auf dem Korb festgenäht war, in der Erwartung, eine über und über mit Kot beschmierte Katzen vor zu finden. Aber nichts. Eine blitzsaubere Mulle entsprang ihrem Gefängnis und ging erst einmal sicherheitshalber unter dem Sofa in Deckung. Auch der Korb war in keinster Weise beschmutzt. Ist das arme Tier völlig unschuldig von mir auf die Toilette verbannt worden. Nur, weil unser Abteilnachbar seine Flatulenzen nicht im Griff hatte.

Mulle hatte nur kurz unter dem Sofa verweilt. Konnte eine fremde Gegend doch nicht so schlimm sein, wo sie so vertraute Stimmen hören konnte. Die Wohnung durfte sie allerdings die ersten Tage zwecks Eingewöhnung nicht verlassen. Mulle blieb meiner Tante noch über sechzehn Jahre lang erhalten.

Das Wetter war blendend. Ich ging jeden Tag in die neue Schwimmhalle. Schnell habe ich mich etwas mit Conny, der Tochter des Milchbar- Pächterehepaares, angefreundet. Ich mochte ihre freche Art und sie sah auch ganz niedlich aus mit ihrer Stupsnase. Allerdings hatte sie einen Makel. Sie hatte noch überhaupt keinen Busen, nicht mal eine Andeutung davon. Deshalb lief sie bei mir noch irgendwie unter der Kategorie „Kind". Es war eigentlich unter meiner Würde, mit einem Mädchen zu gehen, das absolut platt war. Als Kumpel allerdings war sie OK. Mittlerweile konnte ich schon besser schwimmen, Conny schlug mich aber jedes Mal. Dafür konnte ich besser tauchen.

Ab und zu ging ich sie besuchen. Ihr Hund Dingo kannte mich allmählich und ließ mich schon ohne großartiges Gebell auf das Grundstück. Meistens saß auch ihr Großvater auf der Bank vor der Tür. Er sprach nicht viel und nickte immer nur, wenn ich ihn grüßte.

Manchmal gingen wir auch im Tagebau spazieren. Eigentlich war es ein ehemaliger Tagebau. Wenn einer in der Gegend ausgebeutet war, zog der Riesenbagger weiter und mit dem Abraum von dem neuen Abbaugebiet wurde der alte wieder zugeschüttet. Der Zutritt war eigentlich verboten, da der lose Abraum ins Rutschen kommen konnte, weil der Regen tiefe Rinnen in den Untergrund gewaschen hatte. Die waren teilweise bis zu fünf Meter tief und zehn Meter breit. Conny und ich blieben aber immer auf den Wegen.

Conny zeigte mir auch ihr Zimmer. Es lag unter dem Dach und war schön groß und sehr sonnig. Ich stand am Fenster und genoss den lauen Sommer-

nachmittag. Sie lag mit einem Campingschlafsack auf ihrem Bett. „Guck mal, wie groß der ist!" Sie lächelte mich an. „Da passen wir beide rein!" sprach`s und kroch hinein. „Komm, es ist genügend Platz!" Sie hielt einladend den Schlafsack auf. „Und wenn dein Opa hoch kommt?" Ich hatte bedenken. Hatte ich doch noch Marias prügelnden Vater im Kopf und den Angriff der wütenden Matrone aus dem Heuschober. „Der kommt nie hier hoch" Sie sah mich bittend an. „Wirklich! Nie!" Doch etwas sperrte sich in mir. Mädchen bedeuteten für mich damals immer nur Ärger. Ich hatte Angst vor dieser Nähe. Es ist etwas anderes, wenn man in der Schwimmhalle rumalbert und dabei Körperkontakt hat. Aber hier, im Schlafsack? Was, wenn nicht ihr Opa kam, dann aber vielleicht ihre Mutter? Sie könnte etwas zu Hause vergessen haben und wenn sie uns im Flagranti erwischte? Oder der Vater! Der würde mich windelweich schlagen, wenn er mich mit seiner Tochter im Schlafsack erwischen würde. Die Wellen meiner Phantasie schlugen hoch. Gebranntes Kind scheut das Feuer. Das Risiko war mir zu groß. Conny schlüpfte enttäuscht aus ihren Schlafsack und sah mich traurig an. Nie wieder hatte sie mich zu irgendetwas Ähnlichem eingeladen.
Wenn Conny keine Zeit hatte, ging ich allein in den Tagebau. Die wilde Landschaft faszinierte mich. Hier strolchte ich gern durch die Gegend, ganz Naturkind, fast Indianer.
Das Leben der Indianer hatte mich schon immer interessiert. Dadurch kam ich auch zu Karl May,

hatte aber schon nach ein paar Seiten begriffen, dass ich das, was ich über sie wissen wollte, nicht in seinen Büchern finden würde. Es sollten auch noch vierzig Jahre vergehen, bis ich ein Buch über das Leben und der Mentalität des „Wahren Volkes" gefunden habe. Lucia Saint Clair Robson beschrieb in ihrem Buch „Die mit dem Wind reitet" die wahre Geschichte des weißen Mädchens Cynthia Ann Parker, die als Neunjährige mit ihrem Bruder zusammen von den Indianern geraubt und später von ihnen adoptiert wurde und dort aufwuchs. Sie lebte weit über dreißig Jahre bei ihnen, bis die Weißen sie von ihren „Entführrern" befreiten. Was das harte Leben in der Prärie über Jahrzehnte hinweg nicht schaffte, bewirkten Korsett, Stiefeletten und Reifröcke innerhalb einiger Dutzend Monate. Sie starb an gebrochenen Herzen in einem Blockhaus in Texas. Das Blockhaus dient heute als Museum und erzählt die Geschichte dieser mutigen Frau.

Der Tagebau wurde aufgeforstet, damit sich der lose Abraum allmählich wieder verfestigt. Er war so aufgelockert durch den Abbau, dass der Regen in ihn teilweise richtige kleine Schluchten hinein gewaschen hatte. Sie fingen als kleine Rinne an und wurden breiter und breiter. Ich bin einmal einer gefolgt. Was knietief begann, wurde zum Ende hin eine wahre Schlucht. Sie wand sich durch den Abraum und hinter der letzten Biegung lag ein kleiner See vor mir mit einem weißen Strand. Ich warf meine ganze Kleidung ab und schwamm auf diesen

See hinaus. Ein schwüler Sommertag, drückend heiß, aber bedeckter Himmel. Dieser See, in einer Talsenke verborgen, verschaffte mir Abkühlung. Das lauwarme Wasser auf dem Rücken, die Beine in den kälteren Sphären des Gewässers, die gewitterschwüle Luft und das Bewusstsein der unendlichen Einsamkeit waren unheimlich sinnlich. Dieses erregende Gefühl der grenzenlosen Freiheit, nackt, bar jeglicher Scham auf dem warmen weißen Strand masturbierend und im unendlichen Einklang mit der Natur zu sein, habe ich nie wieder erlebt.

8. Der Blumentopf

Wieder zuhause! Ich habe die ganze Fahrt durch geheult.

Während ich bei meiner Tante war, hatten mich meine Eltern zum Konfirmandenunterricht angemeldet. Mit der Erinnerung von der Feier meiner Schwester im Hinterkopf, und vor allen Dingen an die Geldbeträge, fiel mein Protest dagegen eher schwach aus.

Meine Mutter hatte jetzt eine neue Marotte. Sie streute Mehl in den Flur, wenn wir weg gingen, um zu sehen, ob jemand während unserer Abwesenheit die Wohnung betreten hatte. Ihr Verfolgungswahn ging so weit, dass sie mir verbot, mit auf Klassenfahrt zu gehen. Ich könnte ja von „denen" entführt werden. Ich vermute aber eher, dass sie vor meinem Vater verheimlichen wollte, die Fahrt nicht bezahlen zu können, weil sie von dem Geld die Kartenlegerin bezahlt hatte. Meine Mutter wurde nämlich von ihr erpresst. Sie muss ihr irgendwann von ihren Ängsten und der Werksspionage in Hannover erzählt haben. Jetzt nutzte dieses skrupellose Weib ihren Zustand eiskalt aus und ließ sich dafür bezahlen, dass die vermeintlichen Spione meine Mutter in Ruhe ließen.

Meine Mutter machte jetzt mit mir deshalb abends ab und zu einen Spaziergang, wie sie es nannte. Es war mehr so eine Art Botengang. Wir gingen schweigend bis zum Fitgerweg. Wo der im neunzig Gradwinkel abknickt, sind Garagen. Ein sehr düsterer Ort. Ganz an deren Ende, um die Ecke herum, stand ein kleiner umgestülpter Blumentopf auf einem abgebrochenen Stück Gehwegplatte. Darunter deponierte meine Mutter regelmäßig das Geld für die Erpresserin. Ich kannte die Frau. Sie war die Pflegemutter von einem Jungen aus der Modersohnstraße, den ich kannte. Etliche Jahre später sah ich sie wieder. Sie konnte mir nicht ins Gesicht sehen.

Jetzt gab es fast täglich Krach. Es war kein Geld im Haus, es gab immer das billigste zu Essen und wir konnten uns nicht einmal neue Kleidung leisten. Mein Vater fing an, meiner Mutter das Geld tageweise einzuteilen. Das nutzte aber auch nicht viel. Sie sparte es doch irgendwo ein und deponierte es nach wie vor unter dem Blumentopf. Überhaupt wurde ihr Verfolgungswahn schlimmer. Ich musste einmal miterleben, wie sie im Wäschezwinger eine Nachbarin unter Tränen bat, sie doch „dort" mitmachen zu lassen. Mit „dort" war die Spionageorganisation gemeint, die aber nur in ihrer Phantasie existierte. Die arme Nachbarin wusste überhaupt nicht, worum es ging. Irgendwann ging sie scheinbar auf die Bitte meiner Mutter ein und gab vor, die „zuständigen Herrn" mal zu fragen. Meine Mutter war glücklich und die Nachbarin suchte fluchtartig das Weite.
Ich wusste nie, was ich vorfinden würde, wenn ich nach Hause kam. Hatte sie gute Laune oder lag sie vom Baldrian beruhigt auf der Couch, oder, wovor

ich am meisten Angst hatte, hatte sie sich umge-
bracht? Nach der Sache mit den Pulsadern bin ich
nie wieder fröhlich von der Schule nach Hause gekommen. Wenn sich alle nach der letzten Stunde
freudig mit dem Rad auf den Heimweg machten,
brachte mich jede Umdrehung der Tretkurbel stetig
einem Zuhause näher, in dem vielleicht meine tote
Mutter lag.

Es war der sechste November neunzehnhundertsechsundsechzig, ein Sonntagabend. Der
übliche Streit war wieder im vollen Gange. Der
Fernseher war kaputt und es gab angeblich kein
Geld für die Reparatur. Meine Schwester hatte sich
in ihr Zimmer zurückgezogen. Meine Eltern fetzten
sich im Wohnzimmer, ich stand in der Küche und
machte mir mein Abendbrot. Ich hörte meinen Vater
sagen: „Komm rein, Gisela, das ist zu kalt da draußen, nur im Nachthemd". Mit meinem Wurstbrot in
der Hand ging ich in mein Zimmer, Schularbeiten
machen. Im Vorbeigehen sah ich noch durch die
offene Wohnzimmertür meine Mutter in ihrem rosa
Nachtgewand auf dem Balkon stehen. Mein Vater
stürmte wütend an mir vorbei und mit den Worten:
„Ach, mach doch, was du willst!" verschwand er in
der Küche. Ich setzte mich an meinen Tisch und
schlug das Mathebuch auf, als ich das Balkongitter
vibrieren hörte. Ein Geräusch, dass ich im Leben
nicht vergessen werde und mir auch jetzt, wo ich
diese Worte schreibe, in meinen Ohren klingt. Voller
böser Vorahnung sprang ich auf und rannte ins
Wohnzimmer. Mein Vater kam von der anderen Sei-

te, sich die Hände im Geschirrtuch abtrocknend, und drängte an mir vorbei. Meine Mutter hatte sich vom Balkon gestürzt. Sie lag zwei Stockwerke tiefer zwischen den flachen Büschen. Ich sah nur schemenhaft einen hellen Fleck da unten, der sich bewegte. Der Fleck stöhnte laut auf und fragte immer wieder: „Was ist los, was mache ich hier?" Mein Vater klingelte bei unseren Nachbarn Sturm und alarmierte von da aus den Rettungsdienst. Meine Schwester erschien erst jetzt auf der Bildfläche. Kreidebleich stand sie da, völlig apathisch. Ich brachte sie in ihr Zimmer und wir umarmten uns. Irgendwann klopfte es an der offenen Wohnungstür und zwei Polizeibeamte kamen herein. Sie wollten nur den Balkon sehen und waren auch bald wieder verschwunden. Nicht, ohne uns einen mitleidsvollen Blick geschenkt zu haben. Hätte ich ihnen sagen müssen, dass mein Vater es hätte verhindern können? Warum hatte er seine suizidgefährdete Ehefrau auf dem Balkon allein gelassen? War es eiskalte Berechnung?

Mein Vater nahm natürlich gleich Urlaub und fuhr jeden Tag ins Krankenhaus. Meine Mutter hatte sich das Becken und beide Beine gebrochen. Also keine unbedingt lebensbedrohlichen Verletzungen

Es war wie bei ihren anderen Selbstmordversuchen. Es wurde nicht über die Sache gesprochen und es gab keinen Trost. Ab und zu nahm meine Schwester mich in den Arm. Aber Trost, von dem ich ihn am meisten gebraucht hätte, von meinem Vater, habe ich nie bekommen.

Am Samstag darauf. Schulschluss. Wir hatten Englisch bei Herrn Fischer. Ich kam ich aus meinem Klassenzimmer. Mein Vater stand mit meiner Klassenlehrerin auf dem Flur und unterhielt sich mit ihr. Sie sah mich mitleidig an, die Hände vor der Brust gefaltet, wie eine Gottesanbeterin. Mein Vater trug einen schwarzen Schlips und Trauerflor. Mir wurde bang. Er hatte mich noch nie von der Schule abgeholt und Oma ist zwar im Sommer gestorben, aber so lange trug hier doch keiner Trauer. Nicht hier im Norden. Fräulein Evers machte eine leichte Bewegung mit der Hand, als wenn sie mir über den Kopf streichen wollte, unterließ es dann aber doch. Wir verabschiedeten uns und als wir draußen waren, fragte ich gleich: „Wie geht es Mutti?" Mein Vater sah nur stur geradeaus und antwortete: „Gut! Ja, jetzt geht`s ihr gut!" Mein Herz klumpte sich zusammen, meine böse Vorahnung blieb.

Ich saß am Wohnzimmertisch und machte Schularbeiten, als meine Schwester nach Hause kam. Sie ging gleich in die Küche, wo mein Vater schon die ganze Zeit rumhantierte und hörte sie kurz reden. Dann der Schrei meiner Schwester: „NEIIIIIIIIIIIIN!" Ich sprang auf, zusammengekrümmt vor Schmerz, eine heftige Kolik durchschüttelte mich, und ich schleppte mich in die Küche. Dort standen mein Vater und meiner Schwester, umarmt und tränenüberströmt. Sie nahmen mich in die Mitte und mein Vater sagte den legendären Satz, den ich ihm zeitlebens nicht verzeihen konnte, weil er ihn nie ein-

gehalten hat: „Jetzt müssen wir zusammenhalten!"
Meine böse Vorahnung ist bittere Wahrheit geworden. Meine Mutter ist am zwölften November neunzehnhundertsechsundsechzig um acht Uhr morgens gestorben. Die Ärzte sagten, es lag nicht an den Verletzungen. Es lag an ihrem fehlenden Lebenswillen. Sie wollte einfach nicht mehr. Eine skrupellose Kartenlegerin und ein liebloser Ehemann hatten mir meine Mutter genommen.
Mein Vater musste sich nun mit einem Beerdigungsinstitut in Verbindung setzten. Schwesterchen und ich sollten nach Eppendorf fahren, dem Opa Bescheid sagen. Ein nasskalter, nebeliger, trostloser Novembertag. Unser Großvater war weder zuhause, noch auf dem Land zu finden. Es wurde schon dunkel, als wir zurückfuhren. Im Nahverkehrszug nach Wilhelmsburg wurde mir die volle Bedeutung dieses Tages bewusst: ICH HATTE KEINE MUTTER MEHR!!! Erst fing ich nur leise an zu schluchzen, dann brach es aus mir heraus: „ ICH WILL ZU MEINER MUTTI, ICH WILL MEINE MUTTI WIEDERHABEN!" Die anderen Fahrgäste guckten schon, wer da so brüllte. Meine Schwester nahm mich gleich in den Arm und versuchte, mich zu trösten. An den Leuten vorbei, einige erklärende Worte, verständnisvolles, mitleidiges Nicken und wir standen an der Tür. Mit quietschenden Bremsen hielt der Zug und wir waren zurück. Zurück an dem Ort, wo es keine Mutter für uns mehr gab. Keine Mutter mehr und keine Liebe. Zurück in eine leere, kalte,

einsame Wohnung, zurück zu einem lieblosen Vater.

Meine Mutter wollte immer in unserem Heimatdorf begraben werden. So wurde sie verbrannt. Eine Überführung der Leiche ein kleines Vermögen gekostet hätte. Unserer Großmutter in meinem Heimatdorf wurde erzählt, dass meine Mutter von einem Lastwagen überfahren wurde. Die Wahrheit von dem Selbstmord ihrer Tochter hätte sie wohl nicht verkraftet. Bei der Trauerfeier durfte ich nicht dabei sein und auch nicht bei der Urnenbeisetzung. Sie fürchteten wohl einen ähnlichen Auftritt von mir, wie im Zug. Es wäre vielleicht besser gewesen, wenn ich persönlich mit dieser Situation konfrontiert gewesen wäre. Vielleicht hätte ich den Sarg sehen müssen, damit es endlich bis in mein Hirn vordringen würde: Deine Mutter ist tot! Sie kommt nicht mehr zurück. Früher hatte sie manchmal gedroht, wenn ich frech gewesen bin. „Ich geh weg und komme nie, nie wieder!" Jetzt kam sie nicht wieder. War ich zu frech gewesen? Hatte ich Schuld an ihrem Tod?

Von nun an wurde alles anders. Ich wurde in einem Kindertagesheim unten in Wilhelmsburg angemeldet. Es war ein Haus voller nerviger Kinder, unsensibel und laut. Ich fühlte mich absolut nicht wohl dort und zog mich immer mehr in mich zurück. Die Erzieherinnen kamen auch nicht an mich heran und gaben es schließlich auf. Meistens saß ich in irgendeiner Ecke und beschäftigte mich mit mir selbst. Am schlimmsten waren die Montage. Da wurde Advent gefeiert und Weihnachtslieder gesungen. Zum Glück war es immer sehr dunkel im Vorraum, wo die Adventsfeier stattfand. Ich schämte mich, so zu heulen.

Ab und zu nahm ich die anderen Kinder aber doch wahr und sah ihnen beim Spielen zu. Es muss derzeit eine Serie im Fernsehen gelaufen sein, die irgendetwas mit einem Fotoreporter zu tun gehabt haben muss. Da unser Fernseher bekanntlich kaputt war und wir außerdem in der Trauerzeit sowieso nicht hätten gucken dürfen, konnte ich nur ahnen, um was es da ging. Einige Jungs hatten sich geschickt aus einem Plastiksteckbaukasten Kameras nachgebaut, die nun ständig im Einsatz waren. Ich wurde in dieses Spiel aber nie involviert, legte aber auch keinen besonderen Wert darauf. Trotz meiner tiefen Trauer drangen aber doch manchmal einige komische Situationen zu mir durch. Eine Szene ist mir besonders in Erinnerung geblieben. Sie ist allerdings aus dem Zusammenhang gerissen, weil ich nicht alles mit verfolgt hatte. Die Akteure waren so zwischen elf und zwölf Jahre alt. Hier die Quintessenz:

Personen: 1. Mädchen   die Mutter
          2. Mädchen   die Tochter
          1 Junge   Freund der Tochter

Mutter: (hält eine Puppe hoch) Wem sein Kind ist das? Ich frage dich, wem sein Kind ist das?

Tochter:	Ich weiß es nicht. Gestern war es noch nicht hier!
Mutter:	Aber du musst doch wissen, wie das Kind hierhergekommen ist.
Tochter:	Das lag heute Morgen neben mir!
Mutter:	Dann ist das doch dein Kind, du blöde Kuh! Weißt du denn wenigstens, wer der Vater ist?
Tochter:	(weist auf den Jung): Das wird er wohl gewesen sein.
Junge:	Jau! Hose runter, Beine breit, ficken ist ne Kleinigkeit!

Wilhelmsburger Aufklärung!!!

Mit der Zeit verschwanden poe a poe die Sachen meiner Mutter. Ich wurde absolut übergangen. Dinge, die ich lieb gewonnen hatte oder aus sonstigen Gründen behalten wollte, wurden einfach weggeworfen. Mein Veto wurde abgetan mit: „Ach, was willst du mit dem Kram!" Rituale, die mir liebgeworden sind, gab es auch nicht mehr. Die Bravo wurde auch gestrichen. Eins von diesen Ritualen. Ich habe mich immer schon auf den Donnerstag gefreut. Da gab mir meine Mutter immer fünfzig Pfennig und ich dampfte ab, mir die neueste Ausgabe zu holen. Das war nun auch vorbei. Wir mussten sparen.

Richtige Trauerarbeit konnte ich nicht leisten. Alles, was persönlich mit meiner Mutter zu tun gehabt hatte, war irgendwann mal verschwunden. In mir entstand eine fixe Idee. Hatte unser Vater nach ihrem ersten Selbstmordversuch nicht ständig Sachen ins Krankenhaus gebracht? Ist sie danach nicht auch wieder gekommen? Hast Du ihren Sarg gesehen? Nein? Also ist sie auch nicht tot. Sie sagen das ja nur, weil sie so lange in ein Sanatorium muss, damit sie wieder gesund wird. Und damit ich sie nicht so vermisse, tischen sie dir diese Lüge auf. Sie lebt also. Und wenn sie lebt, kommt sie auch zurück. Ich beschloss, zu warten. Und ich beschloss, nicht älter zu werden. Alles sollte so bleiben, bis sie wieder da ist. Ich vernachlässigte die Schule, machte keine Hausaufgaben mehr und strolchte stattdessen nur noch in der Feldmark herum. Dort in der Natur fühlte ich mich noch immer am wohlsten. Ich wurde zum einsamen Wolf. Mit niemanden konnte ich über meine Trauer reden. Über meine Hoffnung, über meine Ängste.

Mein Vater sagte, er hätte alle Hände voll zu tun, um den Schaden, den die Erpresserin angerichtet hatte, wieder auszugleichen. Auch wenn ich ihm erzählt hätte, wo sie wohnt, was hätte er tun sollen? Wie hätten wir es beweisen können?

Weihnachten verlief traurig. Ohne Tannenbaum und Geschenke. Ich saß beim Schein einer Kerze in der Fensterbank und hing meinen Gedanken nach. Musik war verboten und ich hätte es auch als Sakrileg empfunden, innerhalb einer angemessenen Trauerzeit Radio oder Plattenspieler anzumachen. Mein Vaters: „Was sollen denn die Nachbarn denken!" war mir eher egal.

Mit der Schule ging es immer mehr bergab. Geschwänzt habe ich nie, aber meistens war ich nur körperlich anwesend. Zum Ende des Schuljahres, also zu Ostern, wurde befunden, dass ich die siebte Klasse noch mal machen sollte.

Meine neue Klassenlehrerin hieß Meyer. Gesine Meyer. Groß, Straßenköterblond und ein gebärfreudiges Becken, etwas altjüngferlich gekleidet, stand sie zur Begrüßung vor der Klasse. Ich vermute mal, dass wir ihre erste waren nach dem Studium. Sie trug eine leicht getönte Brille und stolzierte wie ein Storch, bedachtsam einen Schritt vor den andern setzend, im Becken leicht wiegend, vor der Klasse auf und ab. Dazu hielt sie die Arme leicht angewinkelt, eine Hand auf die andere gelegt, mit der Kreide in der rechten Hand, immer in Höhe ihres oberen Rockabschlusses. Ihren Spitznahmen hatte sie auch schnell weg. Sie unterzeichnete die Arbeiten immer mit Me. Und so wurde sie auch intern genannt. Me. Sie war streng, aber ungerecht. Dass sie gute Schüler bevorzugte, hatte ich schnell raus. Sie war absolut unfähig, einen interessanten Unterricht zu gestalten. Dummerweise hatten wir sie in fünf Fächern: Deutsch, Geographie, Geschichte, Mathematik und Geometrie. Deutsch und Geometrie lagen mir und da hatte ich auch keine Probleme. Aber bei den Fleißfächern haperte es. Was mir nicht so zu flog, hatte zu diesem Zeitpunkt keinen Platz in meinem verwirrten Gedankenfach. Auch Herr Fi-

scher war wieder für uns zuständig. Inklusive seiner
Mnemotechnik ging er mir weiter auf den Keks.
Mein Lieblingsfach war Physik. Frau Möglich, die
spätere Gattin unseres Turnlehrers Herrn Haase,
war eine sehr gute Lehrerin, die auch die nötige
Ruhe und Akkuratesse für die Versuchsaufbauten
mitbrachte. Sie bevorzugte keinen und half, im Gegenteil, jedem, der in ihrem Fach etwas schwächel-
te.
Wie die Chemielehrerin hieß, weiß ich heute nicht
mehr. Ich kann mich nur daran erinnern, dass sie
keiner mehr für richtig voll nahm, nachdem sie sich
auf den Boden geworfen hatte und wie blöd mit den
Fäusten auf die Dielen trommelte, weil ein Klassen-
kamerad eine total falsche Säureformel abgelassen
hatte.
Auch in dieser Klasse hatte ich keinen privaten Kontakt zu meinen Mitschülern. Obwohl es schon da ab
und an Bemühungen gab, mich zu integrieren. In
der Klasse vorher besuchte ich manchmal Rainer
Johannsen. Der interessierte sich für Radiotechnik.
Ich war sehr beeindruckt von seinem Wissen, fühlte
mich aber dadurch noch unscheinbarer und düm-
mer. In der Klasse gab es noch einen anderen Jungen, Norbert Pansa, der mich ab und an zu sich
nach Hause einlud. Er brachte mir das Schachspie-
len bei. Ich konnte das Angebot der Freundschaft
aber nicht annehmen. Ich dachte, ich wäre es nicht
wert, so nette Freunde zu haben. Denn auch sein
ein Jahr jüngerer Bruder Klaus, mit dem ich jetzt in
einer Klasse war, bemühte sich sehr, mich irgend-

wie zu mit einzubeziehen. Aber ich ließ niemanden an mich heran. Ich durfte auch niemanden mit hinauf nehmen in unsere Wohnung, wenn ich allein zu Haus war. Ab und zu brach ich das Verbot und ließ Dirk, einen Nachbarssohn, bei mir spielen. Wir bauten uns aus Lego Raumschiffe und die Kaffeemaschine war unsere Mondstation. Die Kaffeemaschine war eigentlich eine verchromte Espressomaschine und funktionierte mit Überdruck. Aber für meinen Vater war es eine Kaffeemaschine. Für mich eher eine Raumstation.

Meine Konfirmation stand an. Vom ganzen Konfa-Unterricht habe ich gerade mal knapp die Hälfte teilgenommen. Die letzte Unterrichtsstunde, als die Texte für die sogenannte Prüfung verteilt wurden, habe ich natürlich auch versäumt. Also bin ich zu unserem Pastor Lange gegangen und habe ihn um eine Bibelstelle für den Prüfungssonntag gebeten. Zum Glück hatte ich einen Bonus bei ihm, er konnte meine Schwester gut leiden, weil sie zu ihrer Konfirmationszeit so fleißig gewesen ist. Ich wurde also nur konfirmiert, weil der Pastor es nicht über das Herz brachte, meiner Schwester weh zu tun. Dennoch wollte er mir einen Denkzettel verpassen. Und der hieß: Der kleine Katechismus! Ich sollte den ganzen kleinen Katechismus auswendig lernen! Alle fünf Hauptstücke!

Die zehn Gebote
Das Glaubensbekenntnis
Das Vaterunser

Das Sakrament der heiligen Taufe
Das Sakrament des Altars oder das Heilige Abendmahl

Ich fing an zu lernen:
1: Gebot:
Ich bin der Herr, dein Gott. Du sollst keine anderen Götter haben neben mir!
Was ist das?
Wir sollen Gott über alle Dinge fürchten, lieben und vertrauen. Usw.

Am Sonntag zur Prüfung konnte ich nur drei der Hauptstücke auswendig und hoffte inständig, dass der Pastor mich nach angemessener Zeit unterbrechen würde. Alle anderen hatten nur drei- bis fünf Zeilen vorzutragen, mein Monolog würde fast fünf Minuten dauern. Das Gotteshaus war voll und die Gemeinde neugierig, wer sich heute wohl blamieren würde. Nach und nach kamen alle dran, nur ich nicht. Der Gottesdienst wurde beendet, ohne dass ich angehört wurde. Der Pastor hatte vergessen, mich für die Prüfung einzutragen, weil ich ja an dem Tag, wo die Prüfungsaufgaben verteilt wurden, nicht zum Konfirmandenunterricht erschienen war. Ich ging in die Sakristei, wo der Pastor sich gerade aus seinem Talar schälte, erklärte kurz, warum ich gekommen war und legte auch gleich los mit meinem Vortrag. Nach dem fünften Gebot winkte er ab: „Lass man gut sein, ich glaub dir auch so!" Innerlich triumphierte ich. Wie berechenbar die Pfaffen doch sind. Im Prinzip hätte ich mir noch etliche Seiten auswendig lernen sparen können. Hab ich mir doch schon vorher irgendwie gedacht, dass ich die Gemeinde bei der Prüfung nicht fünf Minuten lang mit meinem Geleiere langweilen müsste.

Also wurde ich am nächsten Sonntag konfirmiert. Es war so ganz anders, als bei meiner Schwester. Bei ihr war das Haus voll. Wir hatten so an die zwanzig Gäste und meine Mutter hat alles selbst gemacht. Sie hatte natürlich eine Küchenhilfe fürs Grobe, aber Kochen etc. lag in ihrer Hand. Zu meiner Konfirmation kam nur mein Opa aus Eppendorf. Da mein Vater ja sowieso nicht mit in den „Vaterunserschuppen" wollte, holte er ihn während dessen ab. Da wir mittlerweile im Besitz eines fahrbaren Untersatzes waren, einer BMW Isetta, brauchten sie nicht mit öffentlichen Verkehrsmitteln zu fahren, was im Februar ja auch nicht das Angenehmste ist. Mein Vater hatte als Achtzehnjähriger einen Motorradführerschein gemacht und es gibt da so eine Klausel in der StVO, dass Personen, die vor neunzehnhundertfünfundvierzig einen Motorradführerschein gemacht haben, befugt sind, einen geschlossenen Personenwagen bis zweihundertfünfzig Kubikzentimeter Hubraum zu führen. Das wäre so etwas gewesen, wie GOGO Mobil, Isetta oder Heinkel Kabinenroller. Gut, unsere Isetta war eine Dreihunderter, aber flugs das Typenschild von der Tür abmontiert und niemand sah den Unterschied. Wegen Zuschnellfahrens wurde meines Wissens noch keine dieser Knutschkugeln angehalten. Und außerdem

galt sie als heilig. Das lag an ihrer einzigen Tür, die sich vorne befand und nach oben aufschwang beim Öffnen. „Macht hoch die Tür, die Tor macht weit!" Das Festessen fand bei Sohre statt, einem Restaurant in Kirchdorf. Ich, in meinem neuen Konfirmandenanzug, dunkelblauer Nadelstreifen mit Zuchtmaiglöckchen in der Brusttasche und Seidenkrawatte, kein Wilhelm- Tell- Schlips, fühlte mich auch gleich viel erwachsener. Dieses erhabene Gefühl wurde aber binnen kürzester Zeit von einem dreisten Kellner und meiner Schwester brutal zerstört. Ich bestellte Forelle Müllerin Art und bekam Schnitzel Gärtnerin. Alle anderen wurden nett und höflich bedient, nur mir wurde der Teller quasi im Vorbeiflug auf den Tisch geknallt. Empört hob ich zwecks Reklamation den Arm, bekam aber sofort einen stechenden Schmerz an meinen Schienenbein und den vernichtenden Blick meiner Schwester zu spüren. Auf dem Rückweg in die Küche rief mir der Kellner, immer noch im eleganten Tiefflug, zu: „Forelle ist aus!" und verschwand hinter der Pendeltür. Das großzügige Trinkgeld meines Großvaters, deren Einladung wir genossen hatten, empfand ich als absolut überflüssig.
Ich hatte über fünfhundert Mark zur Konfirmation bekommen. Davon wollte mir ein Tonbandgerät kaufen. Mein Vater bestand aber auf ein Jugendzimmer. Und das sollte eben diese fünfhundert Mark kosten. Allerdings wollte er mir die Hälfte dazu geben. Ich freute mich. Der Rest würde doch noch für ein Tonbandgerät reichen. Leider habe ich das

restliche Geld nie gesehen. Er hat es einfach behalten.

Ich vermisste meine Mutter sehr. Besonders wenn ich allein zu Hause war. Alles erinnerte noch an sie. Manchmal drückte ich meine Nase tief in die Sofakissen, die sie bestickt hatte, um vielleicht noch etwas von ihrem Geruch aufzunehmen. Oder ich setzte mich in den Kleiderschrank, der noch so roch, wie früher, und träumte in der Dunkelheit, sie wäre irgendwo in einer Anstalt und es ginge ihr jetzt schon viel besser. An solchen Tagen machte ich mir auch oft in einer Schüssel Rührteig. Jedenfalls so etwas Ähnliches. Margarine und Mehl zusammengemischt, ein Ei und etwas Milch und viel Zucker. Wenn meine Mutter Kuchen gebacken hatte, durften wir Kinder immer die Schüssel auslecken. Der eine bekam den Rührlöffel, der andere die Schüssel. Mit dem Handmixer verrührte ich die Zutaten und aß anschließend alles auf. Ich hatte nie vor, die Pampe zu backen, hatte ich ja auch kein Backpulver dazu getan. Mir ging es ganz allein um dieses Ritual. Ich wollte damit den alten Zustand wieder herstellen, was mir natürlich nicht gelang. Mein Vater wunderte sich über den hohen Zuckerverbrauch und über meine ständigen Magenschmerzen. Den Schrei nach Liebe und Anerkennung hörte er nicht. Später habe ich das Teiggemisch noch mit Kaffeepulver verfeinert. Ein richtiges Aufputschmittel.

Die nächste Versetzung habe ich mit Ach und Krach geschafft. Ich ging jetzt in die achte Klasse.

Eines Nachmittags fragte Jürgen mich, ob ich mit in die Kirche komme, da gäbe es Dick und Doof. Ich vermittelte ihm per Stellung meines rechten Zeigefingers und dem Kontakt mit meiner Schläfe, was ich von seinem Geisteszustand hielt. Dick und Doof in der Kirche, wer hat denn so etwas schon gehört. Ich jedenfalls nicht! Allerdings stellte sich dann heraus, dass ich so einiges über die Kirche nicht wusste. Dank meiner eher sporadischen Anwesenheit beim Konfirmandenunterricht hatte ich auch nicht mitbekommen, dass es dort eine evangelische Jugendgruppe gibt, und dass sie sich jeden Mittwochabend in einem der Kirchenkeller trafen. So leierte ich meinem Alten fünfzig Pfennig aus den Rippen, die er auch ziemlich schnell rausrückte, als ich ihm den Zweck erklärte. Wusste er mich doch in guter Gesellschaft. Nebenbei bemerkt wurde unser Vater seit dem Tod meiner Mutter von uns nicht mehr als Vati tituliert, er war nur noch Daddy. Meine Schwester fing damit an, nachdem sie den Roman „Daddy Langbein" gelesen hatte. Ich übernahm das dankbar, brachte ich doch nach der Vernichtungsaktion der Sachen meiner Mutter das Wort Vati nicht mehr über die Lippen. Ich hatte mich seit dem sehr von ihm distanziert und ließ es ihn auch merken. Ansonsten war er zwischen uns Geschwistern nur der Alte. Finanziell schien es ihm besser zu gehen, was man ja an der Isetta sah. Er meinte, er hätte eine gewisse Zeit gebraucht, bis er alle Schulden bezahlt hatte, die meine Mutter durch die Erpresserin gemacht hatte. Wir haben allerdings nie hungern müssen. Aber, der Mensch lebt nicht vom Brot allein. Meine Mutter hat mir ab und zu mal eine Kleinigkeit vom Einkaufen mitgebracht, eine Wundertüte oder ähnliches. Mein Vater nie. Eines Samstags kam er von seiner wöchentlichen Einkaufsfahrt von Karstadt aus Harburg zurück, Mir fiel gleich eine kleine Reibe auf, die wie ein Kinderspielzeug für eine Puppenküche aussah. Meine Schwester hatte immer noch ihren kleinen Elektroherd im Keller stehen. Wir spielten früher oft damit. Nun glaubte ich, mein Vater hatte sich dessen erinnert und wollte mir damit eine Freude machen. Ich habe mich wie wahnsinnig gefreut, obwohl ich nicht viel Sinn in diesem Geschenk sah. War aber trotzdem zu tiefst ergriffen, dass er überhaupt mal an mich gedacht hatte. Sein: „Finger weg, das ist kein Spielzeug!" holte mich brutal auf den Boden der Tatsachen zurück. Dieses vermeintliche Spielzeug entpuppte sich als schnöde Muskatnussreibe.

In der Zeit des Sparens hatte Daddy sich angewöhnt, vom Einkaufen ein MilkyWay und eine Vanilleschnitte mitzubringen. Diese wurden akkurat in zwei gleich große Teile geteilt und nach dem Abendbrot gemeinsam vertilgt. Im Nachhinein bin ich über dieses Handeln entsetzt, habe ich doch nach dem Tod meines Vaters Aufzeichnungen gefunden, die besagen, dass er schon zum Zeitpunkt des Todes meiner Mutter mindestens zehntausend D- Mark auf dem Sparkonto gehabt haben muss.

Zur Verdeutlichung! Ein VW Käfer war damals
schon für unter fünftausend Mark zu bekommen.
Als mir bei der Haushaltsauflösung meines Vaters
sein Haushaltsbuch aus den sechziger Jahren in die
Hände fiel, erinnerte ich mich an eine Begebenheit,
die ich schon längst vergessen glaubte. Ich weiß
jetzt nicht mehr, ob es noch in Hannover oder schon
in Wilhelmsburg gewesen war. Eines Samstag-
abends hieß es, wir haben fünf richtige im Lotto. Die
Freude war groß, aber nur kurz. Unser Erzeuger
erklärte schnell, er hätte vergessen, den Schein
abzugeben. Dummerweise habe ich mit dem Haushaltsbuch auch alte Arbeits- und Mietverträge von
ihm gefunden. Mit einem Bruttogehalt von achthun-
dertachtzig Mark und einer Warmmiete von zwei-
hundertundvierzig Mark im Monat spart ein Famili-
envater keine zehntausend Mark an. Unmöglich! Er
hat seine Familie eiskalt um den Lottogewinn betro-
gen.
Meine Mutter hat zum Glück nie in ihrem Leben erfahren, wie viel Geld mein Vater gespart hatte. Irgendwann ist mir klar geworden, wie erniedrigend
es für sie gewesen sein muss, um jeden Pfennig zu
betteln. Sie selbst hatte ihre Ansprüche immer hinten angestellt. Auch ich habe immer geglaubt, wir
wären arm. Ich bin nie in einem Sportverein gewesen oder habe ein Instrument gelernt. Wenn ich so
etwas zur Sprache brachte, meinte mein Vater nur:
„Das ist doch alles nur ein Strohfeuer!" und damit
war für ihn die Sache erledigt.

So richtig in Urlaub sind wir auch nie gefahren. Nur einmal nach Hohenhausen zu seiner Tante Lina. Logisch! Da war ja Kost und Logis frei! Mein Vater hatte über die Mitfahrerzentrale einen Autofahrer gefunden, er uns mitnehmen konnte. In einem Karman Ghia! Einem Zwei- plus Zweisitzer! Der hatte hinten nur eine Art Notbank. Für uns Kinder war die dreistündige Fahrt dort hinten schon eine Tortur. Wie muss erst unsere Mutter gelitten haben, nur weil mein Vater zu geizig für eine Bahnfahrkarte war. Es schmerzt sehr, später zu erkennen, dass er es sich hätte spielend leisten können. Ich wollte diesen Satz erst anders formulieren. Nämlich, dass wir es uns hätten leisten können. Aber etwas sperrte sich in mir. Mir ist beim Schreiben plötzlich klar geworden, dass es für unseren Erzeuger in dieser Familie nie ein wir gegeben hat. Wir waren nur ein schnöder Kosten- Nutzenfaktor in seinem Budget. Oder es war seine stille Rache dafür, dass er meine Mutter heiraten musste.

Meine Schwester ging jetzt ihre eigenen Wege und kam meistens erst so gegen zehn Uhr abends nach Hause. Ab und zu brachte sie auch ausländische Freunde vom IOGT mit. Die Guttempler sind in über 60 Ländern aktiv. Sie sind politisch ungebunden, es gibt weder religiöse noch weltanschauliche Schranken, und sind daneben auch in der Entwicklungshilfe aktiv. Meine Schwester ist rein zufällig über die Jugendarbeit des IOGT zu ihnen gestoßen. Amir Khan, ein Großneffe des Aga Khan III, kam des Öfteren bei uns mal vorbei. Ich mochte ihn sehr. Einmal habe ich ihn, meine Schwester und noch einen Freund aus ihrer Clique über die Binnenalster gerudert. Das hatte ihn mächtig beeindruckt. Amir ist bei einem Attentat auf ihn und seine Familie mit seinem Auto in Pakistan in die Luft geflogen.

Durch Uschis Kontakt mit Ausländern bin ich schon recht früh ziemlich vorurteilsfrei gegenüber fremdländischen Personen aufgewachsen. Der IOGT ist nun mal international und auf der ganzen Welt Anlaufpunkt für junge Leute, die sich in fremden Ländern aufhalten. Meine Schwester hatte sich eigentlich nie politisch engagiert, obwohl sie, nach dem sie nach Frankfurt gezogen war, nach eigener Aussage manchmal heftige Debatten mit Daniel Cohn-Bendit geführt hatte, den sie kannte. Der war dort bei der SDS, dem Sozialistischen Deutschen Studentenbund und in der Spontiszene aktiv. Armer Cohn- Bendit. Ich weiß aus eigener Erfahrung, wie elegant meine Schwester einem das Wort im Munde umdrehen konnte.

9. Vera Cruz

Auf mein Drängen hin konnte ich endlich das Kindertagesheim wechseln. Allerdings durfte ich dort nur zu Mittag essen und sollte dann eigentlich nach Hause gehen. Es war das glatte Gegenteil von dem anderen. Erst mal schon äußerlich. Dieses Kindertagesheim Auf der Höhe ist in einem alten, reetgedeckten Bauernhaus untergebracht. Vorne waren die kleinen Kinder, die von Tante Helga betreut wurden. Sie war eine große Blondine, um die fünfunddreißig, mit einem leichten Touch ins Dralle. Später löste ich sie manchmal bei der Schlafwache ab, wenn die kleinen Kinder ihre Mittagsruhe halten mussten. Ich brauchte nur da zu sitzen und zu lesen. Hauptsache, es war eine Respektsperson anwesend, falls eins der Kinder aufwachte. Saß da jemand, drehten sich die meisten wieder um und schliefen weiter, oder sie fragten um Erlaubnis zum Pinkeln gehen. Mir war es recht, denn so durfte ich länger da bleiben und musste nicht sofort nach Hause gehen, wo sowieso niemand auf mich wartete.

Die Erzieherin unserer Gruppe war Schwanger und ging in den Mutterschaftsurlaub. Stattdessen übernahmen zwei neue junge Frauen die Gruppe der Jugendlichen. Die eine hieß Fräulein Kress und den Namen der anderen habe ich vergessen. Sie wohnten gemeinsam auf Zimmer in der Schlüterstraße. Wir wurden einmal von ihnen eingeladen und durften dort rauchen und Bier trinken. Ich benahm mich zur Erheiterung aller betrunkener, als ich wirklich war. Fräulein Kress und Freundin waren sehr moderne Erzieherinnen, allerdings etwas unerfahren. Um die Aggressionen unter den Jugendlichen in ihrer Gruppe abzubauen, organisierten sie ein Boxturnier. Aber von Gewichtsklassen hatten sie anscheinend noch nie etwas gehört. Sie teilten uns in Altersklassen ein. Und so kam es, dass ich gegen einen viel größeren Gegner antreten musste. Ich hatte keine Chance, Hänfling, der ich war. Fazit des Experiments, heulende Kinder und blutende Nasen. Solche Art Aggressionsabbau haben die beiden Damen nie wieder versucht.

Irgendwann kam mein alter Herr auf die Idee, selbstklebende Nadelfilzfließen für unsere Zimmer und den Flur zu kaufen. Ich suchte mir die Farben Rot und Gold aus und verlegte sie willkürlich. Mein Gott, was hat er sich aufgeregt. Ihm schwebte natürlich ein geordnetes Schachbrettmuster vor, nicht so ein Chaos. Aber im Flur ging er auch eigene Wege. Am Rand wurden grüne Fließen verlegt und mit den goldenen in der Mitte aufgefüllt, die in jede Tür abzweigten. Es sah sehr gut aus. Ungefähr so, als wenn in jedes Zimmer eine Straße abbiegen würde. Für Uschis Zimmer hatte er blaue Ware gekauft, aber nicht drauf geachtet, dass die Waffelrücken haben und nicht geklebt wurden. Zurückgeben wollte er sie nicht. So war mein Schwesterherz öfters mal damit beschäftigt, Teppichfließen zu ordnen, wenn die mal wieder verrutscht waren.

Das Tagesheim hatte eine modern eingestellte Leiterin. Ihr Äußeres eher streng und bieder, war sie aber pädagogisch voll auf der Höhe. Obwohl ich ja offiziell nur zum Mittagessen anwesend sein durfte, war ich, als armer Halbwaise, doch meistens länger geduldet. Insbesondere, wenn wir Jugendlichen für die kleineren Kinder Kaspertheater spielten und so die Tanten entlasteten, die sich dadurch mal eine Zigarettenpause gönnen konnten. Wussten sie ihre Zöglinge doch in guten Händen. Wir haben sogar einmal eine Karaoke-Show gemacht. Lange noch, bevor irgendjemand wusste, was das überhaupt ist. Ich bin extra noch schnell mit meinem Fahrrad nach Hause gefahren, um einen Trafo und andere Utensilien für die Bühnenbeleuchtung zu holen. Wir waren gefeierte Stars.

Wenn die anderen Kids sich im Büro abmeldeten, offiziell war ich ja schon gegangen, durften sie sich, sofern sie über vierzehn waren, vom Tagesheimgelände entfernen. Wir trafen uns immer bei der Pro am Bahnhof. Zur Erinnerung, so hieß in Hamburg der Konsum. Meistens fielen wir in dem Laden im Rudel ein. Unser Ziel war es, zwei Päckchen Kaugummi zu kaufen und mindesten ebenso viel Päckchen Zigaretten zu klauen. Erwischt wurden wir nie. Wahrscheinlich lag es an der Präsentation der Glimmstängel. Sie lagen frei zugänglich in einer Gondel, meistens so dreißig, vierzig Schachteln, im Kassenbereich. Man war eben damals noch etwas blauäugig in dieser Beziehung.

Einmal sind wir geschlossen zu einer Telefonzelle
an der Kirchdorfer Straße gezogen. Seit kurzem ein
Wallfahrtsort aller Pubertierenden in der Umgebung.
Irgendjemand hatte sich nämlich in der Telefonzelle
mit einem legendären Gedicht verewigt. Das galt
es, zu bestaunen.

Die Fotze ist kein Radio und spielt auch keine Lie-
der.
Sie ist nur ein Unterhaltungsspiel für steif gewordne
Glieder.

Wir kamen uns sehr verrucht vor, solchen Text zu
kennen.

Hin und wieder absolvierten angehende Kinderpfle-
ger- und innen ihr Praktikum in unserem Tagesheim. Einer hatte mich besonders beeindruckt. Wir
bauten gerade für die kleineren Kinder eine Burg in
der Sandkiste, als er sich zu uns gesellte. „Der Weg
zur Burg rauf geht immer links um den Berg herum!
So müssen die Angreifer den Verteidigern auf der
Burg immer ihre ungeschützte Seite darbieten,
wenn sie den Weg hoch kommen, " erklärte er uns
und erzählte noch andere spannende Sachen über
das Mittelalter. Einmal wurde ich von ihm ins Kino
eingeladen. Vera Cruz! Ein Film, den ich noch heute
liebe. Vorher waren wir noch zum Einkaufen im Supermarkt. Seit dem weiß ich, wie man sich aus dem
Deckel eines Joghurtbechers einen Löffel faltet. Alter Studententrick.

In den Sommerferien war ich wieder bei meiner Tante. Mulle hatte sich inzwischen eingewöhnt und war sterilisiert worden. Ich habe Conny wieder gesehen. Sie saß bei einem Discoabend in der Milchbar mit ihren Freundinnen an einem Tisch. Eine von ihnen machte sie auf mich aufmerksam. Conny warf nur einen kurzen Blick zu mir herüber, vertiefte sich dann wieder in ihr Gespräch. Sie trug jetzt eine Brille und ist pummeliger geworden, dafür aber jetzt mit den weiblichen Attributen ausgestattet, die ich vorher so an ihr vermisst hatte. Schade! Jetzt, wo ich mich wirklich für sie zu interessieren begann, stand ich schon auf dem Abstellgleis. Wir haben nie wieder miteinander gesprochen.

Das Mickymaus lesen im Bett meiner Tante mit meiner Cousine war auch passeé`. Meine Cousine wollte es angeblich nicht mehr. Ich glaube eher, dass meine Tante dahinter steckte. Sie traute uns anscheinend nicht. Pubertierende sind eben unberechenbar. Vielleicht hätte ich mich über meine Cousine her gemacht, wer weiß? Oder sie sich über mich? Wie gesagt, Pubertierende sind ja sooooo unberechenbar.

Ich war noch lange nicht bereit, das Warten auf meine Mutter aufzugeben. Obwohl ich es nach den Besuchen auf dem Friedhof in Westendorf eigentlich besser wissen sollte. Das Grab meiner Mutter, mein Großvater war ebenfalls dort beigesetzt, war immer wieder der Ort, wo ich mich besinnen konnte und mit ihr Zwiegespräche hielt. Mein Vater hat ihr Grab nie besucht.

Äußerlich veränderte mich die Pubertät natürlich auch. Aber sehr, sehr langsam. Ich wuchs zwar etwas und die Schultern wurden breiter, aber die unvermeidlichen männlichen Attribute blieben noch aus. Einerseits wollte ich ja Kind bleiben, wegen meiner Mutter, auf deren Rückkehr ich ja immer noch hoffte. Zum anderen merkte ich aber, wie sich meine Geschlechtsgenossen um mich herum veränderten. Neidisch war ich schon, als bei den Klassenkameraden der erste leichte Schatten in der Bartregion zu erahnen war. Beim Schwimmen mied ich es, mich mit den anderen umzuziehen. Beim Training zu einem Schwimmfest gelang es mir, ganz allein in der Umkleide zu sein. Ich stand völlig nackt da, als Werner hereinkam. Ich war verlegen und versuchte, meine kahlen Blößen zu bedecken. Aber das interessierte Werner, oder wie wir ihn in englischer Aussprache nannten, Wörner, gar nicht. Im Gegenteil! Fröhlich und völlig ungeniert ließ er seine Badehose fallen und tanzte lustig splitternackt durch die Gegend. Es schien ihm gar nichts aus zumachen, dass er mit seinen vierzehn Jahren auch noch keinerlei Schambehaarung aufweisen konnte. Auch die anderen, die nach und nach hereinkamen, fanden nichts außergewöhnlich daran. Der eine war eben mehr, der andere weniger entwickelt. Nur ich hatte da anscheinend meine Komplexe.

Stan Laurel und Oliver Hardy haben meinen Freundeskreis verändert. Ich ging jetzt jeden Mittwochabend von sieben bis neun in die Jugendgruppe. Chef dort war Kollex, der Diakon. Er war ziemlich autoritär, hielt die Gruppe aber zusammen. Bibelabende fanden weniger Anklang, als Filme oder Spiele. Aber im Großen und Ganzen fühlte ich mich dort wohl. Mein Vater wusste mich behütet im Schoße der Kirche und maulte deshalb nicht großartig rum, wenn ich mal eine halbe Stunde später nach Hause kam. Stellte ich doch wenigstens nichts an. Tagsüber konnte das auch mal anders sein. Dauernd gab es Ärger, weil wir mal wieder auf den Garagendächern spielten oder sonstigen Unfug angestellt hatten. Ich spielte oft mit den Kindern aus unserer Nachbarschaft. Das Gelände war ausgezeichnet dafür. Zwar war ich eigentlich zu alt für solche Cowboyspiele, die brachten aber Ablenkung für mich und ließen mich vorübergehend alle Sorgen vergessen. Mein Vater fragte mich abends: „Na, mal wieder Peng Peng gespielt?" Er schämte sich meiner. Sicher, im Grunde genommen wusste ich, dass mein Verhalten nicht altersgerecht war. Aber ich wartete noch immer auf meine Mutter und befand mich in einer Art seelischen Niemandsland. Neverland? Ich habe im Nachhinein lange Zeit gedacht, es wäre das Peter-Pan- Syndrom. Aber das gilt ja nur für Männer die nicht erwachsen werden wollen oder können. Ich war ja damals noch ein Kind. Vielleicht etwas länger, als die anderen, aber vielleicht habe ich gerade deshalb in mir etwas bewahrt, was andere schon längst verloren haben. Den Respekt vor anderen Menschen und deren Privatsphäre und eine große Portion Phantasie. Ich sehe den Splitter im Auge der andren, aber auch den Balken in meinem. Ich vergleiche mein Leben oft gerne mal als das mit von E.T.H. Hoffmanns Klein Zaches, genannt Zinnober. Allerdings im umgekehrten Sinne. Zinnober ist ein Wechselbalg, das auf seinen dürren Spinnenbeinchen nicht mal laufen kann. Sprechen klappt auch nicht. Stattdessen knurrt er wie ein Hund oder miaut wie eine Katze. Eines Tages stößt die gute Fee Rosabelverde am Waldesrand auf Klein Zaches und seine Mutter. Aus Mitleid kämmt sie ihm heimlich mit einem magischen Kamm den Schopf, der auch drei feuerrote Haare in sich birgt. Das Kämmen bewirkt, dass ihn alle Welt für einen hübschen, verständnisvollen Menschen hält, dem alle positiven Sachen, die in seiner näheren Umgebung geschehen, zugeschrieben werden. Er bringt es sogar bis zum Minister und soll Candidas heiraten, die Tochter des Naturwissenschaftlers Professor Terpin, die er dem Studenten Balthasar ausgespannt hatte. Rosaverde kommt mit ihrem alten Kontrahenten Prosper Alpanus in Streit und dabei zerbricht der magische Kamm, der Zinnober die Ausstrahlung gibt. Jetzt mussten ihm nur noch die drei roten Haare ausgerissen werden und der Zauber wäre gebannt. Das gelingt Prosper Alpanus auch bei der Verlobung und alle sehen jetzt Klein Zaches, wie er wirklich ist. Der aber flieht und in der Bühneninszenierung ertrinkt er in einem Pisspott.

Bei mir ist es nur genau umgekehrt. Wenn etwas Schlechtes in meiner Umgebung passiert, fällt gleich der Verdacht auf mich. Man traut mir alles zu. Ich war schon schwul, bi, Päderast und zu hässlich, um jemals eine Frau zu bekommen. Nur habe ich nie etwas davon mitbekommen. Ich hoffe nur, dass der Zauber eines Tages bricht, ohne dass ich in einem Pisspott ertrinken muss.

Meistens kam es abends beim Abwaschen zu einem Gespräch mit meinem Vater. Er wusch ab, ich trocknete das Geschirr. Es verlief, je nachdem, wie ich mich betragen hatte, mal ruhiger, mal lauter. Wenn wir dann richtig in Streit geraten sind, bin ich meistens in mein Zimmer geflüchtet. Was allerdings nichts nützte, da mein Erzeuger mit dem Geschirrtuch in der Hand und ständig wechselnden Küchenutensilien zwischen meinem Zimmer hin und her pendelte. Das war das, was ich am meisten an ihm hasste. Er war unendlich nachtragend. Nicht meine letzte Schandtat, was immer es auch gewesen sein mag, nein, alle Vergehen der letzten Jahre wurden mir unter die Nase gerieben. „Und dann hast du vor vier Wochen.... Und vor drei Monaten hast du..... Und letztes Jahr.....Meistens konterte ich: „Am Hamburger Brand war ich aber nicht Schuld und den dreißigjährigen Krieg habe ich auch nicht angezettelt und versuche nicht, mir auch noch die Sintflut unterzuschieben!" Ich konnte nicht einfach die Tür zu machen und sagen, lass mich in Ruhe. Dann würde sofort der Spruch kommen: „So lange du deine Füße unter meinen Tisch"....usw. Außerdem war er im Stande, jähzornig, wie er manchmal sein konnte, die Tür einzutreten.

Meine Schwester war für eine Woche bei meiner Tante und hatte dort einen Studenten kennen gelernt, Eckhard. Ein fescher junger Kerl, litt aber unter einer Schwäche der Lidmuskulatur, so dass er ständig den Kopf in den Nacken legen musste, wollte er etwas sehen, was außerhalb seines eingeschränkten Gesichtsfeldes lag. Er kam ab und an zu Besuch und ich wurde auf die Klappcouch ins Wohnzimmer umquartiert, damit er mein Zimmer benutzen konnte.
Er hat mir einmal eine Tracht Prügel erspart. Wir saßen zu viert auf dem Balkon, mein Vater hatte ihn eineinhalb Jahre nach dem Tod meiner Mutter wieder frei gegeben, als in der Feldmark ein Feuer ausbrach. Es war ein langer heißer Sommer und das Gras war knochentrocken. Die Brandursache war unklar. Wahrscheinlich Selbstentzündung. Als die Feuerwehr kam, wollte ich mir die Sache natürlich aus der Nähe ansehen. Mein Vater erstickte diesen Gedanken jedoch schon im Keim. Nach unten durfte ich, aber wehe, er sieht mich auch nur in der Nähe des Flächenbrandes, dann gäbe es richtigen Ärger. Ein eiliges „Ja, ja" und schon stürmte ich die Treppen runter. Verbotener Weise zwei Stufen auf einmal nehmend. Hakenschlagend, wie ein Ha-

se, und nach einigen Umwegen, erreichte ich irgendwann den Platz meines Interesses. Hatte ich mir doch schon auf dem Balkon ausgerechnet, dass mich niemand aus dreihundert Meter Entfernung erkennen würde. Ja mach nur einen Plan, sei nur ein großes Licht... Bei mir war an diesem Tag das Licht wohl nicht besonders helle. Irgendwie war mir in der Eile nicht gegenwärtig, was ich an dem Tag anhatte. Ich trug ein Nyltesthemd in einem so schreienden Grün, wie man es nur in den Sechzigern tragen konnte. Als ich nach Hause kam, öffnete Eckhart schon mit einem breiten Grinsen die Tür und auch meine Schwester schien außergewöhnlich vergnügt. Der Grund wurde mir klar, als ich mein Zimmer betrat. Es war Schadenfreude. Mein Vater saß nämlich schon an meinem Sekretär und trommelte mit den Fingern auf die Schreibplatte. Eine kurze, aber heftige Gardinenpredigt, bei dem nur am Rande angedeutet wurde, dass ich gerade eben nur knapp einer schmerzhaften Bestrafung entgangen bin, weil wir Besuch hatten. Der Abend war für mich gelaufen. Abendessen auf dem Zimmer.

Meine erste Klassenreise. Meine Mutter hatte bisher immer erfolgreich verhindert, dass ich an solchen Unternehmungen teilnehmen konnte. Was meiner sozialen Integration in die Klasse natürlich nicht sehr förderlich war. Trotzdem, es ging los. Mit Rucksack und Brotbeutel bepackt fuhren wir mit der S- Bahn nach Friedrichsruh. Auf den Spuren der alten Salzstraße von Lüneburg bis Lübeck. Die ersten Etappen, von Lüneburg nach Hamburg, ließen wir aber aus und wanderten nun quer durch den Sachsenwald nach Geesthacht. Rund elf Kilometer, davon etwa sieben durch den Wald. Eine ganz schöne Strecke für den ersten Tag. Am schlimmsten aber war die Pflastertreterei, als wir die letzten Kilometer an der Bundesstraße längs wanderten. Eine endlos lange Straße und mein Wasser war schon lange zu Ende. Bei einer Rast bat ich Me, ob ich bei einer Frau, die an einem Haus in der Nähe mit einem Gartenschlauch Gemüse wusch, nach Wasser fragen dürfe. Mit dem Argument, dass sie keine Bettelei dulde und wir außerdem sowieso gleich da wären, wurde die Bitte abgeschlagen. Ich war aber schon ziemlich dehydriert. Mir war klar, dass ich unbedingt Wasser brauchte. Deshalb musste Me ausgetrickst werden. Ich setzte mich zu einer größeren Gruppe, die etwas entfernt auf einer kleinen Anhöhe Platz genommen hatten. Da traf ich auf weitere Leidensgenossen. Wir beschlossen, etwas rumzualbern, um uns so allmählich aus dem Blickfeld unserer Sklaventreiberin entziehen zu können. Hinter dem Hügelchen lag das Haus mit der gemüsewaschenden Bäuerin. Unsere Taktik ging auf. Mit frischem Wasser aus dem Schlauch im Bauch und den aufgefüllten Flaschen gesellten wir uns beiläufig wieder zu den anderen. Me hatte anscheinend nichts bemerkt. Oder wollte es nicht. Jedenfalls erwies es sich, dass das „gleich da" ein Marsch quer durch Geesthacht war, eine lockere Stunde von unserem Rastplatz entfernt. Der Abend verlief eher ruhig mit Plumpsack und Zublinzeln und ähnlichen gruppendynamischen Spielen. Steckte doch die Tour noch zu sehr in unseren Knochen. Die Etappe am nächsten Tag nach Lauenburg war die kürzeste auf unserer Wanderung. In der Jugendherberge stellte sich heraus, dass alles überbucht war und wir mit vierzig anderen Schülern auf dem Dachboden übernachten mussten. Außerdem roch es dort eigentümlich. Ansonsten war die Tour eher langweilig, aber anstrengend. Mölln, Ratzeburg und von da aus mit dem Dampfer nach Lübeck. In Ratzeburg wurden zwei Mitschüler von ihren Eltern abgeholt, weil sie sich einen Magen-Darmvirus eingefangen hatten. Mich hatte er zum Glück erst nach der Klassenreise erwischt.

In Mölln natürlich die obligatorische Stadtbesichtigung. Buddenbrookhaus, Heiligen- Geisthospital, Dom und zu guter Letzt das Holstentor und darin die Folterkammer. Nach der Besichtigung der Schreckenskammer standen wir noch vor dem Tor herum und ich lehnte mich mit der Hand gegen dieses historische Gemäuer. Prompt schiss mir eine Lübecker Taube auf die Hand. Das schadenfreudige Gelächter meiner Klassenkameraden klang noch lange nach in meinen Ohren. Ich kompensierte meine Schmach, in dem ich die zehn Mark, um die ich meinen Vater schriftlich gebeten hatte und die auch rechtzeitig in der Lübecker Jugendherberge parat lagen, restlos auf dem Bahnhof für Andenken und Süßigkeiten ausgab. Der Empfang zu Hause war eher beiläufig. Vermisst hat man mich wohl nicht all zu sehr.

Meine Schwester und ich konnten uns zoffen bis aufs Blut. Wenn aber unser Vater sich einmischen wollte, waren wir uns einig: DAS GEHT DICH NICHTS AN! Im Prinzip vertrugen wir uns aber doch ganz gut. Hörten zusammen Schallplatten oder saßen zusammen in der Fensterbank und sangen Volkslieder. Wir haben sogar einmal eine Radtour zusammen gemacht. Wir wollten die alte Salzstraße nachfahren, die ich mit der Klasse gewandert bin. Unser sparsamer Vater hatte uns für die Tour ganze fünfzig Mark mit gegeben. Schon in Mölln ging uns das Geld aus und wir versuchten bei strömenden Regen die fast sechzig Kilometer zurück nach Hause zu fahren. Durchnässt und verfroren machten wir in einem kleinen Imbiss unterwegs Rast und gaben unser letztes Geld für eine Suppe aus. Wohlgemerkt! Für eine. So pleite waren wir. Zu unserem Glück saßen zwei Dachdecker am Nebentisch. Sie sollten eigentlich das Dach teeren, was aber aus meteorologischen Gründen an dem Tag nicht möglich war. Sie beschlossen, noch eine halbe Stunde zu warten. Wenn es dann noch regnen würde, wollten sie zurück nach Hamburg fahren. Irgendwie sind wir mit ihnen ins Gespräch gekommen und sie nahmen uns in ihren VW- Bus bis zum Berliner Tor mit. Von da an waren es nur noch knapp acht Kilometer nach Hause. Im Bus bin ich vor Erschöpfung eingeschlafen, so hatte mich der Regentrip mitgenommen. In Hamburg war es zwar auch bewölkt, aber trocken. Die letzte Etappe war fast eine Erholung, im Gegensatz zu der Regentour am Morgen.

Die Selbstmordversuche meiner Mutter scheinen doch tiefer gesessen zu haben, als mir bewusst war. Ich erwischte mich immer wieder dabei, wie ich meine Schwester oder meinen Vater beobachtete, ob sie noch atmen, wenn mein Vater auf dem Sofa lag und eingenickt war, oder Uschi mal Siesta machte in ihrem Zimmer. Und wenn mein alter Herr mal wieder stundenlang im Keller bastelte und schraubte, ging ich manchmal hinunter mit der Angst im Nacken, dass er sich aufgehängt hatte. Als Oktober zweitausenddrei der Anruf aus dem Krankenhaus kam, dass es mit meiner krebskranken Schwester zu Ende ginge, bin ich sofort hingefahren. Sie hatte durch ihr krankes Herz die letzten Tage vor ihrem Tod sehr große Atemnot gehabt und atmete deshalb immer nur kurz und stoßweise. Als ich ihr Krankenzimmer betrat, sah ich schon von der Tür aus, dass ich zu spät kam. Ihr Brustkorb hob und senkte sich nicht mehr.

Die Beziehung zwischen meiner Schwester und mir ist schwierig zu beschreiben. Mal waren wir ein Herz und eine Seele, Minuten später konnten wir uns bis aufs Blut zoffen. Meine Schwester war überall sehr beliebt. Immer nett, immer höflich, immer fröhlich. Aber ihre Launen ließ sie auch öfter mal auch zuhause aus. Und dann meistens an mir.

Sie war sehr geschickt darin, einen Streit anzuleiern, wusste sie doch ganz genau, womit sie mich auf die Palme bringen konnte. Das machte sie so gekonnt, bis ich Rot sah, um dann hinterher zu behaupten, ich wäre Aufsässig.

Einmal hatten wir einem äußerst heftigen Streit um einen schnöden Filzstift, den ich mir von ihr ausleihen wollte, sie ihn aber partout nicht herausrückte, obwohl sie ihn doch gerade nicht benutzte. Da habe ich mir in meinem grenzenlosen Zorn so gegen siebzehn Uhr mein Rad geschnappt und wollte zu meiner Tante in mein Heimatdorf fahren. Nur weg von Zuhause. Die zweihundertsechzig Kilometer haben mich nicht geschreckt in meiner Wut. Schlafen wollte ich in irgendeinem Hauseingang. Es war ja schließlich Sommer. Nach vier Stunden Strampelns wurde ich kurz vor Winsen von der Polizei aufgegriffen. Ein Tankwart hatte sie informiert, bei dem ich auf der Tankstelle um Wasser gebeten hatte. Weil ich so atemlos war und so durchgeschwitzt, kam ihm meine Antwort auf seine Frage, wohin ich den wolle, spanisch vor. Ich habe ihm vorgelogen, dass ich nach Lüneburg will zu meiner Tante. Dummerweise dämmerte es schon gewaltig und bis nach Lüneburg waren es noch knapp zwanzig Kilometer. Ein netter Polizeibeamter, von dessen Frau ich noch bei ihm zu Hause Abendessen bekam, zwängte mein Rad in seinen VW- Käfer und fuhr mich nach Wilhelmsburg zurück. Er wechselte noch ein paar ernste Worte mit meinem Vater und fuhr dann winkend davon. Mein Vater hielt sich bedeckt

und über die Sache wurde nie ein Wort verloren.
Weder von ihm, noch von meiner Schwester.

Irgendwie habe ich mich mit Ralph angefreundet.
Unser kleiner Kräftevergleich in der Hauptschule
war hier in der Realschule schon längst vergessen.
Ralphs Familie wohnte ausgerechnet im Fitgerweg,
an den ich so unangenehme Erinnerungen habe.
Um nicht immer an den Garagen vorbei zu müssen,
sprang ich lieber hinter dem A&O- Laden über den
Graben und kürzte so den Weg ab. Ralph hatte ein
kleines Zimmer, das gerade Platz genug bot für eine Liege und einen Schreibtisch. Er besaß ein Tonbandgerät. Ein Grundig TK 140. Mein Traum. Und
er mochte John Mayall, einen Gitarristen. Ich war
für Blues noch nicht bereit, fand die Musik aber
doch erträglich. Ralphs Eltern hatten ein Wochen-
endhaus in der Nähe von Bienenbüttel. Ich bin einmal mitgefahren im Winter. Eine schöne Hütte im
Blockhausstil. Es war nur ein Kontrollbesuch und
deshalb brachen wir auch bald wieder auf. Auch der
Kälte wegen. Anschließend haben noch in einem
schönen alten Bauernhaus bei einer noch älteren
Dame Kaffee getrunken und leckeren selbstgeba-
ckenen Butterkuchen gegessen. Der Ausblick aus
dem Wohnzimmerfenster des Hauses war grandios.
Man sah direkt auf einen schneebedeckten Hügel.
In der Dämmerung zogen ein paar Rehe Nahrung
suchend über die Anhöhe, während eine fahle rote
Wintersonne hinter dem Wald versank. Der Kaf-
feeduft, das Feuer bullerte im Ofen, das Zwielicht

der Winterdämmerung, das war alles so anheimelnd und beruhigend. Es war ein wirklich schöner Ausklang dieses frostigen Wintertages und hätte ich nicht vergessen, meinem Alten Bescheid zusagen, dass ich wegfahre, hätte er weniger laut geendet, als ich nach Hause kam.
Irgendwann langweilte sich Ralph in der Datscha. Er dingte sich aus, zu Hause bleiben zu dürfen, wenn er es für richtig hielt. Seine Eltern bewiesen Vertrauen und von jetzt an nahm er nicht mehr jedem Samstag an dem kollektiven Familienwochenende teil.

Meine Leistungen in der Schule hielten sich in Grenzen. Nach einer heftigen Debatte mit meinem Alten über meine Einstellung dieser Institution gegenüber und im Allgemeinen über meine Zukunft, beschloss ich ein neues Leben anzufangen. Symbolisch für diesen Schritt warf ich meine ganzen Matchboxautos in den Müll. Außerdem wollte ich in der Schule mehr leisten. Dummerweise zum falschen Zeitpunkt, wie sich später herausstellen sollte. In Mathe waren gerade Gleichungen angesagt. Völlig unvorbereitet traf mich die Klassenarbeit, hatte ich doch mal wieder nicht zu gehört. Ein Blick auf die Aufgaben ließen mich schon meine nächste Zensur erahnen. Da fiel mir zum Glück der Leitfaden ein, den uns die Me für Gleichungen mitgegeben hatte: Was du links tust, musst du auch rechts tun! Ich klammerte mich an diesen Strohhalm und hangelte mich irgendwie an ihm entlang. Nach einer endlos langen Zeit und dem eigenartigen Gefühl, heute ausnahmsweise mal nicht alles falsch gemacht zu haben, gab ich die Klassenarbeit ab. Am nächsten Tag zu Beginn einer großen Pause kam Me mit einer Kollegin herein. Frau Knüppel war auch Mathelehrerin und kam mit als Schützenhilfe. Ich sollte die Aufgaben der Klassenarbeit noch einmal mit ihnen durchrechnen. Sie schrieben eine an die Tafel und ich sollte sie ausrechnen und dabei erklären, was ich gerade tue. Es war wie eine Inquisition. Die beiden Lehrerinnen versuchten mir, ihre Rechenwege aufzuzwingen. Ich wollte aber meinem Rechenweg nachgehen, so, wie ich die Aufgabe verstanden hatte. Doch die beiden Damen ließen mich nicht und brachten mich mit ihren Fragen vollkommen durcheinander. Hätten sie mir meine Arbeit vorgelegt, bin ich mir sicher, hätte ich ihnen meine Gedankengänge und Rechenaktionen ohne weiteres darlegen können. Ins besondere, da bei Gleichungen ja hinter dem Arbeitsstrich die Rechenschritte auf der rechten Heftseite schriftlich niedergelegt werden. Stattdessen wurde ich hier total verunsichert und in die Mangel genommen. Einen Tag später erhielt ich meine Arbeit zurück. Sechs! Auf meine Nachfrage, warum, da ja doch viele der Lösungen richtig waren, wurde ich des Abschreibens bezichtigt. Auf meine nächste Frage, auf das Wie, konnte mir Me keine konkrete Antwort geben. Ich saß unmittelbar vor ihrem Pult, spicken fiel also von vorn herein aus. Anne, die rechts neben mir saß, hatte gerade noch eine Vier, die kam also auch nicht in Frage, da ich bei den entscheidenden Aufgaben ja auch ihre Fehler mit übernommen hätte. Links war der Gang. Direkt vor dem Lehrerpult sich über den Gang hinweg zu beugen wäre so augenscheinlich gewesen, dass Me das Heft gleich konfisziert hätte. Egal, ich hätte abgeschrieben, wie auch immer. Nietzsche! Gib einem kleinen Wicht etwas Macht, und ich schwöre dir, er wird sie missbrauchen.

Ich fühlte mich absolut ungerecht behandelt. Nun gibt man all seine Energie, um den Einstieg wieder zu finden, hangelt sich getreu an einem Leitsatz entlang und dann wird einem so gewaltig vor den Koffer geschissen? Nicht mit mir, liebe Me! Nicht mit mir. Von jetzt an verweigerte ich jegliche Mitarbeit in ihrem Unterricht. Demonstrativ malte ich nur noch feuerspeiende Kampfflugzeuge in meine Ringbuchkladde. Hausaufgaben interessierten mich gar nicht mehr. Me muss meine Ablehnung ihr gegenüber gespürt haben. Bei anderen Lehrern war ich ja wenigstens halbwegs aktiv und arbeitete mit. Bis auf Englisch.

Knapp einen Monat nach der Mathe- Klausur stand in Deutsch ein Aufsatz an. Das Thema: Wer im Glashaus sitzt soll nicht mit Steinen werfen. Am Montag gab es die Arbeit zurück. „Thema verfehlt! 1 Me" stand in roter Tinte groß drunter geschrieben. Auf meine Frage hin erklärte sie mir, dass ja auch der Stil und die Flüssigkeit des Erzählens bewertet werden. Ob das nun ein Wiedergutmachungsversuch wegen der Mathe- Arbeit gewesen sein sollte, oder der Aufsatz wirklich so gut war, kann ich heute nicht mehr beurteilen.

Ich sperrte mich weiterhin. Nur Geometrie ließ mich nicht kalt. Da konnte mir kaum einer etwas vormachen. Es hatte etwas Faszinierendes für mich, mit Figuren und Winkeln zu hantieren. Selbst die mathematischen Seiten dieses Fachs waren für mich nachvollziehbar, da ich ja sehen konnte, was ich zu berechnen hatte. Kaum eine Arbeit bekam ich schlechter als zwei zurück. Darstellende Geometrie hatte mir bei meiner Prüfung zum Technischen Zeichen den Notendurchschnitt von 2,5 gerettet, weil ich in Mathe immer noch nicht sehr firm bin.

Im Englischen bin ich abgefallen. Seit der Begegnung mit einem Ponyhuf und danach mit Herrn Fischer hatte ich schlechte Karten. Und das kam so: An einem Herbsttag stand ich auf der Ponykoppel und verfütterte altes Brot. Sternchen, eine kleine, aber aggressive Shetlandstute, stand unmittelbar vor mir, als ich aus Versehen ein Stück Brot fallen ließ. Ich bückte mich gerade, um es auf zu heben, als sie ihre Besitzansprüche anmeldete und sofort nach allen Richtungen hin auskeilte. Dummerweise auch in meine. Als ich wieder zu mir kam, hatte ich ein geschwollenes Jochbein und Kopfschmerzen. Am nächsten Tag fragte mich Herr Fischer, was ich denn mit meinem Gesicht gemacht hätte und ich antwortete wahrheitsgetreu, mich hat ein Pferd getreten. Mein Lehrer kniff die Lippen zusammen, warf den Kopf in den Nacken und stürmte an mir vorbei in die Klasse. Er fühlte sich von mit verarscht. Von nun an lauerte er immer darauf, dass ich nicht aufpasste. Das kam leider etwas häufiger vor und das wusste er. Ich wurde jetzt öfter von ihm dran genommen und immer, wenn ich etwas nicht wusste, benotete er die mündliche Teilnahme mit Vier oder Fünf. So kam es, dass ich von einer Drei innerhalb eines Halbjahres auf eine Vier absackte und mit der gleichen perfiden Methode stand ich bald darauf in Englisch auf fünf. Nietzsche lässt grüßen. Dabei hätte ein kurzes Nachfragen, wie das denn mit dem Pferd gemeint wäre, alle Unklarheiten aus dem Weg geräumt. Wie ich im Nachhinein gehört habe, war ich aber nicht sein einziges Opfer. Auch andere Schüler hatten unter seinen fiesen Methoden zu leiden gehabt. Als gläubiger Mensch habe ich heute die stille Hoffnung, dass er jetzt im Fegefeuer sitzt und langsam auf kleiner Flamme vor sich hin schmort. Hoffentlich mit Me zusammen.

Allmählich weihnachtete es und ich wollte, dass wir dieses Jahr wieder einen Tannenbaum haben. Mein Vater machte keine Anstalten, so eine „Hallelujastaude" zu besorgen. Heilig Abend kam. Er fiel neunzehnhundertsiebenundsechzig auf einen Sonntag und wir hatten keinen Tannenbaum. Stocksauer nahm ich das Damenrad meines Erzeugers und einen Strick, damit ich den Baum zusammenbinden konnte, den ich kaufen wollte. Ich hatte nur einen dünnen Anorak und keine Handschuhe, hoffte aber doch noch in der Veringstraße oder am Stübenplatz

einen Tannenbaumverkäufer zu finden. Aber, Nase!
Es herrschte ein leichter, ungemütlicher Nieselre-
gen und keine Menschenseele war bei dem Wetter
mehr unterwegs. Ich entschloss mich, trotz durch-
nässten Anoraks und klammen Fingern, zum
Fischmarkt zu fahren. Frierend und zitternd erstand
ich dort eine fast drei Meter hohe Fichte. Die Verkäufer halfen mir noch, das Teil einzuwickeln und
ich klemmte mir den Baum in Längsrichtung auf den
Gepäckträger, den Stamm unter dem Sattel verkeilt.
Durch den alten Elbtunnel, den Freihafen, am Wilhelmsburger Bunker vorbei, den Bahnhofsberg
hoch, es waren die längsten zehn Kilometer meines
Lebens. Heulend, bis auf die Knochen durchgefroren und nass bis auf die Haut, ließ ich das Fahrrad
vor der Haustür nur noch fallen. Mit einem „Dein
Scheiß Fahrrad kannst du selber in den Keller bringen!" stürmte ich an meinem Vater vorbei ins Badezimmer, um mir sofort Wasser in die Wanne einzu-
lassen. Nach einem ausgiebigen, extrem heißen
Bad stellte ich befriedigt fest, dass mein Vater sich
schon daran gemacht hatte, den Baum zu kürzen
und den Ständer anzubringen. Seit diesem Abenteuer habe ich in den nächsten Jahren immer rechtzeitig dafür gesorgt, dass wir einen Tannenbaum zu
Weihnachten haben. Am Abend kam der Opa mit
einer Taxe und brachte uns seinen alten Fernseher
vorbei.
Am zweiten Weihnachtstag bin ich in unser Heimatdorf gefahren. Mein Vater wollte zu Sylvester nach-
kommen. Meine Schwester kam dann auch aus

Frankfurt. Ich habe dann noch einmal von meiner Tante und meinem Onkel Geschenke bekommen. Einen Nicki und ein Plastikmodellbausatz einer Noratlas, einem Transportflugzeug der Bundeswehr. Das war mir sehr peinlich, weil ich ja schon zu Weihnachten teure Geschenke von ihnen bekommen hatte. Dass ich damit den Neid meiner Cousine und meines Cousins auf mich ziehe, hatte meine Tante nicht bedacht. Sie hätte es ja doch nicht wieder gut machen können, dass ich durch ihre Schuld zu früh geboren wurde. Ich trage es ihr aber auch nicht nach. Sie konnte es ja damals nicht ahnen, was ihre unbedachten Worte anrichten würden. Hätte sie es gewusst, wären ihr und mir einige Sachen erspart geblieben. Ihr auf jeden Fall zeitlebens ein schlechtes Gewissen.

Ich freute mich schon auf den Jahreswechsel. Wir wollten im Elternhaus von der Verlobten meines Cousins feiern. Ohne die alten Leute. Dass mein Cousin mit seinen Freunden einen Komplott gegen mich ausgeheckt hatte, ahnte ich nicht. Wahrscheinlich war ich, als kleinster und jüngster in der Runde, den anderen lästig. Jedenfalls fing Trecker an, der beste Kumpel meines Cousins, mit mir Brüderschaft trinken zu wollen. Ich fühlte mich geehrt und kippte also den Kirschwhiskey hinunter. Jetzt wollten sich auf einmal alle mit mir verbrüdern. Mit dem Ergebnis, dass ich nach dem zehnten Kirschwhiskey anfing zu Kotzen und die Verlobte meines Cousins, die übrigens auch Uschi heißt, mich ins Bett brachte. Sie war es auch, die meine vollgekotzten Klamotten mitten in der Nacht gewaschen und über der Heizung gehängt hatte. Mehr als Selbstschutz, als aus Nächstenliebe, wie mir später bewusst geworden ist. Hätten nämlich die Alten davon Wind bekommen, dass sie einen vierzehnjährigen Jungen abgefüllt hatten, hätte das Donnerwetter dreingeschlagen. Und das nicht zu knapp. Und ich habe aus Scham geschwiegen. Neunzehnhundertachtundsechzig kam und ich sah keinen Anlass, mein Verhalten zu verändern. Immer noch in der Warteschleife auf meine Mutter, immer noch ließ ich keine Ermahnungen an mich heran.

Der vergebliche Versuch meines Vaters, mir Mathe-Nachhilfeunterricht zu geben, dauerte etwa fünf Minuten. So lange dauerte es im Schnitt immer, bis er die Geduld verlor und zu toben anfing. Was ihm als Arbeitsvorbereiter, der den ganzen Tag nichts anderes tat, als komplizierte Rechnungen auszuführen, logisch und nachvollziehbar war, waren für mich keine Böhmischen Dörfer, es waren Böhmische Metropolen. Ich fand es aber immer wieder interessant, mit anzusehen, wie prall die Zornesadern an seinen Schläfen werden konnten, ohne zu platzen.

Mein Treffpunkt mit anderen Jugendlichen, außerhalb der Kirchengruppe, war nach wie vor der Ponyhof. Im Stall saßen wir auf der Futterkiste und taten das, was Teenager in dem Alter eben tun, abhängen. Gilbert hatte irgendwann mal Zigaretten

mitgebracht. Mehr oder weniger gewöhnte ich mir das Rauchen an. Mein Alter qualmte, meine Schwester qualmte, es fiel nie auf, dass ich nach Rauch roch. Die Drohung meines Vaters: „Wenn ich dich mit einer Zigarette erwische, hau ich dir so aufs Maul, dass sie hinten wieder raus kommt!" nahm ich nicht sonderlich ernst. Es war aber doch ein interessanter Aspekt. Kann man bei einem Jugendlichen auf diese Art verhindern, dass er raucht, oder veranlasst man ihn eher dazu, noch trickreicher vorzugehen? Ich entschied mich für das Letztere. Die Zigaretten wurden in Keller unter einem Waschbecken versteckt und das Feuerzeug unter dem Fahrradsattel festgeklemmt. Meine Anwandlung, neuerdings abends spazieren zu gehen, hielt meine Restfamilie für eine pubertäre Erscheinung, die vorüber gehen würde. Ich wollte lediglich eine letzte Zigarette rauchen. Da ich meinen Vater aber nicht traute, schlug ich Haken und bevorzugte lange gerade Wege, die übersichtlich waren. So konnte ich sehen, ob er mir folgte. Ein Relikt aus den Zeiten des Verfolgungswahns, den meine Mutter auf mich übertragen hatte? Meine Spaziergänge endeten immer gleich. In irgendeinem Kelleraufgang oder einer Toreinfahrt rauchte ich noch einmal und schlenderte dann langsam nach Hause.
Ich bekam nie regelmäßig Taschengeld, konnte mir aber immer etwas verdienen, indem ich Altpapier wegfuhr. Wir hatten das Abendblatt abonniert und da sammelte sich mit der Zeit einiges an. Das lohnte sich zwar erst nach zwei bis drei Monaten und

war eine Heidenschinderei. Aber dafür brachte diese Aktion meistens so um die zehn bis fünfzehn Mark ein. Eine Schachtel Zigaretten mit zehn Stück kostete eine Mark und reichte meistens vier Tage. Ich rauchte ja nur ab und zu und dann auch mal im Ponystall beim kollektiven Abhängen. Da staubte ich aber meistens ab. Deshalb reichte das Geld auch einige Zeit, wenn ich sparsam war.

Marina, die Tochter des Ponybesitzers, hatte mir eines Tages, als ihre Eltern nicht zuhause waren, ihren neuen Kassettenrecorder gezeigt und Chris Andrews „To whome in concern" vorgespielt. Weil sie noch weg wollte ging sie in ihr Zimmer, um sich umzuziehen. Nach ein paar Minuten erschien sie wieder, nur mit weißem Slip, BH und Strapsen bekleidet. Lasziv zog sie sich in der Küche vor mir ihre schwarzen Nylons an und musste über meine Verlegenheit lächeln. Heute finde ich, die ganze Szene hatte eine gewisse Ähnlichkeit mit der „Reifeprüfung" mit Dustin Hoffman.

Die Sommerferien verbrachte ich wie immer bei meiner Tante. Diesmal war es eher langweilig. Meine Cousine ging ihre eigenen Wege und ich hing mit den Nachbarskindern ab. Mein Cousin bekam sein erstes Auto. Einen grünen VW- Käfer. Irgendwann ließ ich mal die Bemerkung fallen, dass ich gerne mal in den Wald fahren würde. Eigentlich nur so eine Idee. Umso erstaunter war ich, als am Freitagabend mein Cousin und seine Verlobte mich abholen kamen. „In den Wald!" war die lakonische Antwort auf die Frage meiner Tante, wo wir denn noch so spät hin wollten. Die schüttelte nur ihren Kopf und winkte ab. „Macht doch, was ihr wollt!" Der Wald stellte sich dann als Waldschlösschen heraus, ein Ausflugslokal im Elm. Mein Cousin bestellte mir Kirschwein. Ein schweres süßes Getränk und unheimlich lecker. Hatte aber, wie alle Alkoholika, die Eigenschaft, ins Blut zu gehen. Nach dem zweiten Glas war ich glücklich, aber ziemlich breit, doch noch nicht volltrunken. Das „Junge, du bist ja betrunken" meiner Tante habe ich noch ganz gut mitbekommen.

Wieder zu Hause. Die Heimfahrt verlief diesmal ohne Tränen. Man wird ja schließlich erwachsen. Aber der dicke Kloß im Hals war schon immer noch allgegenwärtig.

Unsere zweite Klassenreise ging in den Harz. Der Tag der Abreise begann mit einem Riesenkrach mit meiner Schwester. Sie sollte mich mit dem schweren Koffer zur Schule bringen, unserem Treffpunkt und Abfahrtsplatz der Busses. Womit sie den Streit vom Zaun brach, weiß ich heute nicht mehr. Ich weiß nur, dass sie wegen ihr beinahe ohne mich los gefahren wären, weil ich eine fast eine halbe Stunde zu spät gekommen bin. Schwesterherz, ich danke dir. War das dein Ziel? Meine Laune war auf dem Nullpunkt. Bis in den Harz hinein besserte sie sich auch nicht sonderlich.

Der Busfahrer hatte gute Musikcassetten dabei und eine gesunde Portion Humor. In Goslar musste er den Bus durch ein großes, aber schmales Tor manövrieren. „So, jetzt wird es knapp!" Der Fahrer sprach durch das Mikrofon. „Ihr müsst jetzt ganz eng zusammen rücken!" Über diese Absurdität musste ich dann doch lachen und meine Stimmung hob sich um einige Grade.

Wir waren in einer ehemaligen Skihütte untergebracht. Es war ganz nett und entsprach dem damaligen Standard. Einige Ausflüge zum Radauwasserfall, nach Clausthal- Zellerfeld und in eine Silbermine waren die Highlights. Im Übrigen hatten wir viel Freizeit und durften uns frei bewegen. Ich bin meistens allein losgezogen. Im Laufe der Zeit hatte ich mich an die Rolle des Außenseiters gewöhnt und irgendwie fing mir dieses Image des lonesome wolfs auch an zu gefallen. Me wollte dem einen Riegel vorschieben und ich wurde von ihr dazu verdonnert, immer mit einigen anderen zusammen zu laufen. Beliebtes Ziel unserer Streunereien war eine kleine Sprungschanze in der Nähe. Ein hochtrabender Begriff für dieses Gestell aus Tannenholz, keine acht Meter hoch. Aber wenn man oben saß und die zehn Meter Abhang dazu addierte, sah die Sache schon wesentlich imposanter aus. Abends durften die Mädchen noch in die Jungenzimmer kommen. Unter Aufsicht von Me natürlich. Anne setzte sich immer auf mein Bett und wir flirteten heimlich miteinander. Ein ganz scheues Techtelmechtel bahnte sich an. Das ging einige Tage so. Auf einer Wanderung zur Okertalsperre hielten wir uns sogar ein wenig an den Händen, als ich ihr über ein paar grö-

238

ßere Steinbrocken hinweg half. Aber bei der Nachtwanderung hatte sie dann mit Ralf Eschner rumge-
knutscht. Warum sie mir das angetan hatte, weiß
ich nicht. Vielleicht wollte sie mich eifersüchtig machen, weil sich der Flirt von meiner Seite aus so
langsam entwickelte. Das war der falsche Zeitpunkt.
Gerade, als ich anfing, wieder Vertrauen in die
Mädchen zu fassen, passierte mir so etwas. Mein
Vorurteil, das Kontakte mit Mädchen nur wehtun,
hatte neue Nahrung gefunden. Als ihr Ralf später in
der Schule dann den verliebten Gockel machen
wollte, ließ ihn Anne knallhart abblitzen. Etwas Genugtuung für mich. Aber die Enttäuschung über ihr
Handeln bei der Nachtwanderung war größer. Für
den Rest der Klassenreise zog ich mich wieder in
mein Schneckenhaus zurück.
Trotzdem schweißt so eine Fahrt das soziale Gefü-
ge der Klasse doch irgendwie mehr zusammen.
Meine Klassenkameraden sahen mich jetzt auch
nicht mehr so als absoluten Freak an. Das verbes-
serte sich auch noch, als ich ein vier Monate später
bei unserer Weihnachtsfeier das Gedicht „Markt und
Straßen stehn verlassen" so pathetisch vorgetragen
habe, dass selbst die drei R, Ralf, Rainer und Rainer, die Lästermäuler unserer Klasse, ergriffen für
ein paar Sekunden das Maul hielten. Ein eigenes
Weihnachtsgedicht habe ich auch noch vorgetragen. Es ist mir anscheinend so gut gelungen, dass
mir keiner glauben wollte, dass ich es selber geschrieben hatte. Das machte mich so sauer, dass
ich es zerrissen habe. Leider. Heute würde ich es

gerne noch mal lesen. Ich glaube, es war gar nicht mal so schlecht.

Ich hatte mich also in der Klasse etwas mehr etabliert. Aber mein Alter hat mit einem Schlag alles wieder zunichte gemacht. Wir wollten zum Karneval eine Klassenfete machen. Thema: Weltall. Me hatte uns Pappbögen zur Verfügung gestellt. Din A 2. Wir sollten Raketen daraus basteln. Irgendwie hatte ich es mal wieder missverstanden. Alle anderen hatten nur Raketen aufgemalt und ausgeschnitten. Ich habe gleich eine richtig große gebaut. Dabei kam mir zugute, dass ich als Kind so gerne mit Pappmodellbaubögen gebastelt habe. Aus einem Bogen formte ich eine Röhre, aus dem anderen fertigte ich die Spitze und die Leitwerke. Dann habe ich sie mit Silberbronze bemalt. Eine richtig schöne große, runde Rakete. Alle waren begeistert. Sie bekam sogar einen Ehrenplatz und wurde vorne an der Tafel aufgehängt. An der Halterung, die eigentlich dazu diente, Landkarten und Schautafeln aufzunehmen. Am Tag vor der Fete bin ich mal wieder auf das Garagendach gegenüber geklettert, um einen Ball herunterzuholen. Und die Nachbarschaftsbuschtrommel hat mal wieder einwandfrei funktioniert. Irgendjemand hatte gepetzt und mein Alter war wütend. Oft genug hatte er mir verboten, auf dem Dach herumzuturnen. Jetzt wollte er ein Exempel statuieren. Ich durfte nicht auf die Klassenfete! Das war wie ein Schlag ins Gesicht. Ich hatte mich so gefreut auf das Fest. Aber mein Vater blieb hart. Auch am nächsten Tag, dem Tag der Fete, ließ er sich nicht erweichen. Kein bitten, kein flehen oder Versprechungen nutzten, er blieb hart. Ich saß den ganzen Abend in der Fensterbank meines Zimmers und habe geheult. Gegen Neun Uhr kam er noch herein und fragte, anscheinend weichgekocht, wie lange das Fest denn wohl dauern würde. Ich gab ihm keine Antwort. Auch wenn ich jetzt noch hätte hingehen dürfen, mit dem verheulten Gesicht würde ich sowieso nicht aus dem Haus gehen. Am nächsten Tag fragten mich alle, warum ich nicht gekommen bin, die Fete war echt toll. Ich zuckte nur mit den Schultern. Besonders weh tat es mir, dass das Fest um eine Stunde verlängert wurde. Me hatte die Verantwortung dafür übernommen. Über eine Woche habe ich mit meinem Alten nicht gesprochen. Allerdings hat er auch nie wieder versucht, mich derart zu bestrafen. Trotzdem kam ich mir wieder wie ein Außenseiter vor.

Weihnachten! So rechte Stimmung wollte im dritten Jahr nach dem Tod unserer Mutter auch nicht aufkommen. Aber immerhin konnten wir, dank meines Opas, fernsehen. Den haben wir dann auch in Eppendorf besucht. Auf der Hinfahrt mit der Isetta hatten wir noch ein unschönes Erlebnis. Am Berliner Tor hatte es einen Unfall gegeben. Ein Linksabbieger hatte eine Straßenbahn übersehen, die von hinten kam. Die Leiche des Fahrers war von dem Rettungsteam zugedeckt worden. Für welche Familie wird von jetzt an Weihnachten immer das Fest der Trauer sein?

Der Frühling kam ins Land und die Schule und ich gingen getrennte Wege. Me und Fischer hatten all ihren Einfluss geltend gemacht und ihre Kollegen davon überzeugt, dass bei mir Hopfen und Malz verloren sei. Mit drei Fünfen im Zeugnis sah man eben keine Zukunft für mich in dieser Lehranstalt. Die Betonung liegt auf Anstalt.
Ich hatte meine neun Jahre Schulpflicht hinter mir, Zeit, zu gehen Eine Mitschülerin, Bettina, möchte ich hier besonders erwähnen. Sie erlitt das gleiche Schicksal wie ich und durfte auch gehen. Nur kam sie damit überhaupt nicht klar und hat sich deshalb das Leben genommen. Ich grüße sie hiermit, wo immer sie jetzt auch sein möge und sage ihr: „Bettina, du bist nicht vergessen!

10. Leerjahre

Jetzt war natürlich dicke Luft zu Hause. Mein Alter schickte mich zum Arbeitsamt, eine Lehrstelle suchen. Die waren dort sehr kooperativ und, obwohl die meisten Lehren schon zum ersten April begonnen hatten, bekam ich doch noch eine Lehrstelle zum Einzelhandelskaufmann bei Elektro- Mittendorf in der Veringstraße. Ich freute mich schon auf den Laden. Mit Stereogeräten kannte ich mich gut aus und ein paar Kühlschränke verkaufen kann doch auch nicht so schwer sein. Im Laden herrschten zwei ältere Damen, wie sie gegensätzlicher nicht sein könnten. Das Sagen hatte eine Matrone, sehr vornehm, die Brille an einer Kette hängend um den Hals getragen, wirkte sie auf den ersten Blick sehr distinguiert. Lernte man sie allerdings näher kennen, merkte man bald, sie ist schlicht und einfach nur überheblich und dämlich. Ihr unterstellt war eine klapperdürre, nervös wirkende Endvierzigerin. Beide Fräuleins. Und da gab es noch ein Lehrmädchen im zweiten Jahr. Die war eher durchtrieben und machte mit einem Elektriker rum. Der hatte einen ziemlich großen Zinken. Für mich nannte ich ihn deshalb „Mauersäge", wie der Burgherr mit der Riesennase aus den Burg Schreckenstein- Jugendbüchern.

In der Buchhaltung war dann noch eine nette ältere Dame, Frau Maue, kurz vor der Rente. Ihr zur Seite ein Lehrmädchen im dritten Lehrjahr. Fräulein Greve. Eher eine ruhigere Vertreterin ihrer Art. Ich hatte mit beiden aber eher weniger zu tun.

Ich freute mich schon auf das Verkaufen. Doch es kam anders. Ich wurde „erst einmal" im Büro eingesetzt. In diesem Büro wurde ich einem mittelalterlichen Herrn und seiner Kollegin als der neuer Lehrling vorgestellt. Die Namen habe ich alle vergessen. Oder verdrängt. Die einzige, die mir in Erinnerung geblieben ist, arbeitete im vierten Stock im Planungsbüro und heißt Frau Tagte. Sie war sehr hübsch und als einzige nett zu mir in der ganzen Firma.

Im Planungsbüro saßen die Ingenieure, da die Haupteinnahmequelle der Firma Elektroinstallation war. Unter anderem arbeiteten sie schon die Verkabelung der Skeet – und Trapanlagen, also Tontaubenschießen, für die Olympischen Spiele in München aus.

Meine Aufgaben waren ab jetzt, morgens die Post zu öffnen, mit Eingangsstempel zu versehen und sie der Kollegin nebenan auf den Schreibtisch zu legen. Ich musste die Portokasse betreuen und war verantwortlich für die Essenbestellung. Außerdem musste ich für alle Abteilungen zum Frühstück einkaufen. „Brauchst du einen billigen Arbeitsmann, schaff dir einen Lehrling an!" Ich wurde überall eingesetzt, gelernt habe ich nichts.

Kurz vor Mittag telefonierte ich im ganzen Haus herum und nahm die Essenbestellungen auf. Anschließend durfte ich die Menüs aus der Tiefkühltruhe holen, die in der hintersten Ecke des Ladens stand, und in einen Heißluftofen packen. Selbstverständlich lag das Verteilen des Essens auch in meinem Aufgabengebiet. Um nicht mit jeder heißen Menüschale in den vierten Stock laufen zu müssen, ließ ich mir vom Schlosser in der Werkstatt aus Flacheisen ein Gestell bauen, mit dem ich gleichzeitig fünf Essen auf einmal transportieren konnte. Das erleichterte die Sache ungemein. Ich nutzte auch diese Art von Mittagstisch. Die Kosten dafür wurden am Monatsende mit der Ausbildungsbeihilfe verrechnet.

Die Ausbildungsbeihilfe belief sich im ersten Lehrjahr auf einhundertsechzig D- Mark. Davon erhielt ich pro Tag eine. Mein Vater war der Überzeugung, ich könne nicht mit Geld umgehen. Wie sollte ich es auch lernen, ich hatte nie etwas gehabt. Selbst das Geld von der Konfirmation hatte er einbehalten. Weil ich ja angeblich nicht mit Geld umgehen konnte, durfte ich auch nicht einfach zur Sparkasse gehen und welches holen. Nein, mein Herr Vater musste den Scheck vorher gegenzeichnen. So hatte er hundertprozentige Kontrolle über meine Finanzen. Ich hielt mich an die Portokasse. Das kam natürlich heraus. Aber gefeuert wurde ich seltsamerweise nicht. Erst Jahre später habe ich begriffen, dass die Führung der Portokasse ein Zuverlässigkeits- und Vertrauenstest war. Da ich bei dem Test kläglich versagt hatte, bin ich nie in den Laden versetzt worden. Begreiflich. Schließlich wäre ich dann ja in Reichweite der Kasse gewesen. Die Portokasse entfiel ein halbes Jahr später, weil der Chef eine

Frankiermaschine angeschafft hat. Die konnte man bei der Post mit Geld aufladen lassen.

Die Lehre missfiel mir. Nach einem halben Jahr Ausbildung tat ich nicht viel anderes, als zu Beginn der Lehre. Hauptsache Botendienste und Essenverteilen. Stundenlang Ablage machen. Allerdings konnte ich jetzt einen Krankenschein perfekt ausfüllen. Oh, ich vergaß! Fotokopieren! Hört sich leicht an? Nicht Ende der Sechziger. Also, man nehme aus der unteren Lade des Kopierers ein Blatt lichtempfindliches Fotopapier. Das war in einer tiefschwarzen Folie eingepackt und auf der einen Seite gelb beschichtet. Das zu kopierende Blatt wurde nun auf die gelbe Seite gelegt, mit dem Text zur Beschichtung. Jetzt öffnete man den Deckel des Gerätes und legte beide Blätter auf eine Glasplatte, schloss den Deckel wieder und stellte die Belichtungszeit ein. So etwa fünfzehn Sekunden. Wenn das Licht ausgegangen war, wurde das Papier entnommen und das Original bei Seite gelegt. Jetzt musste schnell ein neutrales Blatt auf das lichtempfindliche Papier gelegt werden und beides wurde getrennt in den Apparat eingeführt. In einen oberen und unteren Schlitz. Dann durchliefen die Papiere ein Entwicklerbad. Nach circa zwanzig Sekunden erschienen aus dem Entwicklerbad zwei feuchte, zusammengepappte Din A 4- Bögen. Nach dem Trennen war man stolzer Besitzer einer Fotokopie. Das belichtete Teil landete im Abfall. Es ist wohl klar, dass sich für so eine Tätigkeit ein hochbezahlter Ingenieur zu schade war. Da ließen sich die Herren gerne mal für zwei Kopien einen Lehrling in den vierten Stock kommen.

Meinen ersten Urlaub verbrachte natürlich wieder bei meiner Tante. Meine Cousine hatte jetzt auch eine Lehrstelle und wir sahen und meistens nur abends. Meine Tante schickte mich ab und zu hin, sie von der Lehrstelle abzuholen. Meistens war sie aber schon weg. Ich bin aber bald dahinter gekommen, warum. Mein Cousinchen hatte einen Freund! Der war meiner Tante aber nicht genehm. Willy hieß der Auserwählte und er fuhr einen knallroten Käfer. Auf Rallye gemacht. Oder besser gesagt, eine Mischung zwischen Puff und Rallye. Innen war das Teil mit viel Plüsch verziert und um die Fenster herum hing eine Bordüre mit lauter roten Bommeln. Auf den Türen prangten zwei schwarze Ralleystartnummern.
Willy selber hatte irgendwann mal zu früh aufgehört zu wachsen. Auch am Hals. Er hatte praktisch keinen. Außerdem trug auch noch gerne Seidenschals, wie es damals Modern war, nach innen in das Hemd gesteckt. Das verstärkte auch noch den Eindruck, dass er keinen Hals besäße. Nichts desto trotz war er der Dorf-Casanova und somit meiner Tante ein Dorn im Auge. Willies Familie hatte keinen besonders guten Ruf in der Gemeinde. Meine Tante musste es wissen, verbrachte sie doch einen guten Teil des Tages damit, sich mit den neuesten Ortnachrichten zu versorgen. Der achtzig Meter lange Weg zum Konsum konnte problemlos hin und

zurück gerne mal eine Dreiviertelstunde dauern, wenn sie auf eine Nachbarin traf. Meine Tante versuchte mich immer für ihre Spionagezwecke meiner Cousine gegenüber einzuspannen. Aber meistens machte ich mich aus dem Staube.

Der schöne Willy hatte uns auch einmal in Helmstedt in ein Kino geschmuggelt. „Graf Porno gibt sich die Ehre". Meiner Tante haben wir weiß gemacht, es handele sich um einen Film, ähnlich, wie „Herbie", der tolle Käfer. Zu meiner Enttäuschung wurde das, was mich am meisten interessierte, die weibliche Scham, nie so richtig gezeigt. Oder es stand ein Blumentopf oder Ähnliches davor. Trotzdem waren solche Filme damals als verrucht anzusehen. Als ich diese Jugendsünde einmal etwa dreißig Jahre später bei einem Besuch bei meiner Tante in Anwesenheit meiner Cousine ansprach, dementierte sie diese mit hochrotem Kopf diese Begebenheit.

Das Rad meines Cousins durfte ich mitnehmen nach Hamburg. Es war auch ein Sechsundzwanziger und nun wirklich zu klein für ihn.

Obwohl ich mich mit fünfzehn Jahren besser zusammenreißen wollte, gelang es mir nur bis Harburg. Als die ersten Wilhelmsburger Häuser in Sicht kamen, waren meine Augen am Überlaufen. Mein Jetlag dauerte mal wieder einmal Tage.

Zwei Tage nach der Ankunft hatte ich mein neues Fahrrad zerbröselt. Auf dem Weg zur Arbeit fuhr ich

mit einem Affenzahn den Bahnhofsberg runter. Ich war spät dran und wollte verbotener Weise durch den Schwarzen Weg fahren. Der hieß so, weil er mit schwarzer gestoßener Schlacke bedeckt war. Relikte aus der Dampflokzeit. Durchfahrt streng verboten. Wurde man von der Bahnpolizei erwischt, kostete das zwanzig Mark. Ich zog nach links auf den Parkplatz, von dem der Weg abging, als aus dem Nichts ein roter Kombi auftauchte. Trotz Vollbremsung knallte ich mit meinem Vorderrad gegen das Vorderrad des Wagens, flog über meinen Lenker hinweg, rutschte über die Motorhaube und blieb auf der anderen Seite liegen. Plötzlich gab der Fahrer Gas und verschwand in einer Staubwolke über die Verladestraße. Das Fahrrad war hinüber und in der Firma gab es Ärger wegen meines Zuspätkommens. Auch meine dreckige Hose und die aufgescheuerten Unterarme galten nicht als Entschuldigung. Abends durfte ich das Wrack auch noch nachhause schieben. Nicht nur das Vorderrad war verbogen, auch der Rahmen war hin.
Es gab eine lange Debatte über die Notwendigkeit von blauer und gelber Farbe, weil ich mein altes Rad jetzt auch in den Braunschweiger Stadtfarben lackieren wollte. Ausdauer siegt. Mein Alter rückte das Geld für die Farbe raus. Am Wochenende stand endlich das Pendant zu dem becyclischen Apparat meines Cousins vor mir. Das Hinterrad machte etwas Mühe. Die hintere Gabel war nicht zur Aufnahme von Rädern mit Kettenschaltung ausgelegt. Aber was nicht passt wird passend gemacht. Oder

wie der Schlosser Bernd bei Mittendorf immer zu sagen pflegte, wo ein Wille ist, ist auch ein Gebüsch.

Das Arbeitsleben in dieser Firma war äußerst eintönig. Der Tagesablauf immer der gleiche. Post machen, Brötchen holen, Ablage machen, Essen vorbereiten, Mittagspause. Die nutzte ich, um diesem seltsamen Laden mal für eine halbe Stunde zu entkommen. Die Nachmittage waren noch schlimmer. Stundenlang am Schreibtisch hocken und Rechnungen sortieren. Die Sonne knallte durch das geschlossene Fenster, weil die Frau vom Chef „so leicht ZUUG" bekam. Als einmal eine Rechnung nicht aufzufinden war, musste ich den ganzen Tag lang nach ihr suchen. „Sie haben Raab- Karcher abgelegt, also müssen sie auch wissen, wo sie ist!" Die keifige Stimme des Oberdrachens klingt mir noch heute in den Ohren. Auch am nächsten Morgen gab sie keine Ruhe. Aber irgendwann durfte ich plötzlich wieder an meinen Schreibtisch zurückkehren und den Posteingang bearbeiten. Irgendwann hat mir dann mir Frau Maue gesteckt, dass die Rechnung wieder aufgetaucht ist. Im Schreibtisch der Chefin. Aber kein Wort der Entschuldigung oder ähnliches.

Wenigstens ab und zu wollte ich mal auf andere Gedanken kommen und mich austoben. Die evangelische Kirche bot einmal im Quartal die Gelegenheit dazu. Sie luden zu einer Wochenendfahrt ein.

Für fünf Mark nach Neeze bei Lüneburg. Die Kirche hatte dort eine alte Kate auf einem großen Grundstück. Am meisten Spaß machten die Nachtwanderungen querfeldein. Bloß im Winter musste man aufpassen. Ich spreche aus Erfahrung, stand ich doch einmal bis zu Hals im Schnee, weil ein Graben zugeweht war und in der unberührten weißen Fläche nichts auf eine etwaige Vertiefung im Untergrund hinwies.

Obwohl Kollex ein strenges Regiment führte, machte uns diese Wochenenden immer wieder Spaß. Allerdings bargen die alten Etagenbetten der Unterkunft so manche Tücken. Habe ich mir doch einmal die rechte Fußsohle aufgerissen an einer der Zugfedern im Bettrahmen. Bei der alten Jugendalberei, im unteren Bett liegend eine Kerze machen und so die obere Matratze zusammen mit dem darin liegenden Jungen hochstemmen, bin ich dann abgerutscht und habe mir den Fuß aufgerissen. Da solche Albereien aus diesem Grund aber verboten waren und bestraft wurden, Kollex ließ wirklich den Lokus mit der Zahnbürste putzen, hat niemand gepetzt und ich habe an den folgenden Tagen ziemlich gehumpelt. An Tetanus hatte damals niemand gedacht. Kollex Arten von Bestrafungen wurde zu Hause nie erwähnt, hatte man doch Angst, nächstes Mal nicht mitfahren zu dürfen.

Die Jugendgruppe gab mir immer mehr Halt. Inzwischen hatte ich mich mit einigen Leuten angefreundet und ließ mich nur noch ab und zu bei den Ponys blicken. Gerd wurde einer meiner besten Freunde. Er war auch erst fünfzehn, hatte aber schon sein eigenes Haus. Na gut, es war nur ein Gartenhäuschen, aber immerhin. Seine Eltern hatten aus platzgründen die ursprüngliche Gartenlaube isoliert und winterfest gemacht. Jetzt hatte jeder sein eigenes Zimmer. Gerds jüngere Schwester im Haus und er dahinter. Freilich war das kein Freibrief für ihn, zu tun und lassen, was er wollte. Ein Besucher musste erst am Haus vorbei und da passte ein Spitz auf. Toxi mit Namen. Es war in der Tat ein giftiges kleines Mistviech. Niemand ist jemals ungehört an ihm vorbei gekommen. War das Tier im Garten, konnte es vorkommen, dass er einen schon mal empfindlich in die Waden zwickte. Gerds Mutter schloss Toxi immer weg, wenn er uns mit in die Wohnung nahm. Eines Tages hat sie mir ein bisschen Hundekuchen gegeben und ließ den Hund zu uns herein. Der kläffte erst mal kräftig, als er aber spitzgekriegt hatte, dass ich Leckereien für ihn bereit hielt, war ich sein bester Freund. Und, wie sich bald herausstellte, das sogar im Garten und ohne Bestechungsfutter.

Zu meiner neuen Clique gehörten auch noch Michael, Klaus und Reinhold. Wir bildeten bald den harten Kern der Jugendgruppe. Später ist Reinhold Jugendkonventsvorsitzender geworden und ich sein Stellvertreter. Ab und zu trafen wir uns auch schon mal außerhalb der offiziellen Gruppenzeiten in der Kirche, um irgendetwas vorzubereiten, oder nur so.

Wir hatten nämlich inzwischen einen neuen Diakon bekommen, der wesentlich liberaler war, als Kollex. Theo Junge. Er hat uns gleich das Du angeboten.

Ich hätte vorher nie gedacht, was für Katakomben sich unter unserer Kirche befinden. Den Raum für den Konfirmandenunterricht kannte ich ja schon. Es gab aber noch mehr Räume, von denen ich keine Ahnung hatte. Auch gab es ein Lager, aus dem man sich bedienen konnte, sofern man bezahlte. Allerdings ließ Theo bei uns auch einen Schuldschein gelten. Der wurde selbstverständlich auch beglichen. Man war ja schließlich in der Kirche.
Es machte Spaß, so durch das Gewölbe zu toben. Es war, ich schätze mal aus statischen Gründen, wirklich ein Gewölbe und verlieh dem Keller irgendwie einen etwas geheimnisvollen, leicht unheimlichen Touch.

Meine Schwester neigte dazu, etwas zu verlieren. Mal das Portemonnaie, mal das Schlüsselbund. Diesmal war es das Schlüsselbund. Da mein Schwesterherz ihres verloren hatte, gab unser Erzeuger ihr seines, in der irrigen Annahme, sie sei pünktlich zu Hause, weil ich nur einen Schlüssel für die Wohnungstür hatte und keinen für die Haustür.

Ich hatte den Abend bei Gerd verbracht. Aber als ich nun um halb zehn nach Hause kam, war meine Schwester noch nicht da. Die Haustür war schon abgeschlossen und bei den Nachbarn brannte kein

Licht mehr. Mein Vater konnte mangels Schlüssel nicht aufschließen. Türsummer waren zu der Zeit in normalen Mietshäusern noch nicht üblich und die schlafenden Nachbarn wecken wollte ich nicht. Nach zwanzig Minuten warten wurde mir die Sache zu dumm. Ich ging zu Gerd zurück und der erklärte seiner Mutter die Sachlage. Mir wurde kurzerhand auf der Couch in seiner Hütte ein Lager bereitet und nachdem Gerd mir noch gezeigt hatte, was ein Pubertätsfurunkel ist und wie man es ausdrückt, ließ ich mich in Morpheus Armen sinken. Nach einem ausgiebigen Frühstück und meiner aufrichtigen Danksagung Gerds Mutter gegenüber, machte ich mich auf den Heimweg. Vater und Schwester saßen auch schon beim Morgenkaffee. Mein Väterchen ließ kurz die Zeitung sinken und sagte nur beiläufig „ Na, da bist Du ja." Uschi machte mir Vorhaltungen, warum ich nicht gewartet habe, bis sie nach Hause kommt. Wie sich herausstellte, war das erst nach elf Uhr. Obwohl sie wusste, dass ich auch weg war und keinen Schlüssel hatte. Da habe ich es ihr gegönnt, dass sie bis um ein Uhr am Fenster gesessen hatte und nach mir Ausschau hielt.

Wenn Ralph ein Wochenende zu Hause blieb, besuchte ihn regelmäßig. Eines Tages hatte er eine Flasche Ramazotti besorgt. So ein Martini für Arme. Für jemanden, der kein Alkohol gewohnt ist, reicht schon eine halbe Flasche, um glücklich zu sein. Wir waren nicht volltrunken, aber weit entfernt davon waren wir auch nicht. Mein Vater hat allerdings nie gemerkt, dass ich etwas getrunken hatte. Bis auf einmal. Dummerweise war Eckhart wieder einmal zu Besuch. Ich kam von Ralph und wir hatten uns die obligatorische Flasche Wermut genehmigt. Ich sollte noch Abendbrot essen und es gab unglücklicherweise geräucherten Fisch. Ich sterbe für Fisch in allen Variationen, aber an diesen Abend muss es eine Forelle oder Ähnliches gewesen sein. Jedenfalls versuchte das Tier schon wenige Minuten nach dem Verzehr gegen den Strom zu schwimmen. Es war vergebene Liebesmüh, das gute Tier beruhigen zu wollen. Letztendlich übergab ich mich mit samt dem Ramazotti im Wohnzimmer auf den Fußboden. Hatte der Fisch den Kampf doch gewonnen. Meinem Vater war das alles sehr peinlich. Meine Schwester bereinigte die ganze Sache wortlos und ich ging in mein Zimmer. Sie war es auch, die mir dann sagte, ich solle in meinem Alter kein Alkohol trinken. Mein Vater hatte es also gemerkt, überließ es aber ihr, mit mir darüber zu reden.

Der Sommer ging ins Land und der Weg zur Berufsschule wurde immer unbequemer. Mein Finanzminister hatte zu Beginn der Lehre nämlich beschlossen, dass Bahnfahren zu teuer sei und ich auch mit dem Fahrrad nach Harburg radeln könne. Im Herbst war es nicht nur kalt, es war auch teilweise eine äußerst feuchte Angelegenheit. Deshalb bin ich ab und zu schwarzgefahren. Sah ich den Schaffner kontrollieren kommen, verzog ich mich bis zum Bahnhof auf die Toilette. Zur Zugabfertigung musste der Schaffner damals immer an die

Tür gehen und dann konnte unsereiner seelenruhig aussteigen und die Sache war gegessen. Einmal habe ich allerdings zu früh die Toilettentür geöffnet und stand unversehens dem Kontrolleur gegenüber. Ein höfliches „Guten Morgen", rechts schwenk in die Richtung, aus der er gekommen war, und das alles recht ruhig und gelassen. Nur nicht umdrehen, auch wenn die Muffe eins zu tausend geht. Geschafft. Der Puls raste, aber ich bin dem Schaffner noch einmal entkommen.

In den letzten Wochen vor Weihnachten stellte ich mich mit Jürgen abends vor den A&O- Laden und wartete auf Leute, die sich einen Tannenbaum ge-kauft hatten. Wir boten uns an, ihn nach Hause zu tragen. Meistens waren es die älteren Herrschaften, die dankbar waren für diese Hilfe und die Trinkgel-der waren auch meistens angemessen. Heilig-Abend schenkte mir Ladeninhaber Herr Schmanns einen der letzten Bäume, die er nicht mehr verkauft hatte. Unser Service hatte sich rumgesprochen und er hatte wesentlich mehr Tannenbäume verkauft, als im Jahr zuvor.

Mein Weihnachtsgeld hatte ich in eine neue Hose investiert. Zur Weihnachtsfeier der Firma trug ich sie das erste Mal. Auf dem Rückweg, es war schon nach zehn, bin ich verbotener Weise durch den Schwarzen Weg gefahren. Um diese Zeit Bahnpoli-zei? Wohl kaum. Bahnpolizei nicht, aber Rocker! Hinter einer Kurve sah ich sie, aber zu spät. Sie mich auch. Kollie, Affe und ein neuer, Geistus genannt, versperrten mir den Weg. „He, Aller, du weißt doch, das hier Radfahren verboten ist! Los! Absteigen, schieben!" Aller steht für Alter, eine beliebte Prol- Anrede in Hamburg. Aller oder Macker. Immer wieder gern benutzt. Ich schob mein Fahrrad gehorsam durch den Schwarzen Weg. Doch auch als wir den passiert hatten durfte ich keineswegs wieder aufsteigen. „Schieb man schön weiter!" tönte Geistus. Irgendwie roch er strenge. Als ob er in die Hose geschissen hatte. Fast oben auf dem Bahnhofsberg angekommen, bekam ich einen Schubs von ihm. Und mit der Bemerkung: „Du schiebst wie ein lahmer Esel!" flog ich mit samt Rad die Böschung herunter und wurde erst unten ziemlich unsanft von einem Stacheldrahtzaun aufgehalten. Das Rad blieb heil, die Hose nicht. Wilhelmsburger Schicksale.

Die Firma hatte einen neuen Geschäftsführer bekommen. Herr Eckmann. Ich kannte ihn. Er war der Ehemann der Schulsekretärin meiner ehemaligen Realschule. Ein baumlanger dürrer Kerl, begeisterter Springreiter. Er zeigte mir einmal ein Foto seines Pferdes und bot mir hundert Mark, wenn ich es zum Schlachter bringen würde. Er hatte das Tier verliehen und der hatte Hermes, so hieß der Hengst, zu scharf dran genommen, so dass sich die Bänder überdehnt hatten. Was bedeutete, das Pferd müsste langwierig behandelt werden und dürfte fortan auf keinem S- Springen mehr geritten werden. Ein gewaltiges Tier mit ein Meter zweiundachtzig Stockmaß, aber für seinen langen Besitzer gerade richtig. Das mit dem Schlachter war nur ein derber Scherz, wie sich später herausstellte. Im Sommer hatte er mich einmal mitgenommen nach Bispingen zum Reit- und Fahrturnier. Die Rückfahrt war allerdings eine Angstpartie. Ich weiß nicht, wie viel Biere er intus hatte, sein Fahrstil war aber ziemlich unsicher. Er war auch ansonsten dem Alkohol nicht abgeneigt, was ihm letztendlich das Genick brach. Er wurde gefeuert.

Die Lehre, oder wie immer der Frondienst bei Mittendorf auch genannt werden möge, frustrierte mich entsetzlich. Es war keine Lehre, es war reines Ausnutzen. Meinem Lehrherrn musste schon längst klar gewesen sein, dass ich die Zwischenprüfung nie im Leben schaffen würde. Einzelhandelskaufmann lernen bedeutet zwei Jahre Laden, dann Prüfung zum Verkäufer, und dann ein Jahr Büro. Ich hatte mittlerweile über ein Jahr Büro schon rum, bloß war es die verkehrte Reihenfolge. Ein Berichtsheft hatte ich nie geführt und es wurde auch nie vom Chef von mir verlangt. So drückte ich mich bei jeder Gelegenheit vor der Arbeit. Auf meinem sechzehnten Geburtstag stellte ich mich dreist vor den Laden und rauchte eine Zigarette. Was ich nicht wusste, dass Rauchen nur mit Genehmigung des Lehrherrn gestattet war. Es gab mal wieder Ärger.

Seit kurzer Zeit durfte ich, wenn kein anderer im Büro war, das Telefon abnehmen und mich mit „Elektrohaus Mittendorf, Guten Tag!" melden. Es ärgerte mich, dass einige der Kunden am Telefon sagten: Ja, Fräulein, geben sie mir bitte Herrn soundso!" Mein Stimmbruch kam nämlich ziemlich spät. Bemerkt habe ich den Wandel erst, als ich meiner Schwester etwas hinterher rufen wollte, aber nur ein kurzes Krächzen hervor brachte. Für den späten Stimmbruch hat mich der liebe Gott aber entschädigt und mich mit einem prächtigen Bass ausgestattet.

Das Rauchen sowieso war ein Thema für sich. Obwohl ich schon Sechzehn war und legal rauchen durfte, erlaubte es mir der Alte immer noch nicht. Ich bat und quengelte, nichts half. Eines Abends fragte ich ihn, ob ich nicht wenigstens Pfeife rauchen dürfte. Mit einem breiten Grinsen auf den Lippen erteilte mir mein Erzeuger die Erlaubnis, Pfeife zu rauchen, wenn ich eine hätte. Schnell lief ich in den Keller, um aus meinem Versteck eine schöne lange Holländerpfeife zu holen, die ich Jürgen kurz vorher abgeschnackt hatte. Dem Alten knallte der Puder von der Backe, wie man so schön sagt. Ganz leger stopfte ich die Pfeife und qualmte, als wenn ein kleiner Bäcker Brot backt. Ein paar Tage später fing ich an, meiner Schwester im Beisein unseres Vaters Zigaretten abzukaufen. Zwei Tage später blaffte er mich an: „Wenn Du Zigaretten haben willst, kauf dir gefälligst selber welche!" Diese Festung war gefallen. Man muss eben seine Eltern erziehen. Ich konnte mir ein spöttisches Grinsen nicht verkneifen, als er mich ein paar Tage später um einen Glimmstängel anging.

Bei einer Verlosung im Laden steckte ich heimlich einen Zettel mit dem Namen meiner Schwester und unserer Adresse in die Teilnehmerbox. Pech für die Firma, dass zwar Firmenmitglieder ausdrücklich von der Teilnahme ausgeschlossen waren, aber von Angehörigen stand weit und breit nichts in den Teilnahmebedingungen. Uschi gewann den ersten Preis, einen Plattenspieler. Zwar ein ganz simples Gerät mit Ritsch- Ratsch- Schaltung, wie ich es nenne, aber immerhin ein Plattenspieler. Bei einer „Ritsch- Ratsch- Schaltung" wird der Tonarm solange nach außen gezogen, bis es „Ritsch" macht und der Plattenteller sich anfängt zu drehen. Ist die Platte zu Ende, macht das Gerät „Ratsch" und der Teller blieb stehen. Über eine Überspielbuchse verfügte der Apparat aber nicht, was meiner Absicht, den Plattenspieler an meinem Radio anzuschließen, zunächst im Wege stand. Mit einem großen Bohrer bewaffnet, das Gehäuse war aus Holz, und dem nötigen Equipment machte ich mich daran, diesen Makel zu beheben. Schlechtes Timing! Mein Schwesterchen kam ausnahmsweise früher, als sonst, nach Hause und regte sich darüber gleich maßlos auf. Ich war aber nicht bereit, den Umbau rückgängig zu machen. Sie selbst konnte es ja nicht. Dass ihr Eigentum dadurch nur an Wert gewann, dafür hatte sie kein Einsehen.

Mein Frust und meine Einsamkeit machten mir arg zu schaffen. Uschi hatte vor, nach Frankfurt zu ihrem Eckhard zu gehen und ich hatte große Angst, mit meinem Vater allein zu bleiben. Die strenge wilhelminische Erziehung durch meinen Großvater ließ nicht zu, dass unser Familienoberhaupt irgendwelche Gefühle zeigen konnte. Außer Zorn. Meine Mutter litt auch sehr darunter, dass er sie nie in den Arm nahm. Wenn es mal der Fall gewesen ist, war es kaum zärtlich, sondern eher herzhaft derb und meistens mit dem Spruch begleitet:" Ach Gisela, du bist doch meine Bestie!" Er konnte einfach nicht aus seiner Haut und das war die einzige Art ihr zu zeigen, dass er sie vielleicht liebte. Ich will damit nicht sagen, er war gefühlskalt, Gefühle hatte er wohl schon. Es war eher die Unfähigkeit, sie auszudrücken, weil er es nie gelernt hatte.

Wir lebten also mehr nebeneinander, als miteinander. Probleme hatte ich nicht zu haben, nur zu funktionieren. Irgendwann begann ich deshalb, mein Manko an Anerkennung und Liebe aufzufüllen, in dem ich stahl. In unserem Haushalt war es bald unmöglich, auch nur ein Portemonnaie unbeaufsichtigt liegen zu lassen. Ob Vater oder Schwester, gleich fehlte der eine oder andere Schein aus der Börse. Beweisen konnten sie es mir nie. Sie hätten das Geld auch nie bei mir gefunden. Nicht an mir oder in meinem Zimmer, oh nein, in der Toilette hatte ich es versteckt. Fein säuberlich zusammengefaltet in eine kleine Höhlung unter dem Waschbecken gezwängt wurde das Objekt meiner Schandtat erst hervorgeholt, wenn von Nöten. Es muss eindeutig ein psychisches Verhalten gewesen sein. Ein Schrei

nach Liebe. Denn ich setzte das Geld nur in Süßigkeiten und Comics um. Das eine war schnell vertilgt
und von dem anderen behauptete ich einfach, sie
waren geliehen. Mein Vater schlief seit dem auf seiner Geldbörse. Unter seinem Kopfkissen wähnte er
es in Sicherheit. Weit gefehlt! Zwei Mal habe ich es
während seines Schlafes darunter hervorgezaubert
und wieder dort verschwinden lassen. So viel Drei-
stigkeit hatte selbst mein Vater mir nicht zugetraut.
Jedenfalls hatte er niemals erwähnt, dass ihm Geld
fehlte. Allerdings hatte er sich dann eine Stahlkas-
sette gekauft und sein Portemonnaie nachts weg-
geschlossen.
Eine andere Einnahmequelle für mich war das tägliche Einkaufen für meine Kollegen. Ich machte meine Liste und einen guten Teil der Waren klaute ich
in den Geschäften. Zigaretten waren die lukrativste
Beute. Die habe ich natürlich den Auftraggebern in
Rechnung gestellt. Nur einmal wurde ich erwischt.
In der Pro mit einem halben Pfund Kaffee in der
Hose. Dem Geschäftsführer habe ich eine falsche
Adresse angegeben, die von einer Nachbarin in
einem anderen Block. Von der wusste ich, dass sie
putzen ging und hoffte, dass sie nicht zu Hause sei.
Der Chef persönlich packte mich in sein Auto und
fuhr mit mir nach Hause. Dummerweise war die
Frau an diesem Tag doch da und sie leugnete auch
gleich jegliche Blutsverwandtschaft mit mir. Da
musste ich klein bei geben und ihn in unsere Wohnung führen. Ein paar kurze Blicke in die Zimmer
und wir fuhren zurück. Polizei hat er nicht einge-

schaltet, aber Hausverbot habe ich bekommen. Da die Aktion knapp eine Stunde gedauert hatte, musste ich mir etwas einfallen lassen. Mein markantes Fahrrad versteckte ich bei einer Autowerkstatt, in der Hoffnung, dass es da nicht abhandenkommt. Meinem Chef log ich vor, es wäre geklaut worden. Am nächsten Morgen war es auf wunderbare Weise wieder da. Ein Hoch auf die Polizei! Selbstverständlich ist mein Vergehen nicht ungesühnt geblieben. Die Nachbarin hatte es natürlich brühwarm weitererzählt und als ich abends nach Hause kam, war bereits dicke Luft.

Mein geliebtes Schwesterherz war nun auf und davon ins Hessische. Klar hatte es mein Vater nicht ganz leicht mit mir. Ich versuchte aber auch, ihn zu verstehen. Er war jetzt seit über drei Jahren Witwer und sein Freundeskreis war ziemlich überschaubar, wenn man überhaupt von Freunden reden konnte. Es waren eher Kollegen von ihm, die ihn duldeten. Besucht hatte ihn nur einmal einer. Und der war nach einer viertel Stunde wieder weg.
Nach dem Abwasch saßen wir oft noch beisammen und aßen unsere halben Vanilleschnitten. Manchmal erzählte er mir, wie Zahnräder berechnet werden oder was eine Evolventenverzahnung ist oder ähnliches. Ich, als mathematischer Tiefflieger, verstand kein Wort von seinen Tiraden. Was ich verstanden habe, ist, dass er sehr einsam war und doch irgendwie meine Nähe suchte.

Es gab zwei neue Sachen! Wir hatten einen neuen Geschäftsführer und am Bahnhof war ein Zirkus. Der Zirkus war ein ganz kleines Ding. Noch nicht einmal ein Zelt hatten sie aufgebaut. Aber auf der naheliegenden Wiese standen Ponys und, was noch mehr zählte, zwei bildhübsche Mädchen. Deshalb trieb ich mich jede freie Minute bei den Zirkuswagen und Ponys herum. Irgendwann kamen wir ins Gespräch und sie verrieten mir ihre Namen. Karin und Sylvia. Sechzehn und vierzehn Jahre alt. Mir gefiel Karin besonders gut. Ich durfte später sogar mit in den Wagen kommen Die Eltern waren schon etwas angegraut und, was den Alkohol angeht, keine Kostverächter. Aber erst nach der Freiluft- Vorstellung. Karin machte Akrobatik auf einem vier Meter hohen Mast und ließ sich von dort aus mit einem Salto in die Arme ihres Vaters fallen. Ich war stark beeindruckt und sofort richtig in das Mädchen verknallt. Damals ahnte ich noch nicht, dass sie einen Freund hatte und der hatte ein Auto. Da konnte ein Fahrrad fahrender Pubertätskrüppel, wie ich, natürlich nicht mithalten. Was mich aber nicht davon abhielt, sie mit meinen geklauten Zigaretten zu versorgen. Es ging immer recht lustig zu in dem Wohnwagen. So richtig altmodische Zirkuswagen, sogar noch mit Kellerkasten und einer Holztreppe. Die Eltern waren meistens in der Kneipe oder sonst wo. So war ich oft mit den Mädchen allein. Sylvia mochte mich anscheinend. Sie flirtete aufs heftigste mit mir. Aber ich hatte nur Augen für Karin. Eines Tages fuhr Silvie schwerere Geschütze auf. Sie zog eine Schublade auf, nahm ein Heft heraus und knallte es vor mir auf den Tisch. Das war von außen her nicht gleich als Pornoheft zu erkennen. Auf dem Umschlag war zwar eine spärlich bekleidete Frau abgebildet, aber das war ja kein Hinweis auf den brisanten Inhalt. Erst nach ein paar Seiten kamen die schärferen Bilder, auf die ich nun partout nicht vorbereitet war. Mehr neugierig, als geschockt, betrachtete ich die Fotos. So etwas bekam man ja nicht alle Tage zusehen, jedenfalls nicht Ende der Sechziger. Karin und Sylvie grinsten breit, als sie meine anfängliche Verblüffung sahen. Sylvia wollte sich auch noch auf mein Knie setzen, was ich aber durch eine geschickte Drehung meines Beines zu verhindern wusste. Waren mir doch meine mittlerweile prallgefüllten Schwellkörper ziemlich peinlich. Dass die beiden Bescheid wussten, sagte mir aber ihr schelmisches zuzwinkern. Mit einem schnellen Griff nahm Sylvia mir das Heft weg, ergriff meine Hand und mit einem: „Wir stellen die Ponys um!" zog sie mich mit nach draußen. Die Tiere waren auf einer Wiese angepflockt und wenn sie im Umkreis ihrer Reichweite alles abgegrast hatten, wurden sie an eine andere Stelle festgemacht. Nach getaner Arbeit zog mich Sylvie noch zu den Büschen am Bahndamm. Ihr Blick ging immer zu dem Hochhaus hinüber und dem dahinter liegenden Parkplatz. Dann küsste sie mich überraschend. Ich war perplex, als sie mir die Zunge in den Mund schob und heftig darin herumfuhrwerkte. Gleichzeitig nahm sie meine Hand und legte sie sich zwischen ihre Beine.

Durch ihre Jeans hindurch spürte ich die Hitze ihres Unterleibes. Davon animiert schob ich meine andere Hand unter ihr Unterhemd. Sie trug gerne alte Männerunterhemden. Öfter habe ich so schon ihre kleinen Brüstchen bewundern können, ließ diese Oberbekleidung doch von allen Seiten einen recht freien Einblick zu. Plötzlich stieß sie mich weg und wischte sich den Mund ab. Sie sah über meine Schulter hinweg und ich hörte hinter meinen Rücken Kinderstimmen. Ein paar Jungs und Mädchen kamen und wollten die Ponys füttern. Sylvia schenkte mir noch einen kecken Blick und ging zu den Wagen zurück. Ich folgte ihr langsam, damit meine Schwellung genügend Zeit hatte abzuklingen. Mein erster Kuss. Ich glaube nicht, dass es viele Jugendliche gibt, die so eine Premiere hatten.

Am nächsten Tag wurde ich von unserem neuen Geschäftsführer gekündigt und Karin eröffnete mir, dass sie morgen weiterziehen würden. Zuhause habe ich nichts von meiner Kündigung erzählt. Auch dann nicht, als ich Tage später beim Zigarettenklauen im VIVO- Laden an der Ecke erwischt wurde. Der Inhaber des Lebensmittelgeschäfts ist gleich rüber zu unserem Geschäftsführer und der wandelte meine Kündigung sofort in eine fristlose um. Mein bisschen Privatkram passte in meine Jackentasche und so stand ich zehn Minuten später schon im Zirkus. Sylvia hatte mir den neuen Standplatz verraten. Es waren aber nur die Eltern da. Aus Langeweile half ich dem Alten im Chapiteau, dass sie an dem neuen Platz aufgebaut hatten. Ein hochtrabender Name für so ein kleines Zweimastzelt. Sie hatten es am Bahnhof nur nicht aufgestellt, weil der Untergrund zu hart war. Hier, auf dem Rasenplatz, war es weniger anstrengend, die gut einen dreiviertel Meter langen Zeltanker mittels Vorschlaghammer in den Boden zu treiben. Mittags erschienen auch meine beiden Grazien wieder und schütteten Geld auf den Küchentisch. Wie immer, wenn ich nichts mitkriegen sollte, sprachen die Zirkusleute Rotwelsch untereinander. Das ist eine Mischung aus Jiddisch, Hebräisch und Althochdeutsch. Ich vermute, dass die Mädels morgens auf Betteltour geschickt wurden, wie man es heute auch noch manchmal sieht. Mit einem Pony oder Lama am Strick stellte man sich in eine belebte Einkaufsstraße und mit einem entsprechenden Schild am Hals des Tieres wird um Spenden gebeten. Es kamen ganz erkleckliche Sümmchen zusammen. Ich hatte mich schon gewundert, wie sie mit nur einer Vorstellung in der Woche über die Runden kamen.

Von jetzt an ging ich jeden Morgen aus dem Haus, als wenn ich zur Firma fahren würde, und kam auch pünktlich wieder heim zu der angesagten Zeit. So verbrachte ich den ganzen Tag bei Sylvia. Die Eltern hatten anscheinend nichts dagegen, dass ich mit ihrer jüngsten Tochter rumknutschte. Oder es war ihnen egal. Der Vater mochte mich anscheinend. An einem Nachmittag brachte er mir mal das Messer- und Axtwerfen bei. Das Messerwerfen be-

herrsche ich heute noch recht gut. Zum Üben
braucht man nicht so viel Platz, als wie beim Axtwerfen. Die Mutter war eher passiv. Es genügte ihr,
wenn sie das Geld zählen konnte und ein Glas
Wein vor ihr stand. Allerdings litt die Sauberkeit etwas unter ihrer lethargischen Lebensauffassung.
Mein Vater hätte bei dem Anblick der Bettwäsche
bestimmt gesagt, die müsste mal wieder geteert
werden. Aber ansonsten gefiel mir das Leben dieser
Leute. Ich spielte sogar mit dem Gedanken, mich
ihnen anzuschließen. Mein Alter wusste immer noch
nichts von meiner Freistellung, wie es Neudeutsch
heißt.

Sylvia konnte einem ganz schön einheizen. Doch
leider waren wir nie richtig allein. Einmal haben wir
versucht, unter dem zwei Meter hohen Bretterzaun
des Holzgroßhändlers durchzukriechen, der an dem
Zirkusplatz anschloss. Sylvie war schon fast durch
und ich konnte ihren knackigen Jungmädchenarsch
bewundern, der in ziemlich knappen Hotpants
steckte, als auf der anderen Seite plötzlich lautes
Gebell zu hören war, das schnell näher kam. Eilig
trat sie den Rücktritt an und drückte mir ihr Pracht-
gesäß ins Gesicht, weil ich, in den Anblick vertieft,
nicht rechtzeitig reagiert hatte. Musste unser Schä-
ferstündchen eben auf später verschoben werden.
Die Gelegenheit ergab sich schon am nächsten
Samstagabend. Die Eltern waren in der Kneipe und
Karin hatte Besuch von ihrem Freund. Sylvie lotste
mich ins Chapiteau. Im Stallgang lag ein riesiges

Netz aus dicken Hanfseilen. Ich weiß nicht, ob sie schon Vorarbeit geleistet hatte, auf jeden Fall war es zu einem richtigen kleinen Nest zusammengerollt. Ich stieg in unser Liebesnest und als Sylvia hinterher sprang, gab mir ihr hüpfendes Röckchen einen Blick auf ihre kaum behaarte Scham frei. Sie hatte den Slip schon ausgezogen und setze sich sogleich auf meinen Schoß. Wir küssten uns hingebungsvoll und sie rieb dabei ihren Unterleib an meinem steifen Glied. Ich ließ meine Finger wandern und gerade, als ich den Weg ins gelobte Land erkunden wollte, tönte es hinter uns: „Was macht ihr denn da?" Wir fuhren erschrocken auseinander. Karin stand mit ihrem Freund im Stallgang und beide grinsten uns an. „Wenn ich das dem Alten erzähle!" lachte Karin und drohte mit dem Finger. Sylvia stieg aus dem Netzwulst und sammelte ihr Höschen ein. Ohne sich um die Anwesenheit Karins Freund zu kümmern, zog sich provozierend langsam den Slip an und zwar so stramm nach oben, dass sich ihre Schamlippen dabei extrem deutlich abzeichneten. „Was dann?" fragte sie aufmüpfig. „Willst du ihm sagen, wir hätten das gleiche gemacht, wie ihr beide gestern in deinem Wohnwagen, als die Alten einkaufen waren?" Karins Grinsen ging um einige Nuancen zurück und Sylvia lachte triumphierend auf. „Tja, mir entgeht ja auch rein gar nichts, was, Schwesterchen?" Jetzt grinste sie breit und tätschelte ihrer großen Schwester im Vorübergehen die Wange. Ich folgte ihr in den Wohnwagen. Musste ich die Bubischaft eben noch etwas behalten. Als

269

die Eltern halb angetrunken nach Hause kamen, gab ich ihr einen Abschiedskuss. Nichtsahnend, das es unser letzter sein würde. Ich fuhr nach Hause. Dort erwartete mich ein extrem kühler Empfang. Ein Nachbar, dessen Frau in der Nähe des Zirkusses ein Blumengeschäft führte, hatte meinem Vater gesteckt, dass sie mich dort gesehen hatte. Morgens um zehn. Ob ich nicht mehr in die Lehre ginge? Nun musste ich beichten. Natürlich nicht von den Diebstählen, nur von der Kündigung. Mein Vater nahm mir den Wohnungsschlüssel ab und ich hatte Stubenarrest bis auf weiteres. Als ich vier Tage später zum Zirkus wollte, fand ich den Platz verlassen vor. Tagelang habe ich die Umgebung mit dem Fahrrad abgeklappert. Ohne Erfolg. Ich habe die beiden nie wieder gesehen.

11. Die Chance

Meine Großmutter war gestorben. Die Beerdigung war auf einem Sonnabend. Freitagabend brachen wir so gegen acht Uhr mit der Isetta auf. Der Kranz auf der Ablage hinter mir stach mir immer ins Genick. So richtig zurücklehnen konnte ich mich also nicht. Rechts neben mir lag meine Reisetasche, auf meinen Füssen die von meinem Alten. Zweihundertsechzig Kilometer Landstraße bis Helmstedt. Das mit einer Maximalgeschwindigkeit von siebzig Stundenkilometern. Na, denn man los. Kurz vor Lüneburg gab der Tacho den Geist auf. Was soll`s, zu schnell fahren konnten wir mit einer Isetta ja nicht. Kurz hinter Uelzen knallte es und der Auspuff war im Eimer. Aber wir waren schon kurz vor dem point of no return und umkehren war deshalb nicht mehr drin. Um halb zwölf machten wir in Wolfsburg eine kleine Pause. Mein Vater spendierte sogar eine Bockwurst in der Bahnhofskneipe. Mein Nacken war steif, meine Beine gefühllos. Ich war tierisch müde und schlief beinahe am Tisch ein. Aber wir mussten ja weiter. In Klein Twülpstedt gingen auf einem Bauernhof hinter uns die Lichter an. Ich lästerte, die glauben sicher, dass wir einen Trecker geklaut haben, weil unser Auspuff so dröhnte. Dann bekam ich natürlich auch noch die Standardfrage von meinem Vater zu hören, ob ich wüsste, das Klein-Twülpstedt größer sei, als Groß- Twülpstedt. Natürlich wusste ich es. Ich hatte es ja schon etliche Male von ihm gehört.

Gegen ein Uhr Nachts kamen wir an. Mir war es ziemlich peinlich, mit so einem Geknatter ins Dorf einzufahren. Jedenfalls wusste meine Tante sofort, dass wir da sind. Die Beerdigung war schön, soweit eine Totenfeier schön sein kann. Strahlender Sonnenschein und viele Trauergäste. Mein Großvater ist Bürgermeister im Dorf gewesen und meine Oma dadurch natürlich auch sehr bekannt in der Gemeinde. Uschi war schon da. Sie ist einen Tag vorher mit der Bahn angekommen und hatte bei meinem Cousin und seiner Braut übernachtet. Eckhard kam am Morgen auch aus Frankfurt. Aber er hatte sich schnell nach der Trauerfeier verabschiedet. Er fühlte sich fehl am Platz. Gehörte ja noch nicht zur Familie.

Nach dem Mittagessen zog sich mein Alter einen Kittel von meinem Onkel an und reparierte der Auspuff mit einer Schlauchschelle und einer aufgeschnittenen Konservendose. Die Heimfahrt verlief wesentlich leiser und bequemer, als die Hinfahrt. Ohne Kranz im Nacken konnte ich mich zurücklehnen und sogar eine Tasche nach hinten stellen und deshalb auch die Beine wenigstens halbwegs frei bewegen.

Nun war ich also arbeitslos. Ich war einmal mehr von meinem Alten enttäuscht. Hätte er sich etwas mehr um mich gekümmert und sich für meine Lehre interessiert, wäre vielleicht alles nicht so weit gekommen. Wenn ihm aufgefallen wäre, dass ich eineinhalb Jahre nur als Hiwi im Büro geackert habe, hätte ich bei der Handelskammer Klage einreichen können. Aber so ganz ohne Rückendeckung hatte ich nicht die Traute. But it`s over and gone. Nun lag ich hier in meinem Zimmer und kurierte meine Grippe aus. Eine ziemlich teure, wie sich noch herausstellen sollte.

Es war schon Anfang September, als ich mich aufraffte, mir irgendeine Stelle als Hilfskraft zu suchen. Übung als solche hatte ich ja dank Firma Mittendorf schon reichlich darin. Bei der Kepa am Hauptbahnhof fing ich an. Heute ist das Karstadt- Sporthaus in dem Gebäude. Damals war es allerdings noch einstöckig. Als ich da keinen Erfolg hatte, ging ich hinüber zum Kaufhof und von da aus im Zick- Zack von einem Kaufhaus zum anderen. Die ganze Mönckebergstraße hinunter. Alles ohne Erfolg. Woolworth, Kaufhalle, im Alsterhaus bekam ich endlich eine Stelle als Plakatdrucker in der Deko. Allerdings befristet bis Ende Februar. Da ich ursprünglich mal Dekorateur werden wollte, war ich natürlich begeistert. Und zweihundertachtzig Mark im Monat waren für einen Siebzehnjährigen auch nicht zu verachten. Der Leiter der Plakatmalerei war ein dürres, hippeliges Männchen, der sich eindeutig nicht für Frauen interessierte. Er war sehr Etepete, immer gut und teuer gekleidet. Um mich hat er sich nie gekümmert. Guten Morgen, guten Weg. Wiedergesehen habe ich ihn zwanzig Jahre später im Rahlstedt- Center als Inhaber eines Tabakwarenladens. Erkannt hat er mich natürlich nicht mehr. Dazu war die Wandlung vom pubertären Jüngling zum Schnauzbartträger zu groß.

Mein Arbeitsplatz war ein Ungetüm von Maschine. Auf einem Gusseisernen Gestell befand sich eine große blanke Stahlplatte. Darüber war ein Wagen auf Rädern montiert, der sich in Längsrichtung verschieben ließ. Auf diesem Wagen lagerte das zentrale Organ der Druckmaschine. Ein Stahlblock mit vielen Löchern. Der ließ sich in Querrichtung bewegen, so dass man jeden Punkt auf dem Plakatbogen, der auf der Stahlplatte festgespannt wurde, erreichen konnte. Der Stahlblock mit den Löchern war in Abschnitte eingeteilt, je nach Größe der Buchstaben. Jeder Abschnitt enthielt ein ganzes Alphabet, inklusive Satzzeichen. Oben links die kleinsten und unten rechts die größten Lettern. Zum Drucken wurde nun der Stahlblock auf den Wagen hin und her bewegt, je nachdem, welchen Buchstaben man drucken wollte. War die richtige Position erreicht, zog man an einem Hebel. Der drückte einen Bolzen in das entsprechende Loch und es wurde eine federgelagerte Stahltype auf den Bogen gedrückt. Ließ man den Hebel los, verschwand die Letter wieder im Block und der nächste Buchstabe konnte angewählt werden. Unter dem Letternblock befand sich eine Schublade mit Rollen. Die wurden morgens mit Druckerschwärze eingerieben und mussten abends wieder gesäubert werden. Dem entsprechend sahen meine Hände auch aus.

Die Arbeit machte Spaß und die Kollegen waren nett. Nach kurzer Einarbeitungszeit ging mir die Druckerei schon ganz flott von der Hand. Die Lehrlinge in der Deko waren etwas arrogant und ließen mich spüren, dass ich nur ein kleiner Plakatdrucker war. Ich hatte auch bald einen Spitznamen weg: Alfred E. Neumann. Der Titelheld aus der Zeitschrift „Das deutsche Mad". Eine gewisse Ähnlichkeit ließ sich auch nicht leugnen. Mit meinen rötlichen Haaren sah ich ihm zweifelsohne ziemlich ähnlich. Allerdings hatte ich keine so prägnante Zahnlücke vorzuweisen, wie das Original.

Hat man erst einmal in der Deko eines großen Kaufhauses gearbeitet ist man ein für alle Mal desillusioniert. Tand, Tand ist das Gebilde von Menschenhand. Alles, was so prächtig als Dekoration in den Schaufenstern zu bestaunen ist, erwies sich hier als Plastikkram und Pappmaschee.

Neben der Tür der Plakatmalerei stand ein großer Pappkarton. Dort wurden alte Dekorationen in den Müll entsorgt. Teilweise Sachen, die noch ganz gut in Schuss waren. So hatte ich im Laufe der Zeit ganz hübsche Sachen in meinem Zimmer angesammelt. Unter anderem auch einen Arm einer Schaufensterpuppe, lila angemalt. Sah echt gut aus. Wollte man etwas den weggeworfenen Sachen haben, war ein Passierschein für den Pförtner von Nöten. Ohne diesen kam niemand durch die Taschenkontrolle, der etwas aus dem Hause mitnehmen wollte. Allzu oft wurde so ein Schein aber auch nicht ausgestellt, weil es Chefsache war und der wichtigere Dinge zu tun hatte, als für irgendwelche Hilfskräfte Zettel auszuschreiben. Um den großen Meister nicht übermäßig zu belästigen, griffen wir ab und zu zur Selbsthilfe. Ich mochte die Lackfolie leiden. Die rückte der Chef aber nicht gerne heraus, weil sie ziemlich teuer war. Deshalb habe ich mir einmal in der Mittagspause, als die Höheren in der Kantine waren und die Lehrlinge ihre üblichen Tackerschlachten ausfochten, einen Meter von diesem edlen Material abgeschnitten und gut versteckt. Kurz vor Feierabend auf der Toilette schnell um den Bauch gewickelt, Pulli drüber und man war fit für die Taschenkontrolle. Zuhause habe ich mir meine Lautsprecherbox mit der grünen Folie bespannt. Einmal lag in dem Karton ein 220Volt Elektromotor mit Phasenumschaltung aus einer der Märchenfiguren, die in den weihnachtlichen Schaufenstern standen und immer wieder die gleichen monotonen Bewegungen machten. Der landete in meinem Brotbeutel, mit einer nicht gegessenen Leberwurstschnitte im fettigen Papier kaschiert, und beim Vorzeigen gab es keine Probleme. Ein anders Mal lag im Karton die Perücke einer Schaufensterpuppe. Zwar waren die Zöpfe aufgelöst, aber da sie meine Haarfarbe hatte, immer noch gut für einen Streich. Durch die Kontrolle kann ich, in dem ich die Perücke aufsetzte und die Kapuze aufzog. Niemand hatte etwas gemerkt. Warum denn den Chef wegen eines Scheins belästigen. Die Sachen wurden ja eh

276

weggeworfen. Am Wochenende habe ich dann mit der Perücke die Oma einer Freundin geschockt, die ab und zu bei ihr zu Besuch war und mich kannte. Sie hatte mich immer gelobt, dass ich keine so langen Haare hatte, wie die anderen damals in meinem Alter. Außer diesen kleinen Mopsereien von Dingen, die eh auf dem Müll gelandet wären, habe ich das Klauen gänzlich aufgegeben. Im Alsterhaus wurde ich ja auch halbwegs menschlich behandelt und außerdem machte hier die Arbeit Spaß.

Bestimmten Abteilungen gab ich als Drucker den Vorzug. Die von der Lebensmittelabteilung brachten mir immer Joghurt mit und seit neuesten eine Tüte mit den Rändern der Blechkuchen. Weil ich so ein Spiddel war, vermutlich. Ab und zu war auch mal ein Berliner mit reingerutscht, oder eine Rumkugel. Die Herrenbekleidung wurde von mir auch bevorzugt behandelt.
Zu Weihnachten gab es hundert Mark Weihnachtsgeld. Allerdings in Hertiegeld. Das Alsterhaus gehörte damals zum Hertiekonzern. Diese speziellen Banknoten wurden extra nur für diesen Konzern gedruckt. Allerdings nur für das Fußvolk. Die Kassierer hatten die Anweisungen, das Geld nicht für Kleinkäufe anzunehmen. Also für Zigaretten oder ähnliches. So wurde die Gratifikation auch noch im Hause gehalten. Das Wechselgeld wurde natürlich in D- Mark ausgegeben.
Ich hatte mich beim Winterschlussverkauf in der Herrenoberbekleidung umgesehen. Der Verkäufer

wollte mir einen Ladenhüter andrehen. Einen grün-
karierten Anzug für fünfzig Mark. Ich wollte aber nur
ein Jackett. Das Teil meiner Wahl kostete aber genau so viel, wie der Anzug. Eine kurze Bemerkung
an den Abteilungsleiter, der immer gleich auf seine
Plakate warten durfte, ein kurzer Strich von ihm mit
dem Rotstift, und das Jackett war auf wundersame
Weise nur noch halb so teuer. Und an der Kasse
gab es noch die fünfzehn Prozent Firmenrabatt dazu. Wer sagt es denn! Für Einundzwanzigfünfund-
zwanzig ein vernünftiges Jackett. Dank Vitamin B.

Zu Weihnachten wollte unsere Jugendgruppe eine
Alternative anbieten. Eine Antiweihnachts-
veranstaltung sozusagen. Die Erlaubnis von unserem Pastor hatten wir und eine kleine Summe wurde uns von der Kirche dafür auch bewilligt. Vom
Abteilungsleiter in der Plakatmalerei holte ich mir
die Erlaubnis, fünfzehn Plakatpappen Din A 1 rot
anzumalen und zu bedrucken. Als Spende an die
Kirche quasi. Allerdings schaffte ich nur fünf Plakate
vollständig zu drucken, weil ich das nur durfte, wenn
ich etwas Leerlauf hatte. Die restlichen Plakate
mussten wir in der Kirche mit dicken Filzschreiben
beschrifteten. Ein paar Tage vor Weihnachten
hängten wir sie auf ausgedienten Wahlplakatstän-
dern am Bahnhof und Umgebung auf.
Ich hatte bei meiner eifrigen Lektüre von der Satire-
zeitschrift „Pardon" eine Leseempfehlung für ein
Heftchen entdeckt. „Garstige Weihnachtslieder"
vom Quer- Verlag. Das hatte ich natürlich sofort

bestellt und es ging in unserer Clique rum. Wir wollten daraus auch bei unserer alternativen Weihnachtsfeier vorlesen. Doch dann ist es unserem altehrwürdigen Herrn Pastor Lange in die Finger geraten. Der war auf hundertachtzig.

Heut ist mir was entsprungen,
aus meiner Wurzel Schaft.
Die Alten haben's besungen,
es sei der Lebenssaft.
Und hat ein Flecklein mir gemacht.
Mitten im kalten Winter
Hol ich mir einen runter,
wohl zu der halben Nacht.

Auch schön war:

Alle Jahre wieder kommt das nächste Kind,
weil wir gut und gläubig und katholisch sind

Weil Papst Paul der sechste streng verboten hat
den Gebrauch der Pille werden wir nicht satt.

Auch wenn wir krepieren bleiben wir dabei
Lieber tot, als schuldig. Paule macht uns frei.

Wenn man mal einen älteren, zweieinhalb Zentner schweren Pfaffen einen halben Meter hoch in die Luft springen sehen will, braucht ihm nur einen diese Texte vorzulegen. Sein „Das ist geistige Pornographie!" dröhnte durch die heiligen Hallen und war wochenlang ein running Gag in unserer Gruppe.

Die alternativen Weihnachten waren ein Flop. Ein einziger Gast hat sich in unsere Kirche verirrt und der ist entnervt nach einer Stunde wieder abgedampft, weil ihm unser Programm nicht attraktiv genug war.

Ich erhielt einen Brief von der DAK, meiner Krankenkasse. Es lag eine Rechnung über etwas mehr als tausend Mark bei. Da ich mich nicht arbeitslos gemeldet hatte, ich wusste nicht, dass man das muss, sollte ich jetzt die Arztrechnung für die Grippebehandlung selber bezahlen. Und die offenen Beiträge auch. Nach meinem Einspruch wurde der Betrag auf knapp fünfhundert Mark reduziert, obwohl ich heute glaube, dass die mich immer noch über den Tisch gezogen haben. Wie soll so eine Summe bei einhundertachtzig Mark Lehrlingsbeihilfe im zweiten Lehrjahr über ein viertel Jahr Arbeitslosigkeit zu Stande gekommen sein? Außerdem hatte ich nur eine schnöde Grippe und keinen Oberschenkelhalsbruch oder ähnliches. Den Betrag durfte ich in sechs Monatsraten zahlen. Somit entfiel auch die Monatskarte. Für die war eben kein Geld mehr da, wollte ich mir noch etwas im Monat gönnen. Zum Glück lag meine Arbeitszeit mitten in der Rushhour und der Nahverkehrszug war immer so proppenvoll, dass es das Schwarzfahren enorm erleichterte. Wäre ein Schaffner irgendwann auf die

Idee gekommen, in dem übervollen Zug zu kontrollieren, wäre er, glaub ich, gelyncht worden. Kontrollen an der Sperre gab es auch nicht. Der Menschenstrom hätte die Herren wohl einfach hinweggeschwemmt.

Nach dem Winterschlussverkauf und der weißen Woche, eine Verkaufsaktion des Hauses, wurde ich in die Auszeichnung gesteckt. Meinen Job hatte ein weiblicher Anlernling in der Plakatmalerei übernommen. Die Tochter einer Angestellten. Die Auszeichnung lag unter dem Dach und war in einfache Verschläge eingeteilt. Jeder Verschlag bestand nur aus einem Rahmen von groben Dachlatten, die mit Maschendraht verspannt waren. Dort wurden Socken, Miederwaren, Unterwäsche und noch vieles anderes mit Etiketten versehen. Die Ware kam in Collis an und in einem kleinen Nebenraum wurden die Etiketten ausgedruckt. Eine lange Kette von kleinen Pappschildchen, in die kleine, fiese Drahtstücke eingearbeitet waren. Die standen im Neunziggradwinkel ab und wurden durch den Stoff des jeweiligen Wäschestücks gedrückt und per Daumendruck umgeknickt. Eine pieksige Angelegenheit, die ziemlich auf die Finger ging. Meisten erledigten Damen mittleren Alters diese undankbare Aufgabe. Etliche Mutti- Typen in Maschendrahtverhauen, hinter Bergen von Klamotten verborgen, sorgten dafür, dass der Kunde immer richtig über die Preise informiert war. Kein Wunder, dass der große Raum summte von den dutzenden von Frauenstimmen, die sich bei dieser monotonen Tätigkeit teilweise auch über mehrere Verschläge hinweg verbal austauschten.

Ein junges Mädchen namens Helma arbeitete auch in einem der Verschläge. Sie war etwa so groß, wie ich, blond und trug eine Brille. Wir flirteten miteinander, wenn wir an der Etikettenausdruckmaschine waren und ab und zu auch in der Bekla, dem Bekleidungslager. Wir mussten dort immer die Sachen einsortieren und ich ging gern dorthin. Meisten lagen unsere Waren in den obersten Regalen, Grund für mich, nach Tarzanmanier durch das Lager zu toben. Helma und ihre Kollegin fanden das komisch und ab und zu griff ich ihr von oben herab dezent in den Ausschnitt, was sie anscheinend ganz gern hatte. Gewehrt hatte sich auf jeden Fall nie. Wir hatten sogar eine Verabredung. Allerdings war die ein Desaster. Sie verlangte andauernd von mir, dass ich sage: „Ich liebe dich!" Allerdings kenne ich klar die Grenzen zwischen einem Flirt und Liebe. Auch ihr Trick: „sprich mir nach: Ich.....liebe....dich!" hat bei mir nicht angeschlagen. Wenn sie jetzt schon versuchte, mich zu manipulieren, wie sollte es dann erst später werden? Außerdem sollte Liebe wachsen und nicht erzwungen werden. Und als Spielzeug bin ich sowieso gänzlich ungeeignet. In ein Lokal wollte sie auch nicht mit mir gehen. Angeblich, weil ihre Mutter das verboten hätte. Irgendwann war ich genervt von ihr und ließ sie kurzer Hand stehen, ging allein in ein Restaurant und trank dort den ersten und letzten Martini- Cocktail meines Lebens. Was James Bond daran findet, kann ich bis heute nicht nachvollziehen.

Helma versuchte nun nach ihrem Abblitzen mich lächerlich zu machen. Allerdings hatte ich all die Frauen mit ihrem Mutterinstinkt auf meiner Seite. Jedenfalls setzen einige dem Muttchen sie gehörig auf den Pott und ich hatte meine Ruhe. Allerdings wurde ich in der darauf folgende Woche in die Personalkantine versetzt. Ich mochte diese Arbeit überhaupt nicht. Kochendheiße Bestecke und Geschirr aus der acht Meter langen Spülmaschine entnehmen, Tabletts von den Essenresten reinigen, und das Schlimmste, die großen Milchkanne, in der die Reste landeten, entleeren. Die musste ich täglich mit meinem Kollegen Werner zusammen in den Keller zur Drangtonne fahren. Werner war ein junger Mann, etwas größer als ich, rotblond und hatte ein Gen mehr, als ein Pferd. Und das auch nur, damit er nicht aus dem Eimer säuft. Mir wurde regelmäßig übel von dem gärigen Geruch der Drangtonne und überließ ihm das Entleeren der Milchkanne.

Der Chef der Küchenhelfercrew hieß Günter. Klein, schnell, drahtig und fies. Aber nur zu seinen männlichen Untergebenen. Zu den Frauen war er nett und rücksichtsvoll, machte Komplimente und dachte, er wäre der Casanova überhaupt. Hinter seinem Rücken rissen die Damen die derbsten Witze über ihn und sein Sexualleben. Werner nahm ihn immer in Schutz. Wes Brot ich ess, des Lied ich sing. Es war schon so eine Art Kadavergehorsam seinem Vorgesetzten gegenüber.

Einmal musste ich mit ansehen, wie der Koch in eine der riesigen Milchkannen griff, in der die Rote Grütze als Nachtisch angeliefert worden war. Bis über den Ellenbogen steckte sein Arm in der klebrigen Masse und er rührte darin herum. Beim Herausziehen floss die Grütze an dem stark behaarten Arm herunter und tropfte zähflüssig von seinen schwarzen Borsten ab. Ich habe nie wieder offenen Nachtisch gegessen dort. Es mag ja angehen, dass er seine Hände, einschließlich der Arme, vorher gründlich gewaschen hatte. Aber der Gedanke, dass sich eine dieser dicken fiesen Grannen aus seiner Haut gelöst hatte und sie nun irgendwo auf meinem Dessertteller umher trieb, der war mir schier zuwider.

Günther war krank und Werner erzählte mir Tag täglich, dass er, wenn Günther wiederkäme, dafür sorgen würde, dass ich in eine andere Abteilung versetzt werde. Irgendwie hielt ich ihn ja für seinen Stellvertreter und als ich hörte, Günther käme am nächsten Tag wieder, setzte ich mich am nächsten Morgen gleich vor das Personalbüro. Ich kam allerdings an dem Tag nicht mehr dran. Erst am Tag danach wurde ich zur Personalchefin vorgelassen und die fiel aus allen Wolken über das, was sich Werner angemaßt hatte. Ich wurde zu dem Sonderverkauf für Möbelstoffe in den Fenstern der Poststraße versetzt. Als ich das Büro verließ, kam mir schon mit hoch rotem Kopf Werner entgegen, um sich seine Gardinenpredigt abzuholen. Was sagte ich noch über Nietzsche? Gib einem kleinen Wicht etwas Macht...

Die Stoffabteilung war schiere Plackerei. Den ganzen Tag hin- und herlaufen und schwere Ballen schleppen. Sogar die verkaufte Ware an die Autos der Kunden bringen. Ich war abends ganz schön geschafft.
In der Kirche wollten wir zusammen ein Theaterstück aufführen. Der Vorschlag kam von Gerd und Michael. Gerd wurde mittlerweile „Der King" genannt. Wie das dazu gekommen ist habe ich allerdings vergessen. Auch das Stück schlugen sie vor. „Wind in den Zweigen des Sassafras", eine Westernparodie. Ich habe sie Jahre später einmal im Theater an der Marschnerstraße gesehen. Wirklich sehr gut.
Da auch dafür ein Marterpfahl benötigt wurde, ließ ich mir in der Deko einen Passierschein für eine ausrangierte Teppichrolle ausstellen. Auf so einer Papprolle wurden in den Schaufenstern die Teppiche drapiert. Irgendwann sind sie dann so zerstochen, dass sie ausgemustert werden müssen. Der Transport in der U- Bahn und im Zug war weniger problematisch, als ich angenommen hatte. Die Rolle passte haargenau in die Wagons, mit etwas Druck verkeilte sie sich sogar zwischen Decke und Boden, so dass ich sie noch nicht einmal festhalten musste. Das Stück ist von uns nie aufgeführt worden.

Mein Herr Vater machte jetzt einen Führerschein Klasse drei. Er wollte sich einen BMW Siebenhundert kaufen. Der sah so ähnlich aus, wie der DKW Junior, hatte aber einen Viertaktmotor, im Gegensatz um DKW, der ein Zweitakter war. Dummerweise war der BMW schon weg, als mein Erzeuger seinen Führerschein ausgestellt bekam. Er kaufte sich den DKW. Zweitakter kennt jeder von uns noch vom Trabbi her. Eine andere Form, aber der gleiche Gestank und das gleiche „Dängelängläng" als Motorgeräusch. Aber immerhin hatte er schon Frischölautomatik. Das heißt, wir mussten kein Gemisch tanken, sondern Normalbenzin und das Öl wurde in einen kleinen separaten Tank eingefüllt. Und er hatte Lenkradschaltung. Ich persönlich finde die besser, als die herkömmliche H- Schaltung.

Ende Januar sah ich mich schon mal nach einem anderen Betätigungsfeld um, lief doch mein Vertrag im Alsterhaus aus. Einen neuen Job habe ich gleich zum Februar bekommen. Der Beamteneinkauf hatte im Hamburger Abendblatt inseriert, dass sie einen Mann suchten, der die Regale auffüllt. Ich bekam die Stelle sofort. Mein Einkommen verdoppelte sich fast. Vierhundertundachtzig Mark! Klasse! Mein Vater war inzwischen Einsichtig geworden. Statt einer Mark pro Tag durfte ich jetzt dreißig Mark pro Woche abheben. Beim Beamteneinkauf musste ich mich ja auch selbst verpflegen. Ein freundlicher älterer Herr, den ich ablösen sollte, wies mich ein. Ich hatte die Kühltheke unter mir mit allen Molkereiprodukten und einige Tiefkühltruhen. Das alles aufzufüllen war meine Aufgabe. Besonders in den Stoßzeiten musste man aufpassen, da einige Waren immer sehr schnell weg waren. Andere brauchte man nur morgens auffüllen. Wenn man erst einen Plan hat, klappt die Sache auch ziemlich gut. Es war keine Knochenarbeit und wenn man es geschickt anstellte, war eine kleine Zigarettenpause zwischendurch auch mal drin.

Die Suche nach einer Lehrstelle hatte ich dennoch nicht aufgegeben. Als ich die Gelegenheit hatte, mich bei einem Malermeister vorzustellen, nahm ich sie sofort war. Nach einem kurzen Gespräch hatte ich die Lehrstelle. Meinen Job beim Beamteneinkauf musste ich wohl zur Zufriedenheit meines Chefs erledigt haben. Als ich kündigte, bot er mir gleich hundert Mark mehr an, wenn ich bliebe. Ich lehnte dankend ab. Eine Lehrstelle war mir wichtiger.
Meine Lehrlingsbeihilfe als Maler und Lackierer betrug einhundertundzwanzig Mark. Ein großer Rückschritt für mich, aber ein richtiger Beruf war mir eben wichtiger. Am ersten April neunzehnhunderteinundsiebzig betrat ich morgens um halb sieben das Kellerlager im Haus des Malermeisters Meise in Hamburg- Harburg. Da ich nicht genau wusste, wie die Züge fuhren, bin ich vorsichtshalber eine halbe Stunde früher aufgestanden, um am ersten Lehrtag ja pünktlich da zu sein. Wie abgesprochen wollte ich

mich im Keller des Privathauses umziehen. Nur hatte der Meister nicht damit gerechnet, dass ich so früh auf der Matte stand. Als ich ins Lager kam, schossen auf einmal zwei Cockerspaniels kläffend aus einer Ecke hervor. Erst hielt ich sie mir mit einem Besen vom Leib. Dann setzte ich mich langsam auf einen Stuhl und hielt den Hunden meine Hand hin, ohne sie anzusehen. Gleichzeitig sprach ich beruhigend auf sie ein. Als Meister Meise auf der Kellertreppe erschien, um nach dem Radau zu sehen, saß ich noch immer auf dem Stuhl. Links und rechts neben mir je einen Cockerspaniel, denen ich hinter den Ohren kraulte. Der Meister war beeindruckt.

Mein erster Auftrag war, mit einem anderen Lehrling, der hieß auch Jürgen, er war schon im dritten Jahr, auf einem Dachboden in Harburg in einem Heizungsraum die Rohre mit Silberbronze zu streichen. Dort war es mächtig warm. Und auf den heißen Rohren verdampfte das Lösungsmittel sofort. Das macht richtig High, wenn man es den ganzen Tag eingeatmet hatte. Der Umgang mit Lösungsmitteln jeglicher Art war eh ziemlich sorglos. Literweise gossen wir uns Terpentinersatz über die Unterarme, um die Farbe abzuwaschen.
Als es wärmer wurde begann die Arbeit auf den Gerüsten. Etwas mulmig war mir die ersten Tage schon zu Mute. Aber bereits nach einer Woche turnte ich außen hoch, als es mir zu langsam ging. Dienstrangmäßig ging der jüngste Lehrling nämlich

immer als Letzter. Schon bekam ich vom Gesellen wegen meiner Kletteraktion eins reingehängt. Aber besser ich kriege von ihm einen Rüffel, als vom Chef. Sollte nämlich jemand meine Aktion beobachtet haben, könnte er die Berufsgenossenschaft informieren und dann wäre der Chef dran. Das hatte ich in meinem jugendlichen Leichtsinn natürlich nicht gedacht.

Ostern stand vor der Tür und wir beschlossen, mit der Kirchenclique kegeln zu gehen. Außerdem fand am Sonntagmorgen um sechs Uhr eine Ostermesse statt. Wir wollten durchmachen und dann direkt zum Gottesdienst gehen. Gerds Mutter erlaubte, dass wir in seiner Laube die Nacht verbrachten. Allerdings waren nur männliche Gäste geduldet. Mädchen waren nicht erwünscht. So gegen halb elf Uhr abends kamen wir vom Kegeln, fröhlich und guter Dinge. Lag wohl an den paar obligatorischen Bieren beim Kegeln. Wir waren zu viert. Gerd, Michael, ich und..... Petra! Verbotenerweise schmuggelten wir sie mit in die Hütte. Wenn wir hörten, dass die Tür vom Haupthaus ging, versteckte sich Petra immer schnell in der Garderobe. Dass passierte aber nur drei Mal. Das erste Mal, als Gerds Mutter kam, um uns mit Schnittchen und alkoholfreien Getränken zu versorgen. Der Rest waren schnöde Kontrollgänge. Ich weiß zwar nicht, was für eine Massenorgie unter Siebzehnjährigen sich Gerds Mutter vorstellt hatte, aber zum Glück geht auch die besorgteste Mutter einmal zu Bett.

Erst spielten wir „Ecquire", ein wahnsinnig spannendes Strategiespiel, bei dem es darum ging, eine möglichst große Hotelkette aufzubauen. Dann hatte Gerd noch ein Frage- und Antwortspiel irgendwo ausgegraben. Aber das wurde uns schnell langweilig. Mittlerweile war es schon kurz nach drei. Wir fingen an, rumzublödeln. Petra hätte beinahe ein Glas umgekippt und Michael meinte: „Pass doch auf, du Erdnuss!" Dann ging es los! Gerd prustete los! „Erdnuss!" mphhhhhhhahaha! Er kriegte sich nicht ein. „Was bist du denn abends? Erdnuss im Schlafrock? Huahuahauhua!" Das Gelächter war groß und drohte leicht hysterisch zu werden. Als mir die Chose zu viel wurde und ich Gerd durch das Gelächter anbrüllte: „Nun mach doch mal ein Sprichwort!", statt: „Sprich doch mal ein Machtwort", war das eine Art Initialzündung. Jetzt gab es kein Halten mehr. Jeder versuchte, einen besonders guten Wortdreher hinzukriegen. Den Vogel schoss Gerd dann selber ab, mit seiner „Scheißereibmaschine", statt Reiseschreibmaschine. An dem Abend habe ich auch einige Sprüche gelernt, wie sie unter Gymnasiasten damals so ausgetauscht wurden. Die voluminöse Expansion subterraner Agrarprodukte verhält sich reziprok- proportional zum Intelligenzkoeffizienten der Agrarproduzenten. Schlicht, die dümmsten Bauern haben die größten Kartoffeln! Schön auch: „Die parabolische Beschleunigung hochkomprimierter Dihydrogenmonoxidmoleküle auf dem Terrain gymnasialer Lehrinstitute durch inhumanoide Individuen ist illegitim."

Es ist den Kindern verboten, auf dem Schulhof mit Schneebällen zu werfen. Tja, der Usus von Fremdwörtern ist auf ein Minimum zu reduzieren.
Irgendwann lagen wir nur noch vor Lachen glucksend erschöpft herum. Im einhelligen Einvernehmen drehte Michael dann das Licht aus und wir dösten noch die letzten beiden Stunden vor uns hin. Punkt Fünf klingelte dann auch der Wecker und wir machten uns schläfrig auf den Weg nach Alt- Wilhelmsburg in die Friedenskirche. Es war ein alternativer Gottesdienst. Die einzige Beleuchtung waren Kerzen. Jeder bekam eine brennende in die Hand gedrückt und musste sie den ganzen Gottesdienst über festhalten. Ich zollte der langen Nacht Tribut. Jedes Mal, wenn ich einnickte, kokelte ich mir die Stirnhaare weg. Der Gestank der verbrannten Haare und die Ellbogenstöße meiner Freunde verhinderten, dass ich gänzlich einschlief. Der starke Kaffee beim gemeinsamen Frühstück im Gemeindehaus macht mich halbwegs wieder munter. Der, und das Geläster über meine neue Frisur.

Unser nächster Auftrag war ein Hochhaus am Schwentnerring, ganz bei mir in der Nähe. Praktischer Weise konnte ich morgens direkt querfeldein zur Arbeit gehen. Ich hatte die Balkone mit Binderfarbe zu rollen. Auch die Decke, also den Boden des darüber liegenden Balkons. Im achten Stock schloss eine Betonplatte als Regenschutz die Reihenfolge ab. Die ersten Etagen waren ok. So ab dem vierten Stock wurde es dann gewöhnungsbedürftig. In dieser Höhe auf der Leiter stehen, einen halben Meter über der Balkonbrüstung, ist nicht jedermanns Sache. Im achten Stock arbeitet man dann doch sehr umsichtig, so ganz ungesichert, fünfundzwanzig Meter über Grund.

Einen Tag nach meinem achtzehnten Geburtstag bin ich zur Sparkasse gegangen. Der Laden war voll. Es herrschte ja die Vorbankautomaten- undkontoauszugsdruckerzeit. Da wurde das Geld noch manuell ausgezahlt. Lässig nahm ich einen Auszahlungsschein aus der Halterung, füllte ihn aus und schob ihn der Dame auf der anderen Seite des Tresens zu. Die sah auf das Dokument, dann auf mich und dann wieder den auf den Schein. Sie vermisste wohl die Unterschrift meines Alten. Verunsichert ging sie zu ihrem Vorgesetzten. Jetzt betrachteten beide meinen Auszahlungsschein. Ich lächelte freundlich hinüber. Beide gingen zu den Regalen, in der sich die Kontoauszüge befanden. Dort waren auch die persönlichen Daten der Kunden hinterlegt. Nach einem kurzen Blick in die Datei zuckte der Bankangestellte nur mit den Schultern und das Fräulein mit meinem Beleg kam angetippelt. „Wie hätten Sie's denn gerne?" Ich ließ mir Angesichts meines Geburtstages hundertvierzig Mark auszahlen und verließ mit einem breiten Grinsen die Sparkasse. Ich war endlich Achtzehn und hatte gerade meine erste Auszahlung ohne der Unterschrift meines Vaters getätigt. Ein Fluch war von mir genommen.

Mein Erzeuger wollte natürlich wissen, warum ich so spät komme. Ich antwortete, als wenn es das natürlichste der Welt für mich wäre, ich hätte Geld geholt von der Sparkasse. Gesagt hat er nichts. Ich habe nur gesehen, wie er geschluckt hat. Es ging mir runter wie Öl. Seine Macht war gebrochen. Ein innerer Reichsparteitag für mich!

Am Samstag bin ich dann mit Gerd und Michael in die Stadt gefahren. Ich wollte sie ins „Currasco" in der Rosenstraße einladen. Leider war alles besetzt. Das war so ein argentinisches Lokal, in das der Chef abends seine Sekretärin einlud. Und in einer Kongressstadt wie Hamburg gibt es anscheinend sehr viele Sekretärinnen. Irgendwann sind wir dann nur noch planlos durch die Stadt gelatscht. Unsere Stimmung war im Eimer und zum Schluss sind wir doch wieder in unserer Stammkneipe „Zur Mühle" gelandet. Die Getränke gingen auf meine Rechnung.

Vier Wochen später bekam ich Terpentinkrätze. Eine Allergie gegen Lösungsmittel. Ich hatte noch Glück. Es hat schon Malerlehrlinge gegeben, bei denen die Krankheit erst kurz vor der Prüfung ausgebrochen ist. Meine Karriere als Maler und Lackierer war damit beendet. Als mir Meister Meise meine Papiere überreichte, gab er mir noch den Ratschlag, dass ich mich doch mal bei Hagenbeck bewerben sollte. Ich hätte doch ein Händchen für Tiere. Ich erzählte meinem Vater davon und er erinnerte sich an seinen Onkel Hannes, meinem Großonkel. Der ist achtundvierzig Jahre lang im Tierpark als Tierpfleger tätig gewesen. Ich beschloss, ihn am nächsten Tag im Garstedter Weg aufzusuchen. Er war hinten in seinem Garten zugange, als ich ankam. Als mein Großonkel das Grundstück Mitte der zwanziger Jahre erworben hatte lagen in dieser Region, Niendorf war bis 1937 noch preußisch und lag weit vor den Toren Hamburgs, die Quadratmeterpreise im Pfennigbereich. Deshalb sind die Grundstücke dort alle etwas größer ausgefallen. Dementsprechend dimensioniert war auch das Erdbeerbeet, in dem mein Großonkel gerade Unkraut jätete. Ich trug mein Anliegen vor und pflückte mir dabei eine der roten Früchte. Er werde den Deibel tun und mir helfen und im Übrigen solle ich aufhören, seinen Enkelinnen die Erdbeeren wegzufressen, war seine Antwort. Ich dachte nur, l.m.a.A., Mecklenburger Klütenkopp und bin abgehauen. Verwandte kann man sich eben nicht aussuchen. Jahre später, auf seiner Beerdigung, habe ich mich köstlich amüsiert. Seine geliebten Enkelinnen sind in schwarz erschienen. Allerdings in Miniröcken, die auch ohne weiteres als Gürtel hätten durchgehen können. Mein Alter hat sich stundenlang darüber aufgeregt.

Ich versuchte mein Glück ohne Protektion. Stante pede fuhr ich zu Hagenbeck. An dem mächtigen Eingangstor sagte ich dem Mann Bescheid, der die Karte abriss, dass ich nur ins Büro wolle. Ich durfte passieren. Im Büro fragte mich ein freundlicher Herr, was ich denn möchte. Ob sie noch einen Tierpfleger bräuchten. Er ging weg und ein zweiter Herr erschien kurz darauf. Wie ich später erkannte, war es Dietrich Hagenbeck. Ich beantwortete einige Fragen über mein Alter und ob ich zum Bund müsse, und so weiter. Auf seine Frage, wann ich denn anfangen könnte, musste ich wohl die richtige Antwortet gegeben haben. „Morgen?" „Abgemacht!" Dietrich Hagenbeck grinste. „Morgen früh um sieben Uhr auf dem Wirtschaftshof. Da gibt's die Uniform und die Schlüssel." Hurra! Ich werde Tierpfleger! Endlich die Chance für einen neuen Anfang!

Ostern Hannover 1960

Weihnachten 1961

Küche in Eppendorf

Silvester 1964

Ententeich

Eismeer 1976

Konfirmation 1967

Uschi 1965

296